戦火のオートクチュール

『マドモアゼル』(島村匠名義)改題

佐野広実

祥伝社文庫

目次

『戦火のオートクチュール』関連地図

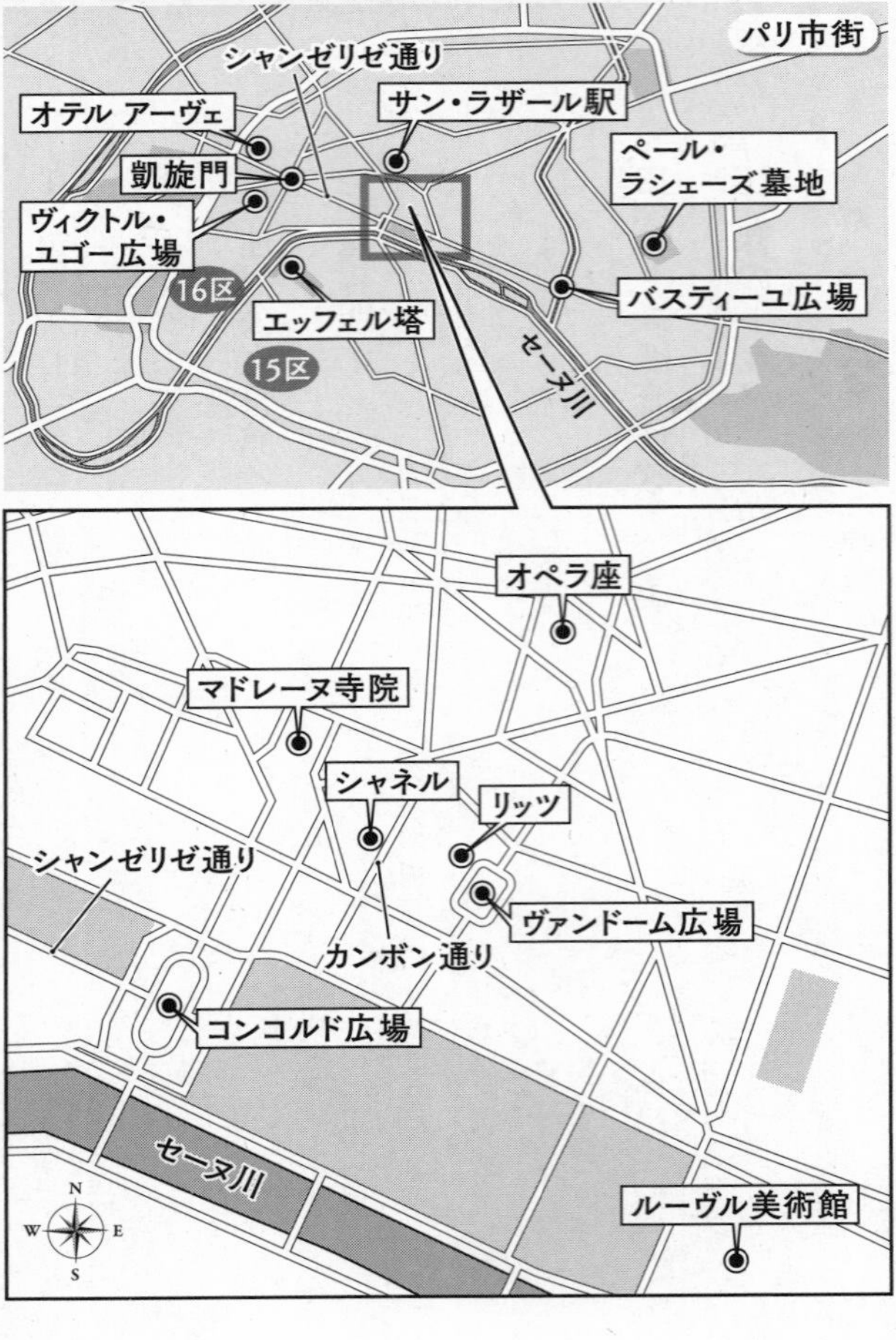

＊
＊
＊

有名なエピソードから始めよう。

ジャクリーン・ケネディは夫のジョン・F・ケネディ大統領が暗殺されたとき、リムジンのオープンカーで隣に座っていた。一九六三年十一月二十二日、テキサス州ダラスにおける遊説《ゆうぜい》パレードでのことである。

ファーストレディである彼女は好んでフランス製の仕立服《クチュール》を愛用しており、このときもまた、シャネルのスーツに身をかため、空港に降り立ったのである。紺《こん》色の襟《えり》がついたピンクのスーツ。それに同じピンクのピルボックス帽。彼女は赤い薔薇《ばら》の花束を受け取り、にこやかにリムジンに乗り込む。

そして五十分後、それは夫の血に染まった。

彼女は右隣に座っていたケネディの頭部が撃ち抜かれたのを目にしてパニックに陥《おちい》り、反射的にリムジンの背後に身を乗り出して飛び散った脳漿《のうしょう》をかき集めようとした。その姿は当時の様子を撮影していたザプルーダーという人物の八ミリフィルムに鮮明に映し出されている。

車はスピードを増してそのままパークランド記念病院に向かったが、ケネディの死亡はもはや明らかだった。

にもかかわらず、ジャクリーンはすぐに冷静さを取り戻した。そしてそのまま大統領専用機で夫の棺《ひつぎ》とともにワシントンに戻り、ホワイトハウスに到着するまで、血にまみれたピンクのシャネルスーツを着つづけたのである。

「夫を殺した犯人に、どんなひどいことをしたのか見せてやりたいのよ」

着替えるように勧《すす》めた者に対して、そうこたえたともいう。

じっさい、暗殺の瞬間を生で放送したマスメディアはなかった。ザプルーダー・フィルムも、当初から存在は知られていたが、多くの国民が目にするのはテレビで放映された一九七五年になってからである。だから事件当初にあっては、たとえ間接的とはいえ、ジャクリーンの血に染まったシャネルスーツこそが、暗殺がおこなわれたという事実を世界中に示す重要な「証拠」だったのだ。

歴史の証拠となった衣服。

キリストの聖衣以来、そういったものはいくつもあるだろう。たくまずしてシャネルのスーツは、そのひとつに加えられたことになる。

ただしココ・シャネルは生前、このスーツについて一切《いっさい》のコメントをしなかった。暗殺事件とシャネル本人はまったくかかわりがないし、ジャクリーンの着ていたスーツはニューヨークのブティック「シェ・ニノン」でフィッティングと縫製がおこなわれており、デザインはシャネルのものでも、シャネル本人はまったく関わっていないのだから、これは当然のことだ。たまたま事件のときに着ていたのがシャネルのスーツだったというだけのことにすぎない。「暗殺事件のおかげでシャネルは金を使わずに宣伝ができた」というゴシップも、偶然をあげつらっているだけだ。

しかし結果として、このスーツはアメリカの国立公文書記録管理局に渡り、いまでも当時のまま保管されている。シャネルのスーツは好むと好まざるとにかかわらず歴史の証拠として残ったのである。

そしてこのエピソードは、わたしにあの旅を思い出させる。短期間だったけれど、ひどく長い時間を経《へ》てきたような旅を。

わたしの旅が始まったのもまた、血に染まった一着のシャネルスーツがきっかけだった。

報告

二〇一四年二月三日、当該部署に資料閲覧《えつらん》の依頼一件あり。依頼者は戦前の職員について、その在任期間および消息を知りたい旨《むね》、担当者に告げた。職員名簿の閲覧に限定して許可したが、当該職員が機密対象であったため、今後監視の必要が出来《しゅったい》する畏《おそ》れもあり、ここに報告する。

機密対象者　久能範義《くのうのりよし》
閲覧依頼者　結城智子《ゆうきともこ》

1　訪問者

携帯電話が充電器の上で震えた。

ドレッサーに向かってリップを引こうとした手を止め、デスクの上にある携帯に目をやる。また非通知だった。いらだちを抑《おさ》えて近寄り、応答ボタンを押す。

「はい。結城です」

こたえたとたんに、切れた。ここ一ヶ月ばかり思い出したように、ときには一日に二回三回と、時間も不規則に非通知の着信がある。こちらが出ると、そのまま切れるのもいつものことだ。仕事柄、名刺をあちこちにばら撒《ま》いているから、番号を知られるのは仕方がないけれど、仕事相手は誰もが番号を通知してかけてくる。相手が何者なのかわからないのはやはり気味が悪い。

通話を切り、力まかせに携帯をバッグに投げ込む。急がないと遅刻だった。

マンションを出て、自由《じゆう》が丘《おか》の駅まで足早に向かう。約束は午後七時なので、それまでにはなんとか間に合うだろう。

三月末とはいえ、日が暮れてくるとまだ凍《こご》えた。着馴《きな》れない黒のパンツスーツにコートをつけているせいか、ひどく歩きにくい。我慢しつつ駅へつづく商店街に出たところで、ふいに横合いから声をかけられ、立ち止まった。

「結城真理《まり》さんですね」

初老の男は、わたしの名前を確認し、それから名刺を差し出した。「現代外交資料調査室　顧問」と肩書きがある。

「大津真一《おおつしんいち》と申します」

ダークグレイのスーツをゆったり着こなし、銀ストライプのネクタイを締めている。メタルフレームの眼鏡《めがね》の奥にある眠たげな目は温和を装《よそお》っていたが、どことなく冷ややかだった。

「お母さまのことで、ちょっと」

「母、ですか」

意外な言葉に、わたしは首をかしげた。

「お忙しいところ申し訳ありません。すぐ済みますので」

軽く頭を下げると、歩きながら話しましょうと言って駅の方に進み出す。言葉遣《づか》いこそへりくだっていても、有無《うむ》を言わせない気配だった。

「母がどうかしたんでしょうか」

大津真一に追いつきながら、わたしはあからさまに不機嫌な口調で尋《たず》ねた。

「じつは、わたくしどもは外務省からの依頼を受けてもろもろの調査をしている組織でして。外郭《がいかく》団体と思っていただいて結構です」

誇らしげな色を浮かべた大津の横顔にあらためて目をやった。白髪《しらが》が勝っている髪の下には、脂《あぶら》の抜けきっていない血色のいい顔がある。その顔が白々《しらじら》しく微笑《ほほえ》む。外務省の看板を出せば恐れ入ると考えたのだろう。たしかに大津には公務員が天下《あまくだ》りしたような印象があった。

「結城智子さんは、あなたのお母さまですね」

「そうですが」

「お母さまが本年二月三日、外務省へ久能範義氏の消息について問い合わせをなさっています。ご存じでしょうか」

手ぶらだった大津は、すべて記憶しているらしく、すらすらと口にした。

わたしは尋ね返した。クノウノリヨシという名前に覚えがなかったからだ。どういう字を書くのかを聞いたが、それでも思い当たらない。

「単刀直入《たんとうちょくにゅう》にお訊《き》きしますが、お母さまはなにを調べておいでなのでしょう」

大津の眠たげな目が見開かれる。

「母とはあまり連絡を取っていないもので」

知っていたところで、怪しげな男に教えると思っているとしたら、おめでたいというほかない。わたしはすぐさま切り返した。

「なぜ外務省にそんなことを問い合わせたのでしょうか」

大津の視線が外され、少し突き出た唇を引き締めるのがわかった。

「わたしは下請《したう》けですから、詳《くわ》しいことは知りません。ただ、外務省は結城智子さんがなにを調べているのか、興味があるということです」

「だったら本人に訊けばいいと思いますけれど」

「お訊きしましたが、こたえていただけませんでした。そこで、あなたならご存じかと思いまして」

舐《な》められていると思った。この男はわたしをみくびっている。口調は柔らかいが、ようするに母親が黙っていることを耳打ちしろというのだ。

返事をしないで歩いていると、大津はさらにかぶせてきた。

「本当のところを申し上げると、わたしはあなたがお母さまに問い合わせをしてもらったのではないかと、そう思ったのですが」

「どういうことでしょうか、それ」

「あなたは雑誌のライターをなさっている。その関係ではないか、と」

わたしは身構えた。あらかた素性《すじょう》も知られているようだ。じっさい、こうしてマンシヨンから出てきたところに接触してきている。大津の目がわずかに険《けわ》しくなった。

「ご存じかどうかわかりませんが、省庁というところには、いろいろと機密に属する事柄というものがありましてね。外務省など、特に機密事項が多いのです。万が一、そういったことを調べようとなさっているなら、前もってやめていただきたいと申し上げておこうということなのです」

それは、久能範義という人物が外交機密にかかわる仕事に携《たずさ》わっていたと打ち明けているに等しい。と同時に、気づいた。この大津という男は、警告を発しに現われたのだ。変なことに首を突っ込むと痛い目にあうぞ、と。

「もし、そういうことを調べていたとしたら、妨害があるということですか」

大津が失笑を漏《も》らした。

「まさか。調べるのをやめるようにお願いするだけです」

怪しいものだった。巧妙に機密を隠し、記事を揉《も》み消す。週刊誌の記者たちがそういった目にあっているのを、わたしは何度も見ていた。

「わたしは関係ありません。それに、誰なんですか、その久能範義という人は」

それにはこたえず、視線をそらせた。

「では、なにか気づいたことがあったら、ご連絡ください。名刺の電話は直通ですので。こちらからも、なにかあれば携帯にご連絡差し上げます」

大津は一礼して、歩き去ろうとした。すでに東横《とうよこ》線の改札口まで来ていた。わたしは大津を呼び止めた。

「ここしばらく、わたしの携帯に何度か電話いただいたでしょうか」

眼鏡を押し上げつつ振り返った大津は、怪訝《けげん》な表情になった。

「電話はおかけしていませんが。なにか」

「いえ、無言電話が多いもので」

そのとき含み笑いを浮かべたような気がしたが、大津はそのまま背中を向けて商店街へまぎれていった。

いったいなんだったのかという思いと、不意を衝《つ》かれたという悔《くや》しさが湧《わ》きあがってきた。大津という男は、わたしに考える隙《すき》を与えず、母がなにを調べているのかを聞き出そうとしたのだ。知ったことではなかった。母とはもう十年も前からほとんどかかわりを持っていない。年に一、二度、やむをえない用事で電話のやりとりをするくらいで、顔を見たのはもうずいぶん前になる。

だが、母がなにを調べているのか、気にかかった。ましてやそれを妨害しようとしている連中がいる。

赤坂《あかさか》の服飾専門学校に到着するまで、わたしの中に嫌でも母のことがわだかまってしまったのは仕方がない。しかも、いまから会うことになっている松村弘子《まつむらひろこ》は母の大学時代の友人なのだ。もしかするとなにか知っているかもしれない。

もっとも、それをこちらから切り出すつもりはなかった。仕事の話で会うのだから、母は無関係だ。

そのときはまだ、そう思っていた。

＊　＊　＊

服飾専門学校は七階建てのビルで、一階の受付に到着したときはすでに七時を回っていた。

だが、松村弘子はまだ出られないらしく、しばらく三階にある博物館で待つようにと警備員に言われた。

といっても、まだ開設はしていない。全国に展開している服飾の専門学校が、学生の参考のために造っている最中である。松村が忙しいのは、博物館の開設準備でもろもろの雑事に追われているからだ。開館はちょうど三ヶ月後。最終段階にきている。

展示場は三階だけを使った小さなもので、二百坪《つぼ》ほどの広さしかない。まだ脚立《きゃたつ》や塗装道具があちこちに散らばっていたが、ほぼ完成していた。フロアはふたつの円形スペースをつなげたつくりで、周囲と中心に、それぞれ展示品を陳列できるようになっている。あらかたの展示品はディスプレイされており、入り口から見ていくと日本の男女の服装がどのような変遷《へんせん》をたどってきたのかが、ざっとわかるようになっていた。どちらかといえば展示品は女性のものが多い。十二単衣《じゅうにひとえ》から中世あたりの服飾はおそらくレプリカだろう。江戸時代以降のものについては、ガラスごしに見ても本物と感じられた。明治以降になるとヨーロッパの服飾も並行して展示されていた。

じっくり見ても三十分あれば足りる程度のものだ。しかし学校としては威信をかけているらしく、力の入れようが伝わってきた。それは館長となる予定の松村弘子の意気込みでもある。

出口までたどってきて、わたしは立ち止まった。最後の展示場所には、なにも身につけていないトルソがぽつんと置かれているだけだった。展示品がまだ用意できていないに違いない。

トルソは胸のふくらみ具合から、すぐに女性のものとわかる。サイズは七号だ。

ここにはなにが展示されるのだろう。

ぼんやりとそんなことを考えているうち、薄暗い館内を照らしているスポットライトの具合で、ちょうどわたしのパンツスーツがガラスに浮かびあがっているのに目が行った。わたしは遊び半分で、トルソに自分の服装を重ね合わせようとして、何度か失敗した。

七年前、就職活動のために買った黒のパンツスーツは、それ以来めったに着たことがなかった。出版社への就職はできず、おもに男性雑誌の下請けライターをこなしている身では、スーツなど着る必要もない。呼ばれた相手が相手だったから、めかし込まないまでも、せめて失礼にあたらないくらいの格好をしてきたのだ。

ふいにバッグに入れてあった携帯電話が振動を伝えてきた。取り出して表示に目を落とし、唇を噛《か》んだ。また非通知だった。応答ボタンを押す。

「はい。結城です」

電話の向こうに耳を澄まそうとしたが、その前に切れた。きょうは二回目だ。

いい加減にしろ。

心の中で怒鳴《どな》り、わたしは携帯をまたバッグにねじ込んだ。

ふと、ガラスに映った自分の顔が目に入る。肩まで伸びた髪をひっつめにした不貞腐《ふてくさ》れた顔。あらためて見ると、なにがなし以前とくらべて顔つきが険しくなったように思う。

じっさい、わたしはいらだっていた。ほぼ六年、不規則で不安定な下請けライターをやって、なんとかひとりで生きてきた。しかし、このまま一生この仕事をつづけていくわけにもいかない。どうにかしなくてはならないとわかっていながら、身動きがとれないもどかしさを抱《かか》えていた。仕事への熱意など、すでにどこかへ行ってしまっていたのだ。

博物館の入り口あたりからヒールの響きが聞こえてきたのは、そのときだった。松村弘子がこちらに向かってくるのが見えた。

「ごめんなさいね。ちょっとパンフレットの原稿を確認しなくちゃならなくて」

きびきびした足どりで目の前にやってくると、松村弘子はコートとバッグを抱え直した。モスグリーンのツーピースは落ち着いた雰囲気にふさわしく、短くカットした白髪まじりの髪も、校長としての貫禄《かんろく》を感じさせた。

「ご無沙汰《ぶさた》してます」

わだかまりといたずら電話のことを頭から追い出し、軽く一礼した。

三年ほど前、男性向けの総合誌で女性ファッションのなんたるかを特集することになり、下請け仕事がわたしに回ってきた。取材をかける相手としてすぐさま浮かんだのが松村弘子だった。それまで松村弘子という人物を、母の大学時代の友人としてしか見ていなかったので、ためらいつつ連絡をすると、服飾専門学校の校長だった松村のほうでは取材なら歓迎とばかり、二つ返事で引き受けてくれた。

そのあと、しばしば母を介さずにやりとりがあった。結城智子の娘としてではなく、ライター結城真理として接してもらえたのだ。以後、ファッション関係の記事を書くときにはずいぶんと厄介《やっかい》になっていた。最後に会ったのは、それでも半年ほど前になるだろう。その松村弘子が突然電話をしてきて、仕事を頼みたいと言ったのは、おとといのことだった。

「見てくれたかしら。感想を聞きたいわ」

松村弘子は、さっと片手を振って館内を示すと、入り口の方に歩き出した。あとについていきながら、こたえた。

「ファッションに興味はあっても、歴史がどんなものなのかって、なかなかわかりにくいですし、年代を追って見られるのは、やはりいいですね」

松村弘子が短く笑った。

「ありふれたこたえってとこね。でも、まあそんなところよ。博物館に展示された服は、もう服じゃないって感じかしら」

その言い方がふいに母の口調に聞こえ、返事をにごした。ひねくれた物言いは、この世代の特徴だと思う。

「いい店見つけたの。話はそこで」

顔を半分後ろに振り向けて言うと、エレベータのボタンを押した。

一階に降り、赤坂通りへ出る。

松村に連れていかれたのは「ゲッティン」という看板の出ている店だった。

琥珀《こはく》色に満ちた店内は、バーにしては意外に広い。顔馴染《なじ》みらしい様子で、カウンターの中にいる中年の男性に片手を振ると、奥にあったボックス席に勝手に進んでいった。

席に落ち着くと、松村弘子は細身の煙草《たばこ》を取り出してくわえた。

「ところで、どういったお仕事なんでしょうか」

わたしはせっかちに、姿勢をただして尋ねた。

「まずは腹ごしらえをしましょうよ。本題はそれから」

煙とともに、いなされてしまった。

仕事としてなら話もできるのだが、そういう枠《わく》を外して松村弘子と会うことは、いままでなかった。だから、あらためて面と向かうと話題がない。共通点は母くらいのものなのだ。

ウェイターが注文を取りに来て、松村はヘンリーマッケンナのロック、わたしはハイネケンを頼んだ。

「真理さん、どうなの、最近は。仕事とか男とか」

土足で踏み込んでくる問いに、わたしは苦笑でごまかした。

仕事は減っているし、楽しくもなくなっている。男とも縁がない。二年前に別れたきりだ。もちろん、そんなことを打ち明ける間柄ではなかった。

「いくつだっけ」

「二十八です」

無愛想《ぶあいそう》な口調でこたえた。

「あら、まだまだじゃないの。わたしなんかとっくに還暦過ぎちゃったんだから。まったく」

おどけるつもりか、肩をそびやかして煙草を灰皿につぶし、すぐにまた一本くわえた。

どうでもいいことを話していると思うと同時に、松村も話を切り出しかねているらしいことに気づいた。いったいどんな仕事なのだろう。

酒とともにチーズの盛り合わせとピザが運ばれてきた。いったんそこで会話が途絶える。ピザがあらかた姿を消すと、松村はヘンリーマッケンナのおかわりを頼み、また一本煙草に火をつけた。

「じつはね、うちの学校の臨時職員として、フランスに行ってほしいの。もちろん、費用はすべてこちらが持つわ。スケジュールを空《あ》けられるかしら」

「フランスですか」

意外といえば、意外だった。

「あなたフランス語は」

「大学の一般教養でちょっとやったくらいです」

つまり、まったくできないということだ。

「でも行ったことあるわよね」

「取材で三日ほど、リヨンとマルセイユに」

受けこたえをしつつ、頭では素早くライター仕事の予定を確認する、といえば聞こえはいいが、月刊誌の二千字ほどの連載コラムと三本ばかり単発のものが入っているだけだ。いまのところ締め切りの迫っている仕事はない。

「半月ほどならなんとか空けられますが、どういった内容でしょうか」

松村はテーブルに肘《ひじ》をつき、煙草をかざすと、しばし考えるように間《ま》を空けた。

「調査のアシスタントというところかしら。出発は近いうちだけれど、日時は未定、調査期間はせいぜい半月ね。報酬《ほうしゅう》は職員の給与と同じ。でも、無理をお願いするわけだから、少しプラスするわ。どう、引き受けてくれるかしら」

仕事としては、さほどむずかしくもなさそうだ。条件もいい。いまの状況から脱するきっかけになるかもしれなかった。わたしはうなずいた。

「わかりました。よろしくお願いします」

つかえがおりたとばかりに、松村がソファにもたれかかった。

「これで決まりね。真理さんが引き受けてくれてよかったわ」

「それで、調査というのはどういうものなんですか」

「最近、智子とはどうなの」

わたしの問いなど聞こえなかったように、隙を衝いて話題を変えてきた。

「べつに。相変わらずですけど」

それ以上は口にしたくないというつもりで、ビールをあおった。

「そう。それならいいんだけど」

思わせぶりに視線をそらせた。わたしと母の仲が険悪なのは、いまに始まったことではない。それはよく知っているはずだ。松村はほんのわずか間を置いて、煙草を灰皿に捨てる。


「この前ね、智子から変なことを頼まれたの」

「なんですか」

わたしはいらつきを抑えつつ、聞き返した。

「古いシャネルのスーツを持ち込んできたのよ。調べてほしいって」

とっさに、来るとき接触してきた大津真一の顔がよぎった。

「そりゃ、わたしは服飾の専門学校で教えているし、研究者という肩書きもあったりするわよ。ただ、調べろと言われてもね。贋物《にせもの》かどうかだっておぼつかないくらいよ」

一ヶ月ほど前に母が直接学校へ訪ねてきて、シャネルのスーツを一着取り出して見せたという。ツイードの典型的なもので、色はベージュだった。ただかなり年代の古いもののようで、布地は少しばかり傷《いた》んでいた。いわゆる「シャネルタグ」はついておらず、高級既製服《プレタポルテ》ではなく、高級仕立服《オートクチュール》のようだった。

「だからかえってはっきりしたことは言えなかったの。シャネル風のものだけれど、贋物かもしれないから」

ところが母の智子は、本物かどうかを知りたいわけではなかったらしい。そのスーツが戦前に作られたものなのか、そしてなにか特別なものなのか、この二点が知りたいという、ひどくあいまいな依頼だったという。

「特別かどうかなんて、わかるわけないわよ。シャネルの仕立てだろうくらいのことしか、わたしにだって見分けられないもの。シャネルも時期によって多少仕立ての変化はあって、特に戦前と戦後なら、はっきり区別がつけられる。あれは戦前のものだったわ。でも、少なくとも第二次世界大戦中に作られたものじゃないのは、たしかよね」

「どうしてですか」

いぶかしげな目が向けられた。それからちょっと困ったように苦笑を浮かべる。

「知らなくて当然か。シャネルは第二次世界大戦が始まると同時に、クチュールの店を閉じてしまったの。再開するのは戦後もだいぶ経《た》って、一九五四年のことよ」

証明終わりといった具合に、手にしたグラスを軽く振ってみせた。

ブランドとしてのシャネルを知らないわけではないが、その人となりや歴史までは知らなかった。

「だからそのあいだはシャネル本人が手がけた服はないの。ただね」

ちょっと言いよどんだ。

「ただ、なんですか」

「そのスーツ、気になることがあったのよ」

すっと顔を寄せて声をひそめた。

「ひどく汚れていたの。あれはたぶん、血だった」

わたしは顔をしかめていただろう。

「智子はとぼけていたけれど、かなり古い血痕だと思うわ。茶色くなっていたし」

「でも、なぜそんなスーツを。しかも血だなんて」

　思わずつぶやいていた。

「わたしも訊いてみたわよ。ブランドものなんか資本主義の悪《あ》しき象徴だ、くらいのことは言いかねない女のくせに、いったいどこからそんなもの持ってきたんだって。そしたら、うるさいってひとこと言ってそのまま帰っちゃったわけ」

　グラスをテーブルに音を立てて置くと、松村弘子はため息をついてみせた。

「申し訳ありません」

「べつに真理さんがあやまることないわ。智子の無愛想はいまに始まったことじゃないし。それより、あなたならなにか知っているかなと思って」

「なにかって言われても」

　返事のしようがなかった。家を勝手に出たわたしに、たかがスーツのことで母が連絡してくるはずもなかった。

「まあ、それだけなら、それだけの話ってことなんだけれど」

　まだ先があるぞというように、松村弘子は目を向けてきた。

「三日後に、変な人が訪ねてきたのよ」

ほんのわずか息をつめ、すぐにわたしは松村の顔を見た。

「まさかそれ、大津真一という男じゃありませんか」

松村は呆気《あっけ》にとられて一瞬口をぽかんと開いていたが、すぐに眉間《みけん》に皺《しわ》を寄せた。

「真理さんのところにも、来たのね」

尋ねるというより、やっぱりといった調子だった。

「きょうここに来るとき、その男に呼び止められました。わたしに訊いたってなにもわからないのに」

「智子がなにを調べているのか知りたいって言うのよ。でも、スーツのことは誰にも言わないでくれって頼まれていたから、とぼけたわ」

「久能範義って、ご存じですか」

「わたしのときにも、その名前を口にしたわ。でも、わたしは知らない」

松村弘子は、そういった経緯《いきさつ》があったこともあって、母に連絡を入れてみたのだという。

「どういう事情があるのか教えてほしいって。それに、ちょっと考え直してみたわけ。あのスーツが戦前のものなのは、ほぼ確実だと思うの。で、もし大戦中にシャネル本人が作ったものだとしたら、これは大発見かもしれないって」

そうであるなら、ぜひそれを今度開館する博物館に展示したいのだという。

「博物館の出口のところになにもつけていないトルソがあったでしょ。あそこにスペースを取ったのよ」

「そんなにすごいことなんですか」

松村の表情に研究者らしい色が浮かんだ。

「なにはともあれ、シャネルだから。彼女の本当の名前はガブリエル・シャネルというの。ココは愛称ね。そのシャネルが戦時中にドイツ軍に協力していたということは、いろんな研究者の調査ではっきりしているわ。もしその時期に作られたものなら、おそらくフランスを占領していたドイツ軍将校の夫人にでも作ったのよ。だから、いわば教訓として展示すべきだと思ったの。服飾家《クチュリエ》が政治に左右されるようなことがあってはならないって」

徐々に口調が熱気を帯びる。やはり母の友人だけのことはある。母と違って若いころに学生運動をやっていたわけではないが、松村弘子にも共通する激情のようなものがあるのだ。

「でも、戦時中に作られたのかどうか、はっきりしていないんですよね」

熱気をさますつもりで、そっけなくたしかめた。するとその顔が一瞬にんまりとした。

「たしかに。そこが肝心《かんじん》なわけなのよ。だからもう一度見せてほしいって頼んだの。調査して、もし戦争中のものだとわかったらぜひ展示したいって。そうしたら、そんなことはさせないって、電話口で怒鳴られたわ。おまけにフランスに行く準備で忙しいんだって」

さすがのわたしも、そこまで聞けば、松村弘子が「調査」のアシストを依頼してきた本当の理由がつかめた。だが、そしらぬふりで松村はつづけた。

「わたしのようなえせインテリに訊いたのが間違いだった、自分で調べに行ってくる。そうおっしゃったわ」

大きく息をついて、煙草を取り出した。

「そういうことですか」

「そういうこと。頼んだわよ」

煙草をくわえたままこたえる。

「そんなわけのわからないことに付き合っている暇《ひま》はありません」

「そんなこと言わないで。母ひとり子ひとりなんでしょうに。それに、大津っていう変な男もうろうろしているんだし」

だとしても、わたしと母が一緒に旅行だなんて。

「わたしが一緒に行くと言っても、あっちが承知しないですよ」

すると、くわえていた煙草をいったん手に戻した。

「それは違うわよ。真理さんはわたしの依頼で行くの。智子が承知するしないは関係ない。わたしが説得する」

　口ごたえは許さないといった威厳《いげん》が、松村弘子の顔に浮かんだ。

　まるでお話にならない。だいいち母がなぜシャネルのスーツなど持っているのか。外務省がシャネルのスーツに興味があるというのも解《げ》せない。まさに雲をつかむような話だった。

「母がやろうとしていることに、協力するつもりなんですか」

　非難というより、理解できないというつもりで尋ねると、松村はあっさりとうなずいてみせた。

「わたしたちはもう四十年以上の付き合いがあるの。立場は違ってしまったとしても、相手の気持ちはわかるの。これには力を貸してあげたいのよ」

　しんみりとした調子ではなく、断固とした口ぶりだった。しかしこたえになっていない。どうわかるというのだ。

　言い返そうとして、すぐに思いとどまった。こんな曖昧模糊《あいまいもこ》とした話にあっさり引っかかってしまう松村ではないはずだ。なにかほかにも事情があるに違いない。といって、いま問いただしても、これ以上のことは聞き出せないような気もする。

　まずは母に事情を訊き、馬鹿らしいと思えば断わればいい。松村と母とは友情で結ばれているかもしれないが、だからといってわたしを巻き込むのは迷惑だ。

「とにかく、母に会ってみます」

わたしはかろうじてそう返し、あからさまにため息をついた。

「それがいいわ。せめてもの親孝行よ」

松村弘子は煙草に火をつけ、やはり同じようにため息をついてみせた。

一九七一年一月　ココ

ココは、日曜が嫌いだった。

それは施設の仲間のところへ親たちが面会に来る日だったから。

ココのところには、誰も来ない。それがわかっていたから。

面会の時間が終了するまで、ココは姉とふたりで、ずっと施設の中で目を閉じ、耳をふさいでいた。ほかのこどもたちには面会に来る親がいる。でも、自分にはいない。父はいるが、母は亡くなってしまった。初めのころは、その父がきっと来てくれるだろうと毎週待ちかねた日曜日だった。でも、いつの間にかあきらめ、悲しくなり、そして嫌悪《けんお》だけが胸に満ちる日曜日になってしまった。施設の庭から楽しげな笑い声が聞こえてくるのを、聞きたくない。窓から眺《なが》める風景の中に、楽しげな家族の姿を見たくない。

でも、見聞きしたくないのに、どうしてか目に見え、耳に聞こえてきてしまう。

もはや家族などというものは、いらない。父もいらない。そう思うのだが、それがかえってココの思いを引き裂く。

思わず叫びたくなって、その代わりにシーツを引き裂く。鋏《はさみ》でずたずたにする。そうすると、気が楽になる。でも、つらいことに変わりはなかった。

毎週毎週、それがつづいた。永遠につづくと思われた。

幸せな家族の姿。それを振り払おうとして、ふと気づくと、ベッドの縁《へり》に腰をおろしたまま、ぼんやりとしていたようだった。嫌な汗をかいていた。

ついいましがた少女に戻っていたのは、夢に違いなかった。ここはいつものホテル「リッツ」の部屋だ。

あたりを見回し、軽く頭を振った。

いや、夢だったならばまだしも、妄想《もうそう》だとしたら、困ったことだった。毎晩眠れずに睡眠薬の注射をうち、それでも落ち着かずに、部屋係のセシルに手を握っていてもらわなければ、安心して眠れない。もう何年もそうだった。

シルクのパジャマに着替えているが、今夜はまだ注射はうっていない。それなのに夢を見たりするだろうか。

ココは軽く頭を左右にゆすってから、枕元にあった煙草を取り上げ、一本くわえた。火をつけてひと口吸うと、口に苦いものがひろがった。あわてて煙草の銘柄をたしかめる。

いつもの煙草だった。でも、まずい。まるでドイツの煙草だ。そう、ドイツの生産品で許せるのはワインくらいなもの。あとは駄目だ。料理も煙草も、フランスにかぎる。

そう思いつつも、また煙草をひと口吸う。

苦味とともに、ふいにひとりの金髪女が浮かぶ。あのドイツ女だ。

おやまあ、とんだマドレーヌだこと。プルーストは最後には精神を病《や》んでしまったけれど、わたしもそうなるってことかしら。気取ったプルーストの顔が、わずかにかすめた。あの作家は古臭かった。花咲く乙女たちこそ、ごらんなさい、いまでは……。

うまく言葉が出てこなくなって、ココは手にした煙草の灰を落とすと、灰皿につぶした。

きょうは一月十日、日曜日。

嫌いな日曜日がやっと終わる。クロード・ドレイと昼食をとって、オートゥイユの競馬場に行って一日が過ぎた。夕方の陽射《ひざ》しがいやにまぶしかった。

知らぬ間に目を閉じていた。眠くもないのに、ひどく瞼《まぶた》が重い気がする。

礼拝堂の裏にあった階段。修道女《マ・スール》の目を盗んでは、そこでぼんやりと座って時をやりすごした。煙草を覚えたのも、その階段でだった。いや、煙草はもっとあとになって、ムーランの「ラ・ロトンド」の楽屋にあった階段でだった。歌をうたう合い間によく一服したのだ。脚《あし》を組み、頰杖《ほおづえ》をついて。

もしかすると、そうやってずっと父を待っていたのかもしれない。

でも、けっきょく父は、来なかった。十二歳のときに別れたきり、二度と。代わりの男は何人もいた。でも、みんなもうこの世から消え去ってしまった。

そうしていま、「リッツ」の部屋に、ひとり。

ココはまた枕元の煙草を一本取り出してくわえる。ライターの火をつけようとしたが、うまくつかない。

セシルはどうしたのだろう。いつものように手を握ってもらっていなければ眠りにつけないというのに。

両手を使ってやっと火がついた。くわえた煙草に火を移し、ライターを放り出した。

苦い味が、またもや口に満ちる。すると今度は東洋の少女が視界にちらついた。切れ長の黒い目をした、小柄な少女。しかし、それは十代のココの姿だったかもしれない。きつく口を引き結び、じっと耐えている。

でも、いったい、なにに。

煙草の灰が、パジャマの裾《すそ》に落ちた。起きているのかまどろんでいるのか、自分でもわからない。身体《からだ》からひとりでに力が抜けていく。

ああそうかと、ココは理解した。いつかこうなることは、わかっていた。

そのときやっとセシルが部屋に入ってきて、ココの手から煙草を取り上げた。ひどく疲れているみたいですね。ココがベッドに入ろうとして手間取っていると、セシルが言った。

ココは煙草の横にあった睡眠薬のアンプルを手に取り、それを切ろうとした。でも、うまく切れずにセシルにまかせた。注射をしさえすれば、楽になれる。精神がおかしくなる前に、眠りにつける。耐えることからも、解放される。

薬を吸い上げた注射器を手にする。しこりのできてしまった腕をセシルが揉みほぐし、そこへ針を刺し入れる。薬を押し込むと、一瞬めまいが襲い、それから身体がほてった。セシルの目が大きく見開き、ココを覗き込んでくる。どうしました、だいじょうぶですか、マドモアゼル。その口調は切羽詰《せっぱつ》まっているようにも、怖《おそ》れているようにも聞こえた。ええ、大丈夫。暑いから窓を開けてちょうだい、このままじゃどこへも行けやしない。

ひどく汗が出てきて、息をつくのもひと苦労だ。早く眠りにつけないものか。

お医者さまを呼びましょうか。窓を開け放ったセシルがまた枕元に来て、そう声をかけた。だが、ベッドに横たわったココの目はセシルを見てはいなかった。金髪のドイツ女と東洋の少女が、足元のあたりに並んで立っている。ついにその時が来たということだ。でも、なぜあのふたりなのだろう。理由を考える余裕は、もはやない。尊敬や賛嘆の言葉も、誹謗《ひぼう》や中傷の言葉も、すでに意味をなくした。

「こうやって、人は死んでいくのね」

ココはつぶやいて、目を閉じた。

マドモアゼル、しっかりして。

その声がココに届いたか、どうか。

2　シャネルスーツ

松村弘子に会ってから三日、無言電話もなく、大津真一も現われないまま過ぎて、やっとわたしは母に会いに行く決心をした。

母がなにかとんでもないことをやろうとしている。

嫌な予感が日を追うごとにじわじわと迫ってきたのだ。やはり一度、行ってみる必要があった。

その日、月刊雑誌用に書いた「ダイエットにいい食材」を特集した記事のゲラを午前中にファクスで流し、昼前に電話を入れてみた。母は携帯など持っていないから自宅の電話だったが、何度かけても出ない。仕方なくマンションを出て自由が丘の駅に向かった。駅前のファストフード店で朝食代わりにハンバーガーを食べ、古本屋をひやかしたあと、やっと迷いを吹っ切り、東横線に乗り込んで横浜《よこはま》に向かった。

大津真一が見張っているかと周囲に目をやってみたが、つけられている気配はなかった。

横浜で横須賀《よこすか》線に乗り換え、北鎌倉《きたかまくら》の駅に着いたのが、午後一時近くだった。道路に沿って東慶寺《とうけいじ》の先まで進むと、民芸品の店がいくつか並んでいる。そこから山側の路地へ入り込み、坂をあがれば母の住んでいる家だった。補習塾の国語教師を辞《や》めて東京の一戸建てを売り払い、ここに窯《かま》を作って住み始めたのは、わたしが十八歳で家を出てしまうのと同時だった。もう十年になる。

あのころのことを思い出すと、知らないうちに動悸《どうき》が速くなる。それだけわたしにとってもストレスのかかっていた時代だった。いや、幼いころから、わたしはストレスにさらされていたのだ。それは母の存在と切り離すことができない。

三歳のときに父が自動車事故で亡くなり、わたしは母ひとりに育てられたようなもので、その母はことあるごとにわたしをけなした。

自分の考えこそが唯一《ゆいいつ》正しいのだと言わんばかりの態度は、常にわたしを愚《おろ》か者と決めつけた。誰に食わせてもらっているのだ、そんな煮え切らない考えだからすぐにへこたれるのだ、どうしてそんなに馬鹿なのだ、数え上げればきりがない。よくあれで補習塾の教師などやっていられたものだ。わたしは耐えつづけ、ときには本当に愚か者なのかもしれないと思いつめた。

身体的な暴力はなかったにしても、それはわたしにとって苦痛の日々だった。ただ、はけ口にされていたのだと感じたことはない。母にぶつかっていくだけの勇気があれば、また違っていたのかもしれないが、わたしはぶつかっていく自信まで喪失していた。

結局、大学に入るのと同時に家を出た。これ以上母と一緒にいたら、自分が押しつぶされてしまう。そう思ったのだ。そのあと肩肘張って生きてきたのは、母に馬鹿にされたくないという気持ちからだった。それ以来、必要最小限の用件を別にして、まったくの没交渉になっている。

いちばん奥まった家の前に立つ。ありふれた平屋の家だ。その裏手には丘の中腹に向かう細い道があり、少し離れた場所に窯がある。母はその窯で焼いた陶器を民芸品の店に卸《おろ》しているのだ。自分ひとりの生活だから、それでそこそこやっていけるらしい。

インターフォンを鳴らしても返事がないので、わたしはそのまま裏手に向かった。

雑木林のあいだを踏み固めて作られた道をたどっていくと、窯のほうから陶器を砕《くだ》く音が伝わってきた。それが怒りをぶちまけているようにも聞こえ、わたしの動悸がふたたび高まる。

掘っ立て小屋に近づくにつれ、わたしは息をひそめていた。

入り口から覗くと、ジャンパーにペインターパンツの後ろ姿が見える。ちょうど窯から取り出したばかりの陶器を、ひとつずつ仔細《しさい》にあらためては、腰をおろしている木株の横で叩《たた》き割っていた。割るたびに息張り、短く声が漏れる。

わたしは声をかけずに、その様子を睨《にら》みつけた。ひと回り身体が縮んだように思え、手にはめている軍手ばかりがやたらと大きく映った。

　やがて口の細い薄紫に色づけされた陶器を手にすると、低くうなってそれをかざした。よく見ようとして身体をこちらにひねり、やっとわたしに気づいた。母はマスクをしていたので、表情はよくわからない。ただひとこと、つまらなそうに投げかけてきた。

「あら、来てたの」

　それだけ口にして、花瓶《かびん》を隠すように抱えると立ち上がった。わたしの横をすり抜けて家に向かっていく。右足をわずかに引きずり、背中がずいぶんと丸まってしまっている。わたしは黙ってあとについた。

　家の中に入ったことは数えるくらいしかなかった。キッチンに八畳と六畳のふた部屋だけで、もともとたいした家ではない。が、それでも以前来たときより、なにかがらんとした印象があった。

「ちょっと待ってなさい」

　母は花瓶をキッチンのシンクに置いて手を洗うと、テーブルに座るようにと言い置いて、八畳の部屋に入っていった。

　仕方なくわたしは自分で茶を淹《い》れて、待った。五分ほどかかっただろう。やがて母は一通の手紙を手に戻ってきた。

「弘子に会ったらしいわね」

鬱陶《うっとう》しそうに尋ね、マスクを外しながら向かいの椅子《いす》に腰をおろした。髪の毛はぼさぼさだし、フィッシャーマンズセーターにジャンパーの姿は、投げやりになっているようにしか映らない。以前見たときより、ずいぶんと老《ふ》けた印象だった。喉《のど》のあたりの皺が、それを際立《きわだ》たせる。

わたしはわずかに間を置いて、こたえた。

「話は聞いたけど」

「余計なことを」

化粧っ気《け》のない頬をかすかにひきつらせた。それはこちらの科白《せりふ》だと、内心思った。

「で、真理もフランスへ行こうってわけね」

返事は保留した。すると、母は鼻で笑った。

「足手まといになるだけだわ」

「わかった。だったら行かない」

素早くこたえた。幼いころからできそこないだの、駄目な人間だのと言われつづけてきたが、いくつになってもいっこうに悔しさを抑えることができない。

「それなら帰りなさい。真理には関係ないことよ」

「その手紙はなによ」

突っぱねてくる母に、かろうじて言い返した。

「話くらい聞かせてやってもいいかと思ったんだけど、どうせ行かないんでしょ」

「わたしは弘子さんに仕事として依頼されたの。一緒に行くかどうかはべつにして話を聞く権利はあると思う」

　また鼻で笑う。

「権利ね。昔はそんなことに使う言葉じゃなかったわ」

　黙らざるを得ない。いつでもそうやって口ごたえを封じられてきた。いつもだ。母はわたしが負けたのを見て取ってから、椅子にもたれかかった。

「いいわ。話してあげるわよ。わたしがシャネルだなんて、おかしいと思ってるんでしょ」

　わたしはそっぽを向いたまま、認めた。

「そうね。変よ」

「真理だってブランドって柄じゃないわ」

　言われずとも、よくわかっている。

「ちょっと思い立って荷物の整理をしたのよ。そしたら、着物用の桐箱《きりばこ》から」

　すっと、テーブルに手紙をすべらせた。航空便だった。

「シャネルのスーツとこれが出てきたってわけ。桐の箱よ。着物が入ってると思ったらスーツだもの」

母は苦笑を漏らしてみせた。

「どういうことなの。そもそもそんなものがうちにあったっていうのが、わからないんだけど」

日に焼けた航空便を取り上げつつ、わたしは尋ねた。

「母親の持ち物だったのよ。つまり、あなたから見ればお祖母《ばあ》さんね。サイズからして、母親が着てたのはたしかよ」

その言葉を聞きながら手紙の宛名《あてな》に目を向ける。フランス語だ。その宛名を声にして読んでみる。

「チサ・クノウ」

「そう、久能千沙《ちさ》。久能というのが、母親の旧姓。真理が四つのときに死んでるわ。知らないわよね。あなたは会ったこともないんだし」

とっさに尋ねていた。

「久能範義というのは、誰なの」

母が睨みつけた。

「なぜ、その名前を知っているのよ」

わたしは三日前の夕方、大津真一という男が接触してきたことを打ち明けた。母は聞きながら、なにか考えるようにうなずいた。

「千沙の父親よ。あなたからみれば曾祖父《そうそふ》ね。久能範義は戦前に外務省に勤めていたらしいの。だから、手がかりでも見つかるかと思って問い合わせたわ。そうしたら、範義はたしかに外務省の一等書記官として奉職していた。でも、パリで辞表を出しているの。それが一九四四年の五月」

なるほど、そういうつながりだったのかと納得がいった。

「ところで真理。あの大津という男に、なにか話したの」

疑わしげな目を向けてきた。あわてて手を振った。

「とんでもない。曾祖父《ひいおじい》さんの名前だってことも知らなかったのよ」

「スーツの話も、しなかったのね」

「もちろんよ。わたしは弘子さんから聞くまでなにも知らなかったんだし、だいいちそのスーツだって見てないのよ。なにがなんだか」

呆《あき》れてみせると、母は当然だと言いたげにうなずき、顔をしかめた。

「あの大津って男がわたしや弘子のところに来たあと、外務省に抗議しておいたわ。変な男がうろついて迷惑だって。それでも、まだ嗅《か》ぎ回っているのね」

「当時のパリで、トラブルでもあったのかしら」

大津真一の気にしているのはそのあたりのことかもしれないと思いつつ、わたしはつぶやいた。

「記録では、久能範義は退職したあと、半月ほどして交通事故で死んでいるのよ」

「記録って、なに」

「戦前の名簿よ。部署をたらい回しにされたあげく、記録はそれだけしかないって言われたわ。大正十二（一九二三）年九月に入省、昭和十九（一九四四）年五月退職。その横に墨文字で書き込みがあったの。パリにて交通事故により客死《かくし》ってね。そのとき母親も一緒にパリにいたんだと思う」

わたしは航空便の差出人に目をやった。クルト・シュピーゲルと読めた。ドイツ人らしいが、フランス語を使っている。

「それじゃ、この手紙はそのときの知り合いからね」

「まあ、そうなんだろうけれど」

母はわたしの手から手紙をつまみ上げた。封筒から中身を取り出し、ひらひらと振った。

「雪ノ下《ゆきのした》に住んでる翻訳者に読んでもらったら、このクルトって人物から来た手紙は、自分はなんとか無事だった、いろいろと捜して居所をつかんだから手紙を出す、このブルゴーニュの住所へピエール・ヴァネル宛《あ》てで返事をほしいとあるらしいわ。これが届いたのが一九五〇年」

つまり、クルトという人物は、戦後しばらく祖母の消息がわからずに捜していたのだ。

「これがシャネルのスーツと一緒にしまわれていたってわけよ。どう思う」

「どうって言われても」

正直なところ、松村弘子から聞かされた話の事情がはっきりするどころか、ますますぼやけてしまった。

「返事、出したのかな」

「え、なに」

うっかりつぶやいたのを、耳ざとく聞かれてしまった。

「だから、返事よ。このクルトって人に、お祖母さんは返事を」

「出すわけないわ」

遮《さえぎ》るように否定した。

「出してたら、二通目があるわよ。そうでなければ、二度と手紙を寄越すなと書いたか、ね」

「そんな」

「冷たいのよ、あの人は」

母は、そう吐き捨てた。祖母のことを「あの人」よばわりし、なおかつ「冷たい」とまで言い切った。だが、わたしには、よくわからない。

そもそもわたしは母から、実家のことをほとんど聞かされていないのだ。石川県の金沢《かなざわ》から東京の大学に出てきて、そこで学生運動に染まり、やがて同棲《どうせい》してわたしが生まれた。幼いころに祖父母の話を訊こうとしたこともあったけれど、実家とは縁を切ったのだと言うばかりで、昔話などしてもらった覚えはない。祖父母の写真すら、母は持っていなかった。

そのとき、唐突に埋もれていた記憶から、ひとつの表情が浮かび上がった。

悲しげな老婆《ろうば》の表情。

自分でもそんなことを覚えていたのに驚いた。あれは幼稚園のころだった。父が亡くなった前か後か、それははっきりしない。そのころ、母が帰宅するまで近所の家に預けられていたわたしは、外に遊びに出るのは許されていて、その日も近くの公園で友達と砂遊びをしていた。すると、不意に後ろから声をかけてきた着物姿の老婆がいたのだ。老婆はわたしの名前をたしかめるとかがみ込み、両肩に手を置いた。誰なのか尋ねても老婆はこたえず、わたしの顔をじっと見つめているだけだった。直感的に、この人は祖母だと、わたしは感じた。

ごめんね、許してね。

やがて祖母はそう口にした。なぜあやまったりするの。なにか悪いこと、したの。わたしは無邪気に問い返したが、祖母はこたえずに立ち上がり、このことは母には内緒にするようにと言って、立ち去った。わたしは母に言ったりしなかった。どういうことかわけもわからないまま、そのことはすぐに記憶の底に沈み込んでしまったのだ。

あれは間違いなく、祖母だった。

二十年以上も思い出さなかった記憶がふいに甦《よみがえ》ったことに驚きつつも、そう確信していた。

祖母の顔をはっきり思い出そうとして眉《まゆ》をしかめていたわたしを、母が立ち上がって見下ろしてきた。

「こっちに来なさい。スーツを見せてあげるわ」

ここまで話したのなら仕方あるまいといった様子だった。そのまま八畳の部屋へ入っていく。

記憶をたどるのをやめて、わたしは従った。

母は押入れから大振りの桐箱を取り出して畳《たたみ》の上に置いた。どこといって変哲《へんてつ》のないものだった。蓋《ふた》を開くと、防虫剤の臭いとともに、畳紙《たとう》に包まれたスーツが現われる。

母は無造作《むぞうさ》にそれを取り上げ、わたしの前に開いて見せた。

強烈な印象がわたしを射た。知らぬ間に、息をのんでいた。

そのスーツが経てきた時間の重みが、その内実はわからないまま、わたしにのしかかってきたようだった。服に人格があるはずもないのに、凛《りん》とした気配が、そこにはあった。

もっとも、一見すればそれは「普通のシャネルスーツ」にすぎない。ベージュというよりも、薄い茶色のツイードで作られたもので、七号ほどの大きさだ。襟のないジャケットと膝丈《ひざたけ》のタイトスカート。縁取《ふちど》りは白であしらってある。ジャケットの裾裏にはチェーンもついていた。いまよく見るものよりジャケットの裾が少し短く作られているようではあるが、典型的なものだった。

そのスーツから受けた強烈な印象の一端は、おそらく血のせいだ。

松村が「血痕だと思う」と口にした汚れは、ジャケットとスカート双方の前部にかなりひどく広範囲についていた。すでに服の模様のように馴染《なじ》んでしまっていたが、それはたしかに血痕らしかった。飛び散ったというのではなく、流れていた血に服をこすりつけたといった具合の汚れ方だった。

わたしはあらためてスーツに目を落とした。

「あの人が死んだとき、身内はほかに誰もいなかったから遺品は全部わたしが引き取った。東京の家を引き払うときずいぶん捨てたつもりだけど、この家にまで知らずに引きずってきたのね。こんなものがあったなんて、整理するまで気づかなかったんだから」

「血のことは聞いていたけれど、スーツがお祖母さんのものだなんて弘子さんは言わなかったわ」

「あたりまえよ。あの人のことも手紙のことも言ってないわ。身内の問題だもの。血がついているんだし」

いらだった声をあげると、母はスーツを取り上げてまたもとの桐箱にしまった。

もしこれが犯罪にかかわる証拠であるなら、うかつに他人に話すのはまずい。

母が大津真一にはもちろん、松村弘子にさえスーツと祖母のかかわりについてなにも話さなかったのは、そのせいだ。

かがめていた上体をもとに戻しながら、わたしは低く声を漏らしていた。母は桐箱をふたたび押入れの中に戻し終え、キッチンへ帰っていく。仕方なくわたしも腰をあげた。

さきほどと同じ位置に向き合うと、母はいかにも物分かりのよくない娘を諭《さと》すような調子で口を開いた。

「言っとくけど、あのスーツがシャネルだろうがなんだろうが、わたしにはどうでもいいの。ただ、あれと手紙が一緒にしまい込まれていたということは、当然なにかの関係があるはずよ。クルトという人物があの人を捜していたことは、この手紙からはっきりしている。ただ、なぜ一緒にあのスーツが入っていたのか、それがわからない」

わたしはあきれた。第二次世界大戦が終わって、いったいどれだけ年月が経っていると思っているのか。

「それを調べるのは、大変よ」

母は遠くを睨みつけるような目になり、つぶやいた。

「そんなことわかってるわ。だけど、あの人はフランスにいたときのことなんか、これっぽっちも口にしなかった。いまさらだけど、なにがあったのか知りたいのよ」

悔しそうにも聞こえるその言葉は、わたしに母の思いを納得させた。祖母が、母にも口にしないいままだったフランスでの出来事があるのだとしたら、それを知りたい。そう思う母の気持ちは理解できた。

そして、わたしはそういう母に興味を刺激された。決して弱みを見せようとしなかった母が、かすかに弱みを漏らしたように感じられたのだ。端的《たんてき》に老いを感じたといってもいい。

さらには、記憶の中の祖母の表情。あのとき祖母は、なにをわたしにあやまったのだろうか。

「やっぱり一緒に行くわ」

だが、母はわたしを一瞥《いちべつ》しただけで、またそっぽを向いた。

「真理には関係ないことだって言ってるでしょ。これはわたしの問題なの」

「わたしにだってかかわりがあるわよ。お祖母さんのことだもの」

祖母に会ったことがあるのだと、よほど口にしようと思ったが、それは黙っていた。

「真理が一緒に来ても、役には立たないわね。それに、あっちには大学のとき留学生として日本に来ていた知り合いがいるの。その人に連絡も取ってある」

「でも」

「口出ししないでほしいわ」

語気強く遮られてしまった。

でも、母ひとりで行ってしまえば、スーツと祖母とのつながりがわかったところで、きっとなにも教えてくれない気がした。ここまで話を聞いて、その結果を知ることができないのは、悔しい。ライターの端《はし》くれとしては、それが記事になるかもしれないと頭の片隅《かたすみ》で思いもしたが、そういうさもしい根性を抜きにして、わたし自身も事情を知りたいと強く思ったのだ。それほどまでにスーツが放つ魅力にとらわれたともいえるし、急に甦ってきた、たった一度の祖母との出会いがなんだったのか、それを知る手がかりもこのスーツにある気がした。

食い下がろうとしたとき、テーブルにあった電話の子機が鳴り出した。

舌打ちして母が子機を取り上げ、立ち上がる。

キッチンを出て、廊下でぼそぼそと小声で受けこたえする声がしばらくつづいた。松村弘子からの電話だとわかった。わたしひとりで行くと言ったはずだ、余計なことをしないでほしい、そんな言葉が聞こえてきた。だが、やがて声は低くなり、それから母が電話の子機を手に、キッチンに戻ってきた。黙ってそれをわたしに突き出す。

わたしは受け取って、耳にあてた。

「きょうあたり行ってるんじゃないかと思ったわ。どう、その気になってくれたかしら」

母の大きな目が監視するように向けられている。わたしは座ったままそっぽを向き、なかば聞こえよがしにこたえた。

「はい。ぜひやらせていただこうと思います」

ほんのわずか安堵《あんど》したような間があってから、松村の苦笑が届いた。

「よかったわ。昨日やっと智子もあなたと行くことを承知したの。それなのに、やっぱり駄目だなんて、いまも駄々《だだ》をこねてたのよ」

ちらりと母に目を走らせてみたが、知らんぷりで茶をすすっている。

「じつは飛行機のチケットを頼まれていたの。で、ふたりぶん取ったから、それを知らせようと思って電話したのよ」

「いろいろとお世話になって申し訳ありません」

「ところで、詳しいことはわかったかしら」

松村が尋ねているのは、むろんスーツのことだ。

「実物を見せてもらいました」

「そう。どうだった」

「わたしにはなんとも言えませんが、とにかく母はこだわっているようです」

身内の問題だと口にした母の言葉が、返事を歯切れの悪いものにしていた。

「智子のことだから、それなりの事情があってこだわっているのは間違いないと思うわ。

に聞こえた。

なにかあったらフランスからでもいいから連絡ちょうだい」

なにかわかったら、ではなく、なにかあったらという言い方は、どこか心配そうな調子

「早く行って、早く帰ってくることよ」

忠告めいたことをつけ加えて、松村弘子は電話を切った。

わたしは子機を母に返しつつ、思いついて尋ねた。

「そういえば、お祖母さんの写真とか、ないの」

「なぜ」

隠しごとがばれたときのような不貞腐れた声で、母は睨んだ。

「参考までによ。顔も知らないんじゃ困るもの」

すると母がジャンパーのポケットから渋々といった具合に取り出したのは、古ぼけた写真だった。

「桐箱に一緒に入っていたわ。あの人の写真は一枚も持っていなかった。あるのはこれだけよ」

はがきをひと回り小さくした、現在ＤＳＣ判と呼ばれるほどの大きさだった。上質の紙にプリントされているせいか、セピア色の画面はほとんど傷んでいなかった。

そこにはふたりの人物が写っている。ひとりは白人の男性で二十代後半と思われた。背

広にネクタイ姿で、金髪のようだ。これがクルトという人物だろうか。もうひとりは二十歳《はたち》そこそこらしい女性。

これが祖母の千沙だ。いまさっき目にしたものらしきスーツを身につけている。むろん血で汚れてなどいない。

ふたりは夕暮れめいた陽射しの中に並んで、微笑を向けていた。かしこまった写真ではなく、スナップとして撮った一枚だ。背景には連《つら》なる山並みがあり、ヨーロッパのどこかに違いない。

千沙はボブカットほど切り揃《そろ》えてはいないが、それに近い髪形をしている。切れ長の目にぷっくりとした唇が目立った。こちらに向けられているまなざしは微笑んでいる。だが、かすかに緊張した気配と翳《かげ》りがあるように思われた。その顔つきは、記憶の中の老婆を若くした顔に重なった。やはりあの老婆は、千沙だったのだ。

裏返してみると、ブルーブラックのインクで書いたらしきサインがあった。女性の筆跡だ。

「『友情の記念に　C・KへE・Bより』って、フランス語で書いてあるわ」

母が目で示した。「C・K」は千沙のことだ。「E・B」という女性からもらった写真なのだろう。しかし、母はその人物に心当たりがないようだった。

「いくつだったのかしら」

ふたたび千沙の姿に目をやり、つぶやいた。

「一九二一年、大正十年の八月十二日生まれよ」

とすると、十代後半から二十代にかけてパリにいたことになるのだろうか。

「これがお祖母さんなのね」

「そう、それが久能千沙」

母が、つまらなそうにこたえる。

久能千沙。

彼女が体験してきた時間を、わたしはこれから追体験することになるのだろうか。それはとりもなおさず、あのスーツの経てきた時間でもある。

わたしは千沙の顔を、強く目に焼きつけた。

一九三七年九月　万国博

鷗《かもめ》が数羽、船の横で風に舞っている。陸地が近くなったのだ。

千沙は甲板《かんぱん》に立って、目を細めた。

船員たちがあわただしくその背後を行きかう。

日本郵船《にっぽんゆうせん》の箱根丸《はこねまる》は、中天にかかった陽光のもとで黒煙を風にたなびかせ、波をかき分けていた。

白いブラウスに緑のフレアスカート姿の千沙は、すっと背筋を伸ばし、大きく息を吸い込んだ。ひんやりとした心地《ここち》よさが、胸をふくらませる。

「いよいよだぞ」

背後からかけられた父の声に髪の毛を押さえつつ振り返ると、千沙は小さく微笑んだ。

「そわそわして落ち着かないわ」

十六歳の顔が、いちどに幼さをあらわにした。これから訪れる異国に、不安よりも好奇心をかきたてられている表情だった。麻の背広を着た父は千沙の横に並び、前方に見えてきた港を指さした。

「あれがマルセイユだ。今夜はあそこで一泊して、明日は列車でパリにひとっ飛びだ」

口髭《くちひげ》をうごめかして笑う横顔を、千沙は誇らしげに見上げた。外務省一等書記官である父の久能範義は、職務柄何度もフランスに来ているから、千沙はすべてをまかせきっていた。

これまで海外に赴任するときは常にひとりで日本を離れていた範義だったが、今回はひとり娘の千沙を伴《ともな》う決心をつけた。一昨年の末に妻の美代《みよ》を結核で亡くし、運悪くドイツに在任中だったため葬儀にも間に合わなかったことが、範義に深い後悔を抱《いだ》かせている。と同時に、千沙を高輪《たかなわ》の屋敷にひとり残していくには忍びないものもあったからだ。

故郷の金沢にいる姉夫婦のところにやるわけにもいかず、ならばいっそ一緒に連れていこうと決めたのである。白百合《しらゆり》高等女学校を途中でやめることにはなるが、海外の風物に慣れ親しむのもまた勉学のひとつだという理屈もあった。

千沙は父からそういった事情を打ち明けられ、ともにフランスに行かないかと提案されたとき、なにか目の前が大きく開かれたような思いになった。母が亡くなって打ち沈んでいたこともあったが、二・二六事件からあと、軍部が幅をきかせ始め、ひどく息苦しい風潮が広がりつつある時期だったせいだろう。白百合でも威勢のいい教師が軍部に賛同するようなことを授業中に口にしたりして、以前ののびのびした空気に慣れ親しんだ千沙は日本全体が生きにくい場になりつつあると感じてもいた。しかも出発する直前の七月七日には盧溝橋《ろこうきょう》で銃撃戦が発生し、日華《にっか》事変が勃発《ぼっぱつ》している。

そのような状況の中で日本を離れたから、まさに「脱出」に等しい気分だった。ただし、いつ戦火が起きるかという点では、ヨーロッパも同様である。ドイツでヒトラーが政権を握り、一九三五年にベルサイユ条約の破棄《はき》を宣言してからというもの、どうなるかわからない。

ただ、どこに行くのであれ、父が一緒であるなら、なにかあったときに離れ離れになってしまうという不安だけはない。だからこそ迷うことなく一緒に行くことに応じたのだ。

そして盆が明けると同時に横浜を出発し、ひと月かかってここまでやってきた。

長い船旅だった。

そう思いつつ、千沙も父にならって白く照り映《は》える港町へと目をやった。すでに港で入港の準備に動き回っている人影がくっきりと見えている。鷗の数も増え、鳴き声があたりに満ちる。あと十分もせずに接岸するだろう。

「さあ、荷物をキャビンから持ってこないとな」

相変わらず目を港のほうに向けていた父が、つぶやいた。

その横顔に、一瞬厳《いかめ》しい色が走ったように、千沙は思った。だが、それはすぐに消えて、笑《え》みを顔に広げた。

「いま、パリでは万国博をやっている。きっと賑《にぎ》やかなはずだ」

「それより、わたし、シャルトルの大聖堂を見たいわ」

範義は呆気にとられたようだったが、すぐに声を立てて笑った。

「なるほど。愛校心を示そうというわけか」

「まさか。友達にどんなだったか感想を手紙で送ってって、そう頼まれたの」

千沙はいたずらっぽくこたえた。

「よかろう。しばらくは時間が取れないが、そのうち連れていってやろう」

父はうなずきながら、キャビンへと歩き出す。

「わたし、もう少しここにいる」

「どうかしたのか」

振り返った父へ、千沙は首を軽く振ってみせた。

「船がね、接岸するところを見たいの」

父は肩をすくめると、背中を向けて去っていく。

こどもじみているが、どうしてもそれが見たかったのだ。別の人生に飛び移る。そういう思いがあった。

船はゆるゆると、だが確実に桟橋《さんばし》へと近づいていき、そしてついに接岸した。

そのときから、千沙の「別の人生」が始まったのだった。

＊＊＊

もっとも、それはそれほど浮《うわ》ついたものではなかった。

パリに着いてからの一週間ほどは、日本から前もって送っておいた荷物の整理でつぶれた。

外務省が用意してくれていたのは十五区にあるこぢんまりした屋敷であった。千沙たちが来るということで、白い漆喰《しっくい》壁の外装は新しく塗り替えられ、小さな中庭も手入れがされていた。以前はユダヤの織物商の屋敷で、父とふたりだけの生活をするにはじゅうぶん広かった。北側の窓を開くとセーヌ川を背にしてエッフェル塔が真正面にそびえ、シャン・ド・マルス公園に造られた万国博のパビリオンの屋根も点々と見える。十六区にある日本大使館からは少し離れているが、住み心地はよさそうだった。

父は大使館の仕事があるから、屋敷の管理はおのずと千沙がすることになる。料理も掃除も洗濯も、家政婦を雇《やと》うまでのあいだ、当面は千沙の仕事になった。行き違いがあって半月ばかり家政婦がいない生活をしなくてはならなかったのだ。千沙にしてみれば、それもまた楽しみのひとつであった。父とふたりで夫婦生活の真似事《まねごと》をしているようでもあり、フランスに来たからといって浮ついてなどいないという実感にもつながった。じっさい、ここで何年かのあいだ生活をしていかなくてはならないのだ。基本的な日常の必要事項を覚えるためにも、いい機会だった。

だが、とたんに問題が起こった。

言葉がまるで通じないのである。学校ではフランス語の授業もあって、それなりに優秀な成績だったはずなのだが。

到着して二日目に夕食用の野菜を買おうとして、そのことが明白となった。

屋敷の近くに店はないかとなにげなく外出してひと回りするうち、野菜を並べている店が目に入った。そこで人参《にんじん》を一本買おうとしたが、いくら人参をくれと言っても通じない。店を仕切っていた中年の肥《ふと》った女は、両手を胸の前で振りつつなにごとか口にしている。それすら聞き取れなかった。仕方なく指さして、身振り手振りで人参を一本買った。

物怖《ものお》じするほうではなかったからよかったものの、これには千沙もそれまで持っていた自信を砕かれた。

その夜、食事のときに父にその顛末《てんまつ》を話すと、大いに笑われた。そもそも最初から通じると思っているのが間違いだというのだ。

「日本人は言葉で苦労するんだ。そういうときは、通じようと通じまいと、とにかく話すことだ。話すのをやめてしまえば、それで終わりだ」

しごく当然のことのようにも聞こえたが、千沙はなるほどと納得した。

それからはフランス語のやり直しだった。教科書で会話を覚えるのではなく、とにかく相手を見つけて話を交《か》わす。まず最初に目をつけたのは、人参を買った店の女将《おかみ》だった。やがて女将がアンヌという名前だとわかり、亭主と五人のこどもがいることも知った。アンヌは商売の妨《さまた》げになるのを承知で、千沙の相手をしてくれた。

父の範義を例に出すまでもなく、生来《せいらい》語学の能力に秀《ひい》でている家系らしく、千沙はまたたく間にフランス語がうまくなっていった。話し相手も徐々に増えていき、ふた月もすると屋敷の周辺で千沙は「シサ」と呼ばれ、顔が知られるようになった。フランス語で「ｃｈｉ」は「シ」と発音するからだ。言葉を使いこなせるようになるだけでなく、知り合いが増えるのは生活をしていく上での励《はげ》みでもある。

家政婦も十月の初めには通いでやってくるようになった。ジャンヌ・ヴァランクールという名の三十代なかばになる寡婦《かふ》だった。ジャンヌもまた、千沙のフランス語の修練につき合わされたのは、言うまでもない。

そうやって少しずつ生活の基盤が整ってきて、千沙はパリでやっていける自信を持った。

父の範義は知らぬふりを装いつつも、そんな千沙をじっと見守っていたようだった。

十一月に入ろうとするころ、それまで一切屋敷から連れ出してくれなかった父が、明日の日曜日に万国博へ一緒に行こうと言い出した。

「どうやら一人前に会話もできるようになったみたいだからな。はぐれても道を訊いてひとりで帰ってこられそうだ」

冗談めかしていたが、まったくもってその通りであった。まだほとんどパリの街に出たことはなかった。屋敷の周辺ではなんとか知り合いもでき、会話も交わせるが、パリの地理は頭に入っていなかった。毎夜万国博のパビリオンが電飾に照らし出され、音楽の演奏とともに花火が打ち上げられていても、それはその日まで千沙にとっては無縁のものだったのだ。

この地で生きていくには、少なくとも会話が支障なくこなせるようにならなくてはならない。

それがなによりも第一に優先されることを、千沙はよく承知していた。父の範義も、少しずつ段階を踏んで千沙をパリに馴染ませようとしていたのだ。あるいは外交官として己《おのれ》が身につけた海外での生活方法を伝授していたのであろう。

翌朝、千沙は日本から持ってきたドレスの中でも、いちばんのお気に入りを着て、屋敷を父とともに出た。ウエストの引き締まった紺のビロード地のもので、レースの縁飾りをほどこした白い襟が紺色を引き立たせる。スカートは踝《くるぶし》まであり、それに短ブーツを履《は》いた。髪の毛は結《ゆ》わずに背中にたらしたが、黒髪が珍しいのか、すれ違う者の大半が千沙を見て振り返っていく。

幸いにも青空の広がる晩秋、日本でいえば小春日和《こはるびより》だったから、ふたりは車や馬車には乗らず、徒歩でシャン・ド・マルス公園へ向かった。車や馬車に乗ってしまっては、その都市がどのような都市なのか、細部を見落としてしまう。歩くことで身体が街を知っていく。

「散策というのは、本来そういうものだった」

ステッキにフロックコートの父が、歩きながらもっともらしく口にしたが、本当かどうかはわからない。たまに嘘《うそ》をしれっとした顔で口にすることは、千沙にはよくわかっていた。そういうときは、きっと父の機嫌がいいときなのだということも。

「パリの街区が二十に分かれているのは、知っているだろう」

「もちろんよ。そのくらいはわたしだって」

「じゃあ、この歌は」

父は口髭をうごめかし、ステッキの先で地面を軽く叩きながら歌い出した。

凱旋門《がいせんもん》をまっしぐら　シャンゼリゼーの突き当たり
そこから一、二の三、四区
セーヌを渡り　さかしまに五、六、七、八、凱旋門
凱旋門からもう一度　九、十、駅が三つあり
十一、十二でまたセーヌ　オステルリッツの十三区
モンパルナスはトウシロウ　十五で姐《ねえ》やは川渡り
重労働の外交官

「なに、それ」

千沙は困ったような笑いを父に向けた。

「大使館の某所にあった落書きだ。大使館で終わっているから完全とは言えんが、駅の場所も読み込んでいて、なかなかのものだ。まあ、サン・ラザール駅はじっさいには八区だが」

これまた本当か嘘かわからない。父が即興《そっきょう》で作ったものかもしれなかった。

そうこうするうち、ふたりが公園の入り口にさしかかるころには、周囲は見物人で満ちていた。一見しただけではわからないが、おそらくさまざまな国から見物人がやってきているのだろう。

公園に入ると、ひときわ目立つパビリオンがふたつあった。エッフェル塔を真ん中にして左右に分かれている。屋敷からはパビリオンの全体は見えていなかったから、いま初めて千沙はそれを目にしたことになる。

「あれは、なに」

尋ねると、父はつまらなそうな声でこたえた。

「あれか。あれは左のはソビエトで、右がドイツのパビリオンだ」

ソビエトのは、パビリオンの上に腕を振り上げたような格好をした立像がこしらえられている。ドイツのは、かっちりとした柱が並ぶ神殿のようなつくりだった。

「さあ、こっちだ。おまえの気に入りそうなものをいくつか探し出しておいた」

父は千沙をうながし、公園内にあったパビリオンへと導《みちび》いていく。

それから一時間ばかり、日本、イギリス、アメリカといったパビリオンを巡《めぐ》った。スペイン館では巨大な「ゲルニカ」という題名の絵も見た。だが、ついに父はソビエトとドイツのパビリオンには興味を示さず、セーヌ川を渡ると、フランスのパビリオンであるシャイヨー宮へ足を向けた。

「もともとここにはトロカデロ宮があったんだ。それを今度の万国博のために新しく造り直した」

父は両腕を広げ、左右に広がるクリーム色の建物を見やった。それが展示館で、人々がパンフレットを手に左右に分かれて入っていく。噴水のある庭から振り返ると、ちょうどセーヌ川の向こうにエッフェル塔が見える。手前には、例のドイツとソビエトのパビリオンが睨み合っていた。

「ここは絶景ではあるが、あの左右のものがな」

父は苦笑ぎみにつぶやいて背を向けると、千沙をうながし、左側の建物の二階に向かった。階段の下には「アール・デ・クチュール」と書かれた大きな看板が立てかけられている。

「ここがいちばんおまえの気に入りそうなところかもしれん」

観客の列に並んで階段をあがり、二階にたどり着くまで、十五分ほどもかかっただろうか。かなり人気があるようだ。薄暗くした館内に、点々とスポットライトがつけられ、人々がそこをゆっくり横切っていく。

千沙はつられるように足を進めた。

ポワレ、スキャパレリ、ヴィオネといった名の服飾家《クチュリエ》たちの作品を身につけたマヌカンがそこには展示されていた。ポワレのアラビア風の原色を使ったしどけない服、スキャパレリの大胆な色と形の服、ヴィオネは斜《なな》めに裁断した布地を使い、華麗な襞《ひだ》を表現していた。

「日本では、まだ仕立て屋はただの仕立て屋だが、パリでは尊敬を勝ち取っている。生活の中の芸術というわけだ」

父がささやいた。

千沙は聞こえたのか聞こえなかったのか、つぎつぎに目の前に現われるマヌカンのつけた衣装に釘付《くぎづ》けになっていた。

たしかに資生堂《しせいどう》によってパリのモードは日本にも紹介されている。パリ帰りの武林文子《たけばやしふみこ》といえば、千沙などにとっては資生堂の洋装科主任として知られていたものだ。パリのモードがそれだけ日本にも入ってきていたわけだが、いま千沙は日本ではなくパリにいて、そのモードの最先端を目にしている。それが千沙にとって夢のような体験であるのは、言うまでもない。

やがて千沙の足は、一着のスーツの前で止まった。

息をのんでいた。黒一色のツイードで仕立てられたスーツには余計なものがなく、あまりにも単調なシルエット。だが、単調な中にこそ、それを作った人物の強い意志がにじみ出ていた。

むろん、それを誰が作ったのか、承知していた。それでも、あらためてクチュリエの名前を書いたプレートに目を落としてたしかめなくては気が済まなかった。

千沙にとってパリのクチュリエの中で誰がいちばんかといえば、それは当然のごとく、そこに名前を刻まれている女性にほかならなかったのである。

報告

結城智子が鎌倉雪ノ下在住の翻訳者山崎光男《やまさきみつお》に手紙の翻訳を依頼していたことが、担当者大津真一により判明した。

手紙は久能範義の娘千沙に宛てたクルト・シュピーゲルからのものであり、文面に久能範義についての記述はなかったものの、結城智子の探索目的が該当事案である可能性は高まった。

また、結城真理は雑誌等のライターをしており、今回の件について調査依頼をしたのは母親の智子ではなく、真理である可能性も否定できない。その点、両者は民間人であるが、今後の動向に注意を要する。

3　パリへ

北鎌倉へ母に会いに行った日から一週間後、その年の四月八日に、わたしと母はエール・フランスの旅客機で羽田《はねだ》を出発した。

大型連休に近づくと混雑するし、できるだけ早いほうがいいと考えた松村弘子が、その日のチケットを取ってくれたのだ。大津真一の存在には嫌な予感を抱いていた。だが、だからといってパリ行きを取りやめるつもりはなかった。

出発前、わたしは時間の許すかぎり調査の下準備をした。久能範義と千沙が住んでいた場所がまるでわからないため、とにかくわずかでも手がかりがありそうな場所をたどろうと考えた。パリへ着いてからうろうろするのでは、時間の無駄だった。ライターをやっている習性のようなものである。

パリでは母の友人という人物の家で厄介になることになっている。わたしも同行することになり、あらためてその友人に連絡を取ってくれたらしい。

友人の名前はメラニー・ロア。それは教えてくれたが、あまり詳しく説明したくないようだった。

準備といっても、荷物はさほどあるわけではなかった。調査に必要なスーツと手紙、それに祖母の写真。あとはメラニーへの手みやげとして、母の焼いた紫色の花瓶。つきつめていえば、それだけあればよかった。

わたしは大型連休明けまでの一ヶ月ぶんの原稿をなんとか仕上げ、徹夜のまま羽田に駆けつけた。松村弘子が北鎌倉まで行って母を連れてきてくれるというので、その点はまかせてしまったのだ。

母は、この前見たときより疲れているようだった。隣にいる松村が背筋も伸びてグレイのパンツスーツ姿なのにくらべ、ジーンズにダウンジャケットだったから、そう感じたのかもしれない。

「それじゃ、頼むわね」

松村は手にしていた母の荷物をわたしに預けながら、どこかしら硬い表情だった。

母はわたしに目もくれず、搭乗手続きのカウンターへと勝手にふらふら歩いていく。

大津真一の姿がどこかにあるのではないかと周囲を見回したが、乗降客が多すぎてわからなかった。

午前十一時十五分、松村弘子に見送られ、わたしたちの乗った便は定刻に離陸した。

十二時間でパリに着く。サマータイム期間中で時差は七時間だから、到着するとあちらは午後四時過ぎということになる。

気が緩《ゆる》んだのと睡眠不足とで、わたしはすぐに眠り込んでしまった。つぎに目が覚めたとき、すでに六時間が過ぎていた。あわてて母を見ると、眉をひそめた顔で眠っていた。起きていれば、また愚痴《ぐち》のひとつも言われるところだった。

ほっとしたとき、母の手から落ちそうになっているカバーをかけた文庫本らしきものが目に留《と》まった。落ちないように取り上げかけて、やめた。ちらりと中身が見えたからだ。フランス語会話をカタカナで記《しる》してある、よくある本だった。

代わりに自分が買い込んできた本をバッグから取り出して開いた。

ジャスティン・ピカディという元『ヴォーグ』の編集者が書いた『ココ・シャネル　伝説の軌跡』である。単行本でかなり厚いのだが、書店で手に入るいちばん新しい伝記だというので買ったのだ。フランスまで持っていくにはどうかと思ったが、なにかのときに役立つと思い、バッグに押し込んできていた。カラー図版もかなり掲載され、わたしのような初心者にはちょうどよかった。ほかに持ってきたのは詳細な世界史年表を一冊、フランス旅行のガイドブック、それに母同様、会話本を一冊。

ピカディの本によれば、シャネルは自分の人生を虚構で塗り固めようとしていたようだ。あるいは自分の言動の本当の動機がどこにあったのかを隠そうとしたともいえる。それがシャネル本人の語る気の利《き》いた箴言《しんげん》とあいまって、結果的に多くの「伝説」を生み出すことになった。

検索をしてみたら、伝記のたぐいが日本語で読めるものだけでも五十冊ほど出てきたのには驚いたが、素顔がうかがい知れないからこそ、周囲の者たちがあれこれと推測をたくましくするというわけだ。

ざっと拾い読みをしていくと、シャネルという女性はずいぶん多くの恋愛をしたのだなという印象がある。名を挙げられた相手は、八人ほどいる。そして、その交際範囲の広さも注目される。毒舌で決して社交的とは言いがたい女性だったらしいのにもかかわらず、小説家、詩人、画家、音楽家、貴族といった上流階級や知識人とのつながりが目立つ。

本名ガブリエル・ボンヌール・シャネルが生まれたのは、一八八三年八月十九日。ロワール川流域のソーミュールという場所である。彼女は次女で、上に姉がひとり、妹と弟ふたりがいた。父親は行商人だったが身持ちが悪く、こどもたちが生まれてからもふらふらとして落ち着かなかったらしい。結果として母親のジャンヌが働かなくてはならなかった。

ガブリエルが十一歳のとき、その母親が喘息《ぜんそく》を悪化させて亡くなる。結局父親ひとりで五人のこどもの面倒はみられないため、弟ふたりは養子に出され、いちばん下の妹は親戚の家に預けられ、姉とガブリエルはオーバジーヌという場所にあった宗教施設に送られる。

この施設での生活が、のちのシャネルのデザインに大きな影響をおよぼしているという。たとえば施設の制服だったボックススカートが白と黒のツートンで、それをシャネルが応用したとか、ストイックともいえる無駄を省《はぶ》いたシルエットの取り方なども、施設での生活の反映だと言われる。

にもかかわらず、シャネルは晩年になっても自分の出自《しゅつじ》をはっきりと口にしなかった。年齢をごまかすためでもあっただろうが、それればかりでなく、家族についても貴族の出だとか農園主をしていたとか、ずいぶん適当なことを口にしている。あらまほしき家族について話していたのだと考えれば、それはそれで納得もいく。なにしろ父親はアメリカに商売に行くと言い置いて姉とガブリエルを施設に預けたまま、二度と戻ってはこなかったのだ。

文字通り孤児となってしまったガブリエルが理想の父親を思い描いたとしても、誰も非難はできまい。その後の男性遍歴もまた、この父親に対するなにがしかの思いが影を落としているのかもしれない。

十八歳になると施設を出なくてはならなくなり、姉とともにオーバジーヌから少し離れたムーランという土地の寄宿舎に移る。そこもまた宗教施設だった。しかし施設には長居せず、同じムーランにあったカフェ・コンセールの「ラ・ロトンド」で歌手になる。カフェ・コンセールというのは、文字通りカフェでコンサートをおこなう店である。当時のライブハウスと言えばいいかもしれない。これが一九〇〇年、十七歳ころのことだった。この年、パリでは地下鉄《メトロ》が開通している。

「ラ・ロトンド」でのガブリエルは、歌手といっても、バックコーラスのようなことをしていたようだ。ここでもらった愛称が「ココ」だった。持ち歌がふたつしかなく、それが「コ・コ・リ・コ」と「トロカデロでココを見たのは誰」という歌だったからで、「ココ」とは「かわいい子」といった意味らしい。

そしてまた、この「ラ・ロトンド」で、最初の愛人であるエティエンヌ・バルサンというブルジョワ階級の男とも出会うことになる。歌手をやめ、しばらくバルサンの屋敷で「囲われ者」として生活し、そのときに乗馬やポロに親しんだようだ。

やがて、ココはバルサンに資金を出してもらい、パリのマルゼルブ大通りに帽子の店を開く。手先が器用だったから、バルサンの知人たちに帽子を作ってやったところ、評判がよかったという経緯があり、自分で稼《かせ》いでいく道を切り開こうと考えたのだ。身持ちの悪い父親に振り回されて亡くなった母親のようになりたくないと思ったという解釈をしている伝記もある。

バルサンは大ブルジョワだったため、金持ちの知り合いが多かった。ココは少しずつ、そういった人々の中に入っていく。

イギリス人のアーサー・カペル、通称ボーイ・カペルという石炭業で財産を築いた人物も、そのひとりだった。カペルと出会ったココはたちまちのうちに恋に落ち、三角関係ができてしまう。結果的にココはカペルを選ぶことになるのだが、このカペルの援助で、今度はカンボン通り二十一番地に帽子店をあらたに開く。

これが一九一〇年で、さらにその三年後には避暑地だったドーヴィルに店を開く。ドーヴィルでは帽子以外にココ自身が着たいと考える服を作って並べた。つまり、シャネルの考案による服が生まれたのは、この時期になる。それまで下着にしか使われなかった布地であるジャージーを使い、機能性のあるものを作ったのである。

十九世紀の女性の服装は、よく言われるようにコルセットで胴体を締め上げ、クリノリンやバッスルといった補助用具を身体に装着し、豊かな胸と腰回りをことさら強調することに重点を置いた、ひどく身動きのとりにくいものだった。そういった余計なものを削《そ》ぎ落とし、動きやすいことを眼目《がんもく》にココの服は作られていった。先達《せんだつ》にポール・ポワレという同時代のクチュリエがいて、最初にコルセットを投げ捨てたのはこのポワレだった。ココはそのあとを機能的というコンセプトで受け継いだといえるだろう。

ここまでで、約三分の一というところだ。本のページ数も、ココの人生も。

わたしは本を閉じ、さきほど運ばれてきた夕食に手を伸ばした。

母は相変わらずうつらうつらしている。眠っているぶんには気に障《さわ》ることもない。

シチューを口に運びつつ、わたしはいましがた読んだココの幼少期を、自分にだぶらせていた。

父は実直な設計士だったから、むろん同じような立場ではない。でも、他人の人生を知ると、ついみずからの境遇とくらべてしまうのは、仕方がないともいえる。

学生運動に染まっていた母とは違い、父の俊夫《としお》は工業大学でみっちりと橋梁《きょうりょう》を専門に学んでいたらしい。亡くなったとき、わたしはまだ三歳だったので、そんなことはむろん知らなかった。ちょうどバブルと呼ばれる時期の直前だったためか、めったに家にいることもなく、遊んでもらったこともいまになってはうろ覚えだ。

父の遺影は仏壇にいつも飾ってあった。それ以外の写真は、枚数は少ないながら、母がまとめて持っているのを知っていた。小学生のとき、箪笥《たんす》のいちばん上の引き出しから母に隠れて取り出し、しばしば眺めていたのを覚えている。涼しげな目をした父は、自転車にまたがったり、庭にホースで水撒きをしたり、玄関の雪かきをしたりしていた。わたしが一緒に写っているものは、父の膝に乗っているものと肩車をしてもらっているもの、それに海に行ったときに浜辺で写したものだけだった。あまり家にいなかったから、家族写真を撮る機会も少なかったのだろう。

家を出るときに、わたしはその中から何枚か失敬してきて、いまでもシステム手帳の中に挟《はさ》んである。

また、高校生のとき、家に残されていた仕事の書類が出てきて、初めて父の筆跡を目にした。橋の設計図や計算式などの脇にびっしりと書き込まれた文字に、内容は理解できないものの、父の熱意が込められている気がしたものだった。

そんな風に、父の痕跡を探した一時期が、わたしにはあった。しかし、それも徐々に日常生活に追われ、母とのいがみあいに明け暮れているうち、感情の底に埋没していった。そしてふと気づくと、恋愛や仕事で付き合いのあった男性に、ついつい父の面影《おもかげ》を見ようとしている自分がいて、驚いたこともある。

母にしても、父の記憶はすでに遠いはずだ。祖母についても同様だろう。それがふとしたきっかけで生々しく立ち現われたのが、今回のスーツの一件に違いない。祖母の痕跡を前にして、どうしてもそこにある謎《なぞ》を解かずにいられなくなった。あるいは、やり忘れていたことをどうしてもなしとげなくてはならないといった思いにかられたのだ。

わたしにしても、それは同じだ。祖母の残したスーツの存在が、それを身につけていた祖母の存在を浮かび上がらせてしまった。思い出した以上、記憶の中の悲しげな祖母がなにを秘めていたのか、突き止めずにはいられない。

う、と短く声を漏らした母が、うつむけていた顔を持ち上げた。目が覚めたようだ。

「食事、どうする」

「いらない」

母は短くこたえただけで、まだ眠いらしく、そのまままた顔をうつむけてしまった。

わたしも食事を終え、ふたたび本に戻ることにした。

一九一四年から一八年にかけて、第一次世界大戦が起きている。ヨーロッパは戦場となり、多くの死者を出した。

この戦争がココには幸いした。戦場に出ていく男たちに代わり、日常生活に不可欠な業務を女たちが代行することになった。それまでの戦争と違い、第一次世界大戦は総力戦であった。つまり、戦闘に参加しない者もまた、戦争遂行《すいこう》のためのあらゆる仕事を引き受ける必要が出てきたわけだ。女たちも十九世紀的な身動きのとれない服を着ていては、話にならない。機能的なココの服が浸透《しんとう》していった理由のひとつだ。少なくとも、その下地ができつつあった。

戦争中の一九一五年には、スペインとの国境に近いビアリッツにも店を出し、オートクチュールに本格的な意欲を見せ始める。

また、同じ時期にロスチャイルド夫人という知己《ちき》を得て、そのつながりで生涯の友人となったミシア・セールというポーランド系フランス人とも知り合うことになる。彼女はルノアールやロートレックのモデルにもなったことのある美しい女性だった。

一九二〇年代にココが芸術家と多く知り合うのは、このミシアを介してである。

もちろん、いいことばかりがあったわけではない。一九一八年には現在まで続くカンボン通り三十一番地に店を移転させたが、同じ年のクリスマス前夜、カンヌへ出かけていたカペルが自動車で事故を起こし、亡くなる。最愛の男を突然失ったココは、むろん悲しんだ。ただ、ここが複雑なところなのだが、カペルは一九一七年に、イギリス貴族の娘と婚約していた。カペルは石炭で財をなしたが、それに見合う身分を持っていなかった。だから貴族の娘と結婚し、身分を手に入れようとしたのだ。ココは前もってそれを告げられていた。あるいはココはカペルとの結婚を望んでいたかもしれないが、身分を手に入れるための結婚ということになれば、ココはお呼びではなかったのだ。長かった髪の毛を短く切ってしまったのは、この時期に重なる。

思わずわたしはため息をついていた。

ココが男に裏切られたのは、これで二度目だった。最初は父に、そしてつぎはカペルに。

それでもそのカペルの死を悲しむのだから、ココの思いは単純なものではなかった。おそらくこのとき、ココはもはや結婚はするまいと決意を固めたに違いない。コレクションの発表会に、ココが絶対にウェディングドレスを出さなかったという説はここから出たのだろう。そしてこれ以後、仕事に打ち込むことになる。

一九二〇年代には服飾ばかりでなく、さらに活躍の場を広げ、香水「№5」を開発して発売する。またフェイクジュエリーをみずから使い、広めもした。一方で、ミシア・セールから紹介された芸術家に資金提供をしたり、舞台や映画の衣装を担当したりもする。レザネ・フォール（狂乱の時代）と呼ばれる時代に、ココのクチュリエとしての才能は爛熟《らんじゅく》期を迎えたと言っていい。

だが、そんな時代は長くはつづかない。一九二九年十月二十四日に、幕は下ろされた。ニューヨークの株価が暴落し、大恐慌《だいきょうこう》が広がっていく。

「なに読んでるのよ」

急に声がかかって、息をつめた。横を見ると、母が不機嫌そうな表情を向けていた。

「シャネルの伝記本」

「馬鹿らしい」

「そんなことないわよ。ブランドは知っていても、それを作った人のことは知らなかったもの。なかなかすごい人ね」

「どうでもいいことだわね」

腫《は》れぼったい目をそらし、そそくさと手から落ちかかっていた文庫本をわたしから見えないように隠そうとする。

飛行機の中でまでわざわざいさかいを引き起こす必要もない。母が起きているなら、わたしが眠る。

パリまで、まだ四時間はあった。

報告

入国管理局の情報によれば、結城智子と真理の母子は本日午前、羽田より出国、パリへ向かった。これを受け、パリの日本大使館に連絡し、必要であれば現地での動向を監視するよう依頼した。

一九三七年十二月　大いなる幻影

階段に腰をおろして、ココは煙草をくわえた。

すでに夜の九時を回り、誰もいない店を見下ろす。ライターを取り出して火をつけ、ひと口吸い込んだ。

ひとりになると、ほっとする。そして、むなしくなる。いや、ひとりではない。ココは何人もいた。改装した店は、階段の壁に鏡を何枚もあしらった。いま自分の後ろには、ココの姿が鏡の数だけ、同じ姿勢で腰をおろしているはずだった。

クリスマスが近づくと、ほんのちょっとだが、毎年カペルのことを思い出す。

カペルが亡くなってからというもの、ココは仕事に力を傾けた。香水やジュエリーにも手を広げた。大戦争とレザネ・フォール。時代はココに味方した。たかがクチュリエが、貴族のパーティに呼ばれるなど、昔ならありえないことだった。

そうするうちに、また何人もの恋人が通り過ぎていった。ドミトリー大公、ウェストミンスター公爵、ポール・イリブ。男を欲していながら、身をゆだねたいとはどうしても思えない。カペルに対しても、生きていたら、きっとそうだったろう。

戦争は、女に社会へ出て働くことを覚えさせた。それまでの女ときたら、ココから見れば男と結婚して養ってもらうことしか頭にない愚か者ばかりだった。みずから生きていくすべを身につけていなければ、誰かに養われるしかない。結婚という見てくれのよい仮面を剝《は》がしてしまえば、娼婦《しょうふ》と同じことだ。

男と対等になること。男をしのぐこと。それが自由への道だった。少なくとも、ココにとっては。

振り返ってみれば、この二十年は、たしかに女の時代だったといえるように思われる。その時代を、ココは走り抜けた。女の時代にふさわしいスタイルを作った。それはモードなどではない。去年のモードは今年のモードではないし、今年のモードは来年のモードでもない。しかし、スタイルはいつも変わらない。

短くなった煙草を消すと、ココは首からぶら下げている鋏を手に取った。

これが自分の武器だ。馬鹿な男と愚かな女をこれで切り刻む。自由を邪魔する連中を裁《た》ち切る。そうやってずっと生きてきた。

だが、大恐慌以来、世界はまた混乱し始めた。ドイツのヒトラーはふたたび戦争を起こしそうだし、スペインでは内戦がつづいている。大恐慌はそれらのきっかけにすぎなかった。軍服が幅をきかせ始めれば、オートクチュールなど見向きもされなくなるだろう。愚かな女たちなら、もしかするとこぞって軍服を着たがるかもしれない。

だとしても、ココはスタイルを変えるつもりはない。ココの作った服は、ココの生き方そのものなのだ。それを時代に合わないからといって切り捨てる者など、しょせん初めからなにも理解していなかった愚か者というだけのことだ。

鋏を両手で撫《な》でてみる。ふと苦笑が漏れた。

ついこの前終了した万国博には、ほかのクチュリエとともに、スーツを展示した。主催者の考えでは、それが時代を映し出しているとでも言いたかったのだろう。でも、それは違う。ココの作った服は、ココ自身なのだ。だから他人が飽《あ》きてしまおうと時代が変わろうと、それはあり続ける。

一階で電話が鳴り出した。音が店内にこだまして、ひときわ大きな音を伝えてきた。

ココは立ち上がり、ゆっくりと階段を降りていく。待ちきれなくて切ってしまうのなら、それでもかまわないというように。

だが、電話はココが受話器を取り上げるまで鳴りつづけた。

「やっぱりまだお店にいたのね」

ミシア・セールだった。とろんとした声は、すでに酔っている。背後に人のざわめきがあふれている。

ココにとって女友達と呼べるのは、十歳ほども年上の、このミシアだけだった。辛辣《しんらつ》で容赦《ようしゃ》のない物言いをするココに皆は辟易《へきえき》し、近づこうとはしない。せいぜい遠巻きにして目が合えば会釈《えしゃく》をする程度のつき合いだ。ココにしても馴れ馴れしいかかわりなど持ちたいとも思っていない。それなのに、なぜかミシアとは気が合った。

「『リッツ』にかけても出ないから、たぶんお店に違いないって思ってかけたのよ」

「なによ。どうかしたの」

面倒臭そうにココは尋ねる。

「どうかしたのじゃないわ。今夜はパーティよ」

主催者の名前を口にしたが、ココには聞き取れなかった。なんとか伯爵の家でパーティをやっているらしい。

「この前、あなた来るって言ったじゃない。顔を見せるって。みんなお待ちかねなのよ」

「そうだったわね。ごめんなさいね。いろいろとやらなくちゃならないことがあって」

そんな約束をしただろうか。よく覚えていない。しかし、ともかくごまかした。

ミシアはおくびを堪《こら》えるようにちょっと笑い声を立てた。

「仕事なんかお針子《はりこ》たちにまかせておいて、早くいらっしゃいな。お針子に文句なんか言わせちゃ駄目よ。それとも、まだそんな子がいるの」

「まだって」

「だって、ほら。あなたのお店でも、あったのよね、あれ」

「あれって」

「だから、あれよ。英語でいうストライキっていうやつ」

「ああ。グレヴのことね。あれは、もう去年のことよ」

嫌なことを思い出した。人民戦線《じんみんせんせん》が選挙で勝利して左翼が幅をきかせ、グレヴがそここの店や工場で起きたのだ。労働者の権利を主張して。ココの店で雇っていた女たちも、それに乗ってピケットを張り、ココを店から締め出した。そもそも自分の店だというのに、なぜ自分が出入りできないのか、それがココには納得がいかなかった。もっと言えば、労働者の権利には敏感なくせに、女の権利には鈍感《どんかん》であるのが、情けなかった。

だが、それは一年も前の話だ。いまさら持ち出す話題ではない。

「女ばかり四千人も雇っているんだもの。大変よね」

「まあね」

だんだん腹が立ってきて、ココは唇を噛んだ。ミシアはわざとグレヴのことを口にしたのだ。ココを不愉快な気分にさせるために。

「とにかく、早くいらっしゃい」

「ちょっとあなた、迎えに来てちょうだいよ。店の前で待っているから」

「わかったわ。それなら十分くらいしたら車で店に行くから」

「それじゃお願いね」

さっさと受話器を置いた。待っているつもりなどない。ミシアだとて迎えに来るつもりなどありはしないのだ。そういうことは長いつき合いでわかっている。

決して仲がいいというつながりではなかった。というより、互いに相手を嫌っていた。ミシアはサロンの女王として名をとどろかせている。陽気で社交的、しかも絵のモデルをやっていたほどの美貌《びぼう》の持ち主だ。ココとはまったく逆といえる。そもそも名門の一家に生まれたミシアとココでは比較にならない。

それでも互いに惹《ひ》き合うものがある。互いに相手が嫌いなのに。それは愚かな女たちを蔑《さげす》むのとは別の感情だった。気に入らないけれど、女として、人間として、友人として、つき合える相手とでも言えばいいか。気に入らないから敵だとか、敵同士になったから友人ではなくなったとか、そういう単純な、悪く言えば馬鹿な思考を、ココはしない。ミシアもまた、同様だった。

そのことをはっきりとわからせてくれたのは、ジャン・ルノワールだった。ことあらためて考えてみたりしなかったのだが、半年ほど前封切られた『大《おお》いなる幻影《げんえい》』を見て、気づいた。

ジャンとは友人の間柄だし、ヴィスコンティというイタリアの監督志望の青年を紹介もしてやったことがある。そのルノワールは、近ごろ人民戦線に祭《まつ》り上げられているが、新作をぜひ見てくれと言ってきた。大戦争のときにドイツの捕虜《ほりょ》になったフランス人の話だと聞いて、なんの気なしに見に行ったのだ。たいしていい出来の映画とは思わなかったけれど、主演のギャバンがシュトロハイムに貫禄負けしているのは面白かった。なるほどと思ったのは、最後の場面だ。ギャバンとダリオが雪の中を脱走して国境を越えようとしたとき、銃で狙《ねら》いをつけていたドイツ兵に、もうひとりの兵士が「撃つな。やつら、国境を越えた」と言って制止する。

たとえ国境を越えてしまっていても、狙って撃ち殺そうと思えば、できるのだ。それをさせなかった。

そういうことか、と自分の心の動きをあらためて理解した。もっとも、べつに重大な発見だとは思っていない。映画を見る前から、ずっと自分はそうだったのだから。

どこからかバンドネオンの音色《ねいろ》が漏れ聞こえてくる。

ココは頭をひと振りすると、コートを肩にかけて通用口を出た。

「リッツ」までは五分あれば着いてしまう。気温が下がってきていたが、ポケットに手を入れて、相変わらずゆったりと歩を進めていく。
明日は、嫌いな日曜日だった。

4　日本人會《かい》

曇《くも》り空の中をエール・フランス機は高度を下げ、着陸態勢に入った。

シャルル・ド・ゴール空港では、身振り手振りをまじえて税関を抜けるのに三十分ほどもかかっただろう。やっとゲートを出てメトロへつづく通路を進み出そうとすると、そこをみはからったようにわたしたちの前に長身の女性が走り寄ってくるのが見えた。

母の名前を呼び、大げさな仕草で互いに抱き合う。

それがメラニー・ロアだった。たまたまだろうが、ジーンズにダウンという、母と同じ格好をしていた。

「しばらくね。この前日本に行ったのは八年前よ」

メラニーは流暢《りゅうちょう》な日本語を使い、母の両肩を何度も叩いた。

「わざわざ迎えに来てくれなくてもいいのに」

母も旧友の顔を見てほっとしたのか、微笑を浮かべてこたえる。

「それが、駄目なのよ。メトロがグレヴで、ええとそう、ストになってるの。そのせいで市内は交通渋滞してるわ。迎えに来ないと、トモコはいつわたしのとこへ来られるかわからない」

　そこで視線がわたしに向けられた。

「あなた、マリね。あなたが小さいときに会ってるのよ。覚えてないだろうけど」

　一七〇センチはありそうなメラニーは、高い場所から手を差し出してきた。わたしは彼女を見上げて手を握り返すと、笑顔を作った。たしかに、覚えていない。そもそも母の友人といえば松村弘子くらいしか知らないのだが、メラニーは母の友人にしては若いように映った。せいぜい四十後半という印象だ。だが、母が大学時代に留学生として知り合ったのだから、六十代なかばにはなっているはずだ。栗色の髪を無造作にアップにし、鼻筋が通った顔は少しばかり突き出しているが、色艶《いろつや》のいい頰にそばかすはあっても皺などない。緑色の瞳に明るいピンクのルージュが引き立っていた。

「とにかく、行きましょう。疲れたでしょう」

「どうってことないわよ。寝てきたし」

　荷物を持とうとするメラニーを遮り、母はわたしに目で指図《さしず》をした。

　仕方なく、わたしはふたりぶんのバッグを両手に、あとについた。

　メラニーは駐車場にあった赤のルノーに導いた。母は助手席に乗ったので、後部座席でわたしはくつろげた。

「渋滞してるから、いつ到着するか、わからないわ」

笑いつつ、メラニーは車を発車させた。

「ちょっと寒いわね」

「あ、そうかしら。でも、いまごろのパリは、こんなものよ。トウキョウとちょっと違うから」

母の言葉に、メラニーはエアコンを強くした。たしかに曇っていて雨が降りそうな天気だったけれど、パリの緯度を考えれば当然だった。北海道に来ているのだと思えばいい。それくらいのことは承知していたから、冬物を用意してきている。

勢いよく駐車場から出たルノーは、しかし公道に出ると、すぐ渋滞に引っかかった。パリ中心部へ向かおうとする車列がのろのろとしか進まない。

「仕方ないわ。遠回りするけれど、急がば回れ、よね」

メラニーはルノーを途中からわき道へそらし、パリとは反対方向に向けた。どこをどう走っているのか見当がつかなかったが、ルノーは快調に走り始めた。

同時にメラニーは母に向かって途切れなく話しかけるようになった。たまにわたしにも声をかけてきたが、あいまいに応じつつ、母とメラニーとの会話に耳を澄ませることに意識を傾けた。母はメラニーの素性についてほとんど話してくれていないので、会話の断片から推測するつもりだったのだ。

メラニーが話し好きだったおかげで、ある程度その人となりはつかめた。どこかの大学で日本文学の教授をしているらしく、それが母との共通点だということがわかった。当時文学部にいた母と知り合ったというわけだ。だが、話している内容が文学らしからぬ話題に移っていった。六八年がどうした、七〇年闘争がこうしたという調子で、学生運動という共通点もあるらしかった。一度結婚して離婚し、いまはひとりで暮らしているようだ。

そうやって一時間半ほども走ったろうか。やがて正面にエッフェル塔らしきものが見えてきた。迂回《うかい》して、市内に東側から入ろうとしているようだった。メトロがストのせいか、やはり中心部に向かうと、ふたたび渋滞に巻き込まれた。

「もうすぐ着くわ。夕方の渋滞には巻き込まれずに済んだし。あ、いま渡ったのがセーヌよ」

さらに鉄道線路をまたいでわき道にそれ、しばらく走ってルノーは停止した。五区あたりだろう。

「ここよ」

車から降りた正面に、三階建てのアパルトマンがあった。漆喰壁はかなり古びていたが、それなりに風格がある。きょうのような曇り空には、ふさわしい外観だともいえる。

車を車庫に入れてきたメラニーがジーンズからキーホルダーを取り出し、じゃらりと音を立てながら、鍵《かぎ》を開けた。一階はキッチンや応接室、二階がリビング、三階が書斎になっているそうだ。ひとり暮らしにしてはずいぶんと豪勢だ。

「本が多いからこれくらいないと困るのよね」

こちらが尋ねる前に、肩をすくめる。よく訊かれるのだろう。

「ひとまず二階を使えるようにしたから、荷物を置いてきて。いまコーヒーを淹れるわ」

メラニーはわたしと母にそう告げ、自分は一階にあるキッチンに向かっていく。

二階は部屋が三つあり、そのうちのふたつを使えるようにしてくれていた。別々の部屋を用意してくれたことには感謝すべきだった。もっとも、ベッドがあるのはひと部屋だけで、もうひとつの部屋はソファがベッド代わりになっていた。むろん、そちらがわたしの使う部屋になった。書籍がずらりと並べられているばかりの書庫のような部屋だ。日本語の背表紙もかなりあって、興味をそそられてひとわたり目をやっていると、一階から声がかかった。

階段のすぐ横にある母の部屋を降りがけに覗くと、そこはリビングらしく、街路側に大きく窓がとってあった。棚《たな》の上にはいくつか陶器が並べられていて、よく見るとそれは母の作ったものらしい。壁には果物を並べた静物画が一枚かけられている。

ショッピングバッグをふたつ手にして、母が振り返った。

「なにしてるのよ。メラニーが呼んだのが聞こえなかったの」

不機嫌そうにわたしを押し返し、背中をつついて階段に追い立てた。

応接室に入っていくと、メラニーは両手を広げて自分の向かい側に座るようにと言った。

「あんまり客を呼ばないから、ごちゃごちゃしててごめんなさい」

「そんなことないわよ。べつに遊びに来たわけじゃないし」

母はそうこたえ、ソファについた。コーヒーに口をつける前に、ショッピングバッグのひとつを持ち上げ、それをメラニーに手渡す。

「お礼ってわけじゃないけど、お世話になるから。おみやげよ」

「ありがとう。あら、これ重いわね。もしかして」

メラニーはバッグの中にあった箱を取り出し、蓋を開く。ほうとため息が漏れ、中から紫色の花瓶を取り出す。それを掲《かか》げ、しばしうっとりと眺め回してから、母に顔を向けた。

「いいわねえ」

「そう言ってくれると持ってきた甲斐《かい》があったわよ」

「トモコ・コレクシオンがまたひとつ増えたわ。ありがとう」

メラニーは花瓶を三角棚の上に持っていき、そこに置いた。

そのあと、母は例のスーツと手紙、それに写真を、順番にメラニーの前に取り出して示した。

メラニーはジャケットを持ち、両手で掲げた。前と後ろ、それから内側を点検し、つぎにスカートも同じようにたしかめた。

「シャネルの古いもののようではあるけれど、わたしも専門家じゃないから、よくわからないわ。店に持っていけば、なにか教えてくれるかもしれない。まあ、ラガーフェルドが会ってくれるとは思えないけれどね」

スーツを戻しながら、笑った。冗談めかしてはいたが、シャネル本店に問い合わせてくれるつもりがあるようだった。

手紙に関しては母が前もってファクスしていたらしく、それをメラニーのパートナーに渡して調査をしてもらっている最中だと告げた。

「トモコが来るまでにはわかるようにしたかったんだけれど、なかなか進んでいないみたい。もう少し待ってみて」

写真にも目を通し、やはり裏面のサインに首をかしげていた。

そこまで黙ってやりとりを聞いていたわたしは、メラニーが写真を母に戻したところをとらえて口を開いた。

「あの。わたし、日本人會《かい》があったところに行ってみたいんですけれど」

ふたりの視線が向けられた。母が顔をしかめた。

「観光に来たんじゃないのよ」

母の言葉を無視して、わたしはメラニーの方に身体を乗り出した。

「パリで祖母のことを調べるために、少しリサーチしたんです。祖母が住んでいた場所もわからない状況だから、とにかく当時の手がかりがありそうな場所をいくつか考えてみたんです。それで、まずは日本人會かなって。戦前のパリにしばらく住んでいたなら、きっと日本人會とのつながりがあったんじゃないかしら」

「日本人會」

母はつぶやき、わたしはうなずいて見せた。

「パリに来ていた日本人たちの集まりなの。お祖母さんもそういうところに顔を出していたかもしれないわ」

メラニーが大きくうなずいた。

「日本人會なら、わたしも知ってるわ。戦前の日本文学を研究してると、日本人會のことがよく出てくるの。もしかすると、それにかかわっていた日本人が、まだいるかもしれないわね」

「手紙の人物が見つかるのをただ待っているんじゃ、パリに来た意味がないわ」

わたしが言うと、母は納得したようだった。

「マリ、あなたなかなかいいところに目をつけたわね」

メラニーに褒《ほ》められて、わたしは来た甲斐があったと思った。

一九三八年一月　新年会

年が明け、パリに来て四ヶ月ほどが過ぎると、街も人も、その様相が大まかながらつかめてきた。

万国博に出かけてからあと、父の範義はしばしば千沙をパーティや会合などに連れ出してくれた。むろん仕事上のものではなく、パリの名士たちの開くパーティである。そういうときには千沙はわざわざ着物を身につけて出るようにしていた。フランス人の目から見ると、当然ながら着物は珍しいと映る。着物を着た異国の娘が流暢にフランス語を操《あやつ》ると、驚きは倍加した。

かといって、相手が千沙を見世物の演じ手のように見なすわけではない。フランス語を使いこなす千沙に敬意を払い、マドモアゼルとして丁重《ていちょう》に接する。外交官の娘だからといって上《うわ》っ面《つら》だけ愛想《あいそ》をよくするのでなく、千沙という人間に対する敬意が、そこにはあった。

これがフランス人というものかと、千沙は感じた。日本人は出自を重視するが、その個人の持っている能力はつけたしのように考えている。低い出自の者がすぐれた能力を発揮しても、なかなか認めようとはしないし、かえってやっかみのもとになる。そこへいくとフランス人は出自をまったくかえりみないとはいわないが、能力こそが重要だと考えている。

父がフランス語が満足にできるようになるまで千沙を連れ歩かなかったのは、そういう事情を知っていたからだろう。

「支度《したく》はできたか」

範義がドアをノックして、待ちかねたような顔をのぞかせた。

「いま行くわ」

千沙は鏡台に向かったまま、鏡に映った父の顔に目をやった。軽くうなずいた父の顔はすぐに引っ込んだ。唇に薄く紅をのせ、それをなじませると、千沙は立ち上がって階下に降りていく。きょうは着物ではなく、パーティ用の白いワンピースだった。その上からコートをはおって、玄関に向かう。

「お待たせしました」

家政婦のジャンヌにシルクハットを預け、手持ち無沙汰に煙草をふかしていた範義はなにげなく千沙に目をやって、あらためて見直すように何度かまばたきをした。

「ほう、化粧をするともう大人だな」

「しなくてもよ」

つんとすましてこたえると、父は口髭をわずかに緩めた。

「まあ、きょうはそれほど気張らずともいいじゃないか。仲間内の集まりみたいなものだ」

「そうもいかないわ。一等書記官の娘のくせにって思われるの、嫌ですもの」

「なるほど。そういうことなら、なかなか立派な心構えと褒めねばなるまい」

父は肩をすくめると、燕尾服《えんびふく》の裾をちょっと引っ張ってから、玄関を出た。千沙はジャンヌに手を振って、そのあとにつづいた。

昼ごろまで小雪がちらついていたが、いまは曇った空が広がっているだけだ。

ふたりは屋敷の前に駐《と》められていた黒塗りのフォードに乗り込み、十七区へと向かった。グルネル橋を渡り、国際連盟海軍代表部の横をかすめ、ヴィクトル・ユゴー広場を突き抜けて十七区に入ったところが、デバルカデール街七番地となる。

セルクル・ジャポネー、つまり巴里《パリ》日本人會のある場所だった。以前は小さなホテルだったと思われるアール・ヌーヴォー調の建物で、いわば在パリの日本人たちの溜《た》まり場になっていた。日本食を食べさせる食堂や娯楽施設があり、ここに来さえすれば同胞《どうほう》の消息もわかる。いわば日本人の寄合所であった。

いままでにも父に連れられて来ているし、ひとりで遊びに来たことも何度かある。だからいまさらのようなものだったが、きょうは日本人會が主催する新年会で、父は大使館の代表として招かれたのだ。

玄関ドアを押して入っていくと、すでに新年会は始まっていた。

すぐ右手にあるロビーにはふた竿《さお》の日章旗が交差して掲げられた演台が作られ、そこではちょうど中年の女性が「荒城《こうじょう》の月《つき》」を歌っていた。それを囲むように談笑の輪がそこここにできて、薦被《こもかぶ》りの日本酒樽《だる》が点々と置かれている。

父について人のあいだをぬって進みながら、知った顔がないかと目を走らせたが、よくわからない。パリには三千人ほどの日本人がいると言われており、そのすべてが押しかけてきたような盛況ぶりだった。パリの日本人は女より男の方がやはり数は多い。家族や夫婦でパリに住んでいる者もいるから、こどももいれば老人もいる。だが、やはりいちばん多いのは単独で日本から来ている男性だった。その大半が留学生と画家志望の者なのは、フランスのお国柄だろう。

ロビーの人々は、誰もが日本語で話を交わしている。いまは相手が同じ日本人なのだから当然だが、ふだんも彼ら彼女らの大半は、パリにいながら日本人としか接触せず、他国の人間と交流を持とうとしない。フランス語が満足にできないからだ。

だから、たまに流暢にフランス語を話せる者が大学に講義を聞きに通っていたりすると、やっかみまじりに批判したりする者がいた。加えて日華事変以後、日独伊の三国による防共協定が昨年の十一月に締結《ていけつ》され、フランスなど日本の足元にもおよばぬなどと、時局を論ずるふりをして憂《う》さ晴らしをする者もいる。

父は外務省の役人という仕事柄、特になにも口にはしなかったが、そういった在パリの日本人の一面には苦々《にがにが》しい思いをしているに違いない。

「やあ、久能書記官。お待ちしていました」

廊下を進んで、奥まったところにある催事場《ホール》にさしかかったとき、ドアのところから父に声をかけてきた者があった。

大使館の紹介で以前日本人會の書記として働いていた松尾邦之助《まつおくにのすけ》だった。本職は讀賣《よみうり》新聞のパリ支局長である。今回の新年会も、松尾が中心になって準備をしたようだ。チャップリン髭を生やし、長めの髪の毛はいつもくるくるとカールしている。人いきれで暑いせいか、上着を脱《は》いでチョッキ姿、そのうえ腕まくりまでしていた。

千沙は以前に紹介されていたから、軽く会釈をして新年の挨拶《あいさつ》を述べた。松尾は目を丸くしてみせた。

「これまた、ちょっとお会いしないうちにずいぶんとお綺麗《きれい》になられて」

「これが遅刻の原因です」

範義がさらりと落とし、松尾が顔を仰向《あおむ》けて短く笑った。

「なるほど。そうであっては、こちらも文句を言えません。まずは、奥へどうぞ」

うながされて催事場の中へ父とともに入っていく。

テーブルが縦に二列、長々としつらえられ、酒と日本料理が並べられていた。グラスを手にした招待客たちが、それを囲む。ロビーほど人がたてこんでおらず、静かな気配なのは、明らかに客の質が違っているからだった。いわゆる貴賓《きひん》と呼ばれる面々ばかりである。

千沙は父のあとについて、ひとわたりその場にいる賓客たちと新年の挨拶を交わしていった。

やがてフランス文学の若手研究者である朝吹三吉《あさぶきさんきち》と妹の登水子《とみこ》が、ひとりの恰幅《かっぷく》のいい紳士と話しているところまでやってきた。千沙は大島紬《おおしまつむぎ》を着た登水子と目が合い、軽く目礼《もくれい》した。パリに来てから何度か顔を合わせたことがある。

登水子は財閥《ざいばつ》の娘で、日本にいれば、そうたやすく近づける相手ではない。しかもパリ大学に留学している学生で、千沙とは四つほどしか違わないのだが、十六のときに一度結婚し、離婚している。

三人はおとといパリにやってきた横光利一《よこみつりいち》と高浜虚子《たかはまきょし》の振舞いについて話していた。横光はヨーロッパ文化を崇拝《すうはい》しているにもかかわらず、現地に来ても直接それに触れようとせずにいた。虚子もまた触れようとしなかったが、彼の場合は日本の伝統文化である俳諧《はいかい》をヨーロッパに広めようとする意志があった。端的にいえば、ヨーロッパ崇拝か日本の伝統重視か、ふたりの違いがそこにはあった。概《おおむ》ねそういった話だった。

横光も虚子も、この日本人會で歓迎の晩餐《ばんさん》会と特別講演会が開かれたと千沙は聞いている。

にこやかに黙って話を聞いていたのが朝吹兄妹で、一方的に横光を批判していたのが、恰幅のいい紳士だった。父の範義は、話がひと区切りつくまで少し離れて控《ひか》えていたから、千沙も話の内容を漏れ聞いたのだ。

「失礼しましたな、長々と」

こちらが待っているのを承知していたらしく、話を切り上げた紳士は、肥った身体をわずかにこちらへ向けて一礼した。

「いいえ。こちらこそ、遅れまして」

「いやいや、お気になさらず」

それから朝吹兄妹とまず新年の挨拶を済ませると、ふたりはさりげなくその場を立ち去り、父は千沙を紳士に紹介した。

「このかたが、早川雪洲《はやかわせっしゅう》さんだ」

「え、あのハリウッド俳優の」

思わず口にして、あわてて千沙は言葉をのんだ。紳士が、太い声で照れるように笑った。

「ほう、光栄ですな」

「失礼いたしました。アメリカでご活躍とお聞きしていましたから、こんなところでお会いできるとは思わず」

千沙は頰がほてるのを感じつつ、頭を下げた。

「昨年からパリにおりましてね。自前のプロダクションを立ち上げ、しばらくこちらで映画を作ろうと考えています」

「そうでしたか。存じませんで」

「なに、かまいませんぞ。あなたのような妙齢の女性に名前を知られているというだけで、うれしいかぎりです」

早川はからかいぎみに千沙の顔を覗き込む。

「家内に先立たれまして、ひとり娘なもので一緒に連れてきましてね」

範義が簡単に事情を口にすると、早川は重々しくうなずいた。

「目下《もっか》ヨーロッパは右するか左するかの瀬戸際《せとぎわ》に来ておりますからな。お嬢さんのためにも、なんとかしたいという思いは、よくわかります。わたしもなんとか国と国との架け橋《かけはし》を作りたいものだと、そう思っております」

範義はちらりと千沙に目を走らせ、少しこみいった話をするからと言った。前もってここで会う約束をしていたようだ。

千沙は素直にうなずき、早川にまた一礼して、その場を離れた。振り返ると、父と早川はふたりだけで話すつもりか、催事場からテラスに出て行こうとしていた。外務省の一等書記官とハリウッド俳優というちぐはぐな組み合わせには、なにを話しているのか一瞬興味をひかれた。

ちかごろ、ときおり父の仕事のことが気にかかるのは、時局が時局ということもあるが、自分が手持ち無沙汰のせいでもあった。いまもまたちょうどそんな具合に置いてきぼりをくわされた気分で、さきほどのロビーに戻った。

ロビーはさらに熱気を帯び、我先にと歌を歌う者が壇上に上がり、千沙は歌が披露されるのを、ぼんやり眺めていた。

「あら、おひとりなの」

つい横合いから、朝吹登水子が声をかけてきた。くりくりとした目が、まだ幼い面影を残している。

「早川さまとお話があるそうなんです」

こたえると、にこやかな表情にかすかに考える気配が走ったが、すぐにそれは消えた。

「うちの兄もよ。なんだか、大事な話だ、なんて。どっかへ行っちゃったわ。ま、いろいろとお忙しいんでしょうから、女は引っ込んでいろってことかしらね。ばからしい」

そう言って手を口もとにあてて笑った。ひどく落ち着きのある物腰と同時に、稚気《ちき》も備えている。そこには大いなる自信が感じられもする。女子学習院《じょしがくしゅういん》を中退して留学している登水子は、自分の意思をしっかり持っているせいであろう。離婚について千沙は尋ねる気もないが、結婚で生活を束縛《そくばく》されるのが嫌なのに違いない。

「登水子さんがうらやましいですわ」

千沙はため息まじりにつぶやいた。

「え」

「だって、やりたいことがあって、生き生きしてらっしゃる」

少し顔をそらして、登水子が苦笑する。

「いやだわ。千沙さんたら、お婆《ばあ》さんみたいよ。あなただってなにかやりたいことを見つければいいじゃないの。せっかくパリにいるんだもの。いろいろ見学もできるし。感動のない人生なんて、それこそ死んだまま生きているようなものよ」

「美術館や歴史的な建物は、しばらく見て回っていたら、飽きちゃったんです」

「あら、どうして」

「素晴らしいものを見て回るのは嫌いじゃないんです。ただ、わたし、女は嫁《とつ》いで家を守ればそれでいいっていうのは古いと思っていて、だから女学校を出て仕事を持ちたかったんです。それなのに、いまの自分を振り返るとなんだかただ遊び呆《ほう》けているようで、興味がなくなってしまったみたい」

登水子は大きくうなずいた。

「わかるわ。女だって仕事というか、なにか特技のようなものを持つべきね」

「でも、いまのわたしが人に自慢できるのは、フランス語がしゃべれることくらいだし」

「あら」

声とともに、登水子がくるりと向き直り、ぽんと千沙の肩に手を置いた。

「いいじゃないの、それ」

「え」

「だから、フランス語ができない人に、日常の会話を教えるのよ。ここの部屋を借りてやれば、いつでも誰でも教わりに来られるもの」

「でも、そんなこと」

「べつにむずかしいことやる必要はないわよ。授業ってことじゃなくてもいいんだし。こういうときにはどう言ったらいいのかとか、質問を受け付けるだけでも助かる人はいると思うわ。時間のあるときなら、わたしもお手伝いするから」

登水子の言葉をもう一度胸の内で繰り返し、千沙はあいまいにうなずいた。

そのとき、ロビーの喧騒《けんそう》が急に静まり、緊張した気配が漂《ただよ》った。

壇上に立った若い男が、「君《きみ》が代《よ》」を歌い出したのだ。周囲の者たちが徐々にそれに和す。

「あら、やだわ。こんなところに来てまで」

登水子がしかめた顔を千沙に向けてきた。

「おい、なんであんたたち歌わないんだ」

すぐそばで直立不動の姿勢を取っていた禿頭《はげあたま》の中年男が、あからさまに不愉快そうな顔で文句を言ってきた。

千沙はとっさに身構えた。日本にいたときにも、国に対する忠誠を強《し》いる風潮が広がりつつあったが、ここにもそれが伝染しているようだ。だが、登水子は平然と胸を張った。

「ごめんあそばせ。わたくしたち音痴《おんち》なんですの。一緒に歌ったら、せっかくのご唱和が台無しになりますわ」

しごく当たり前な調子だったから男は二の句がつげず、口をうごめかしただけで顔をそむけた。

登水子が肩をそびやかし、「これだものね、やんなっちゃう」というような顔を千沙にして見せた。

5　カンボン通り
「ここが日本人會のあった場所ね」

メラニーが停止させたルノーの運転席から指をさして、ひとつの建物を示した。その建物には「HOTEL《オテル》 HARVEY《アーヴェ》」という看板が掲げられている。

「いまはオテルになってるけど、建物はそのままらしいわ。少し休んでいきましょうか」

メラニーの言葉とともに、わたしたちは車から降りた。母は白い息を吐きつつメラニーと並んで道路を渡り、ホテルの入り口へ進んでいく。

わたしはクリーム色のホテルをちょっと見上げてから、ふたりのあとについていった。

祖母はここに何度も足を踏み入れたかもしれない。

扉から入っていくとき、無意識のうちに祖母につながる形跡がないかと周囲に目を向けている自分に気づいた。

こぢんまりしたホテルで、客室はおそらく三十ほどだろう。入り口を入って右手にあるロビーには、客がちらほらとくつろいでいた。フロントを抜けると、奥にある広間がラウンジになっていて、そこへ向かった。内装は新しくなっているから、当時の面影があるのかどうか、よくわからない。ただ、この場所に八十年ほども前に何人もの日本人が出入りしていたのだと思うと、その時代に足を踏み入れるような感覚があった。

「やっぱりメトロが動いていないと、移動が大変ね」

窓辺の席に腰をおろすと、メラニーがやれやれといった調子で漏らした。

たしかに、メトロのストは大きな障害だった。移動手段が限られてしまうからだ。

リサーチしてリストアップしてきた場所は十ヶ所ばかり。当時の日本料理店や日本人向けの旅館、歯科医院、行きつけのカフェなど、かつての痕跡が残っていそうなところを選んであった。その周辺に当時を知っている人物がまだいるかもしれない。しかしメトロが動かないとなると、それらすべてを回り、関係者を見つけて話を聞くには、半月では時間が足りず、あきらめざるを得なかった。

パリに到着した翌日、早めに昼食を済ませたわたしたちは、昨日と同じようにメラニーのルノーでアパルトマンを出発した。渋滞する道路をぬって、まずわたしが行きたいと言った十九区にある、現在の日本人会の本部に向かった。ここは戦前の日本人會とは別のものだったが、当時の資料が残っていないかと考えたのだ。だが、そういった歴史的な資料はほとんどなかった。

応対してくれた事務局の若い日本人女性は、永野《ながの》美紀《みき》とみずから名乗った。異国であるからこそ、たとえ受付であっても、やってきた同胞を丁重にもてなそうと考えているらしい。

永野美紀は当然、戦前の日本人會についてなにも知らなかった。当時の事情を知っている人はいないかと尋ねてみたが、そういった人物はいずれもすでに高齢になっているはずで、パリに在住している日本人を全員把握《はあく》できてもいない。ただ、ひとりだけ戦時中に一度日本に戻り、ふたたびパリにやってきて住みついている八十過ぎになる老婆に連絡を取ってくれた。永野美紀と血縁関係にある女性で、どうやら日本人會のことを覚えているらしく、会って話してもいいという。

「日本語はもう忘れちゃってると思いますけど」

永野美紀はそう言い、流暢なフランス語で、あさっての昼過ぎにわたしたちが自宅に出向く約束を電話で取りつけてくれた。これは収穫だった。

そのあとメラニーは八区にある日本大使館へも行こうとしたが、母がそれをとどめた。

「なにを探《さぐ》っているのか根掘り葉掘り訊かれるだけで、こちらの知りたいことなど教えてくれるはずないわ」

メラニーは納得できかねる表情だったが、結局大使館には向かわず、当時の大使館跡へと回った。車中からそれを眺めたあと、日本人會のあったこの場所にやってきたのだ。

ラウンジで注文したコーヒーが並べられると、それを待ち構えていたように母が急に立ち上がった。

「ちょっとトイレに行ってくる」

顔色が青白くなって、いらついた調子でショルダーバッグを抱え込んでいた。

メラニーがトイレの場所を教えると、母は背中を丸めた格好のまま、そちらに歩いていった。痛みを堪えているのか、腹具合でも悪いように見えた。

もつれるような足取りで母が消えた方に目をやっていると、メラニーが声をかけてきた。

「マリはいまルポルタージュを書いているって聞いたわ」

「雑誌の小さな特集記事を書いているくらいですけど」

フランスでルポライターというのがどういった人々をさすのかわからなかったから、慎重に返事をした。

「ふーん。書くこと、好きなのね」

たしかに中学のころには、下手《へた》ながらも現実逃避ぎみの物語などを書いていたことはある。でも、好きでやっていたのかと言われると、自信はない。振り返ってみれば、現実の生活で母から認めてもらえない悔しさや寂《さび》しさのせいで、そこに逃げ込んでいたにすぎない気もする。

「書くのが好きというより、それしか取柄、ええと特別な技術を持っていないから」

「取柄、わかるわ。それじゃ日本の小説家や詩人のことは詳しいのかな」

「わたし、文学部じゃなくて文化環境科学部っていうところを出てるので、あまり詳しい方じゃないと思います」

「カフー、コウタロー、アキコ、トーソン、ジュラン。フランスに来た文学者はたくさんいるのよ」

メラニーは指を一本ずつ折ってみせた。最後の「ジュラン」というのが、わからなかった。

「ジュラン・イサオ。わたしが日本に留学してたころ、リバイバルしていた作家よ。知らないかな」

わたしは首を振った。

「日本とフランスは、エドの終わりから付き合いがあるから、たくさん日本人がやってきてる。画家も多いわ。フジタ、サエキ、オカモト。わたしが日本に興味を持ったのは、そういう人のつながりがフランスと日本にどんな影響をおよぼしたか、それを知りたいと思ったからなの。わたしの先生も日本について書いてるし」

「なんだか、わたしより日本のこと詳しいみたい」

苦笑にまぎらしたが、わたしが無知なだけだ。あまりに日本について知らないことが多い。同時にふと思いついて、コーヒーを口に運んでいるメラニーに尋ねてみた。メラニーには正直に話せる雰囲気があったし、年上に接するときに感じるわずらわしさがなかったからだろう。

「メラニーも、日本で学生運動をやっていたんですか」

一瞬メラニーはカップを手に持ったまま、わたしに目をあてた。

「ええ、やってたわ。ヘルメットにゲバ棒ね。あれ、日本のオリジナルなのよ。でも、あんまりやれなかった。わたしは留学生だから、逮捕されるのはまずいし。デモくらいかな」

「国外退去になるかもしれないですしね」

「そういうこと。わたしが日本に行ったのは六九年だった。二年留学して、ミシマがセップクしたあとに、フランスに戻ってきたわ」

カップをテーブルに戻し、右手で腹に短刀を突き立てる真似をして見せた。

わたしが生まれる十五年ほど前のことだ。

メラニーの口調がなにやら熱気を帯びてきた。

「わたしはフランスでも学生運動をやっていたのよ。フランスは六八年に学生運動がすごかったわ。ナンテール大学というところで大学への不満からベトナム反戦や反帝国主義の運動が起こって、あっという間にフランス中に広まったの。わたしがいま住んでいるすぐ近く、カルチェ・ラタンにはバリケードができてね。デモやグレヴは学生ばかりじゃない。メトロも工場もオテルも、みんなその運動に加わった。ド・ゴールを追い詰めたのよ。わたしも戦ったわ。それから日本に行った」

「日本の学生運動は、どうでしたか」

メラニーは両手を広げてみせた。

「あのころは、世界中が騒いでいたもの。日本も同じ。そういうこと、トモコから聞いてないの」

「話してもらったことはありません」

「そうか、そうかもしれないわね」

メラニーは小さくうなずいて、それから口調を変えた。

「日本の運動は内ゲバになったから、連帯できなかったのよ。国民を巻き込んだ運動にならなかった。それにアルメ・ルージュ・ジャポネーゼね」

日本赤軍という言葉は、どこかで聞いたことがあった。それをメラニーは言っているらしい。いくつものグループが対立して争い、自滅していったのも、話に聞いている。

思い切って、わたしはテーブルに身を乗り出した。

「うちの母は、なにをやっていたんですか」

「え」

質問の意味がわからなかったのか、メラニーは眉をひそめた。

「つまり、母はどんな運動をしていたのかなって」

メラニーが微笑んだ。

「やっぱり母親のことだから、気になるのね」

そういうわけじゃない、と口にしかかって、気づいた。目をそむけていても、本当はずっと知りたがっていたのかもしれない。母は自分から話をしようとしないから、知りたくとも訊けなかった。けれど、メラニーなら気安く話してくれるのではないか。無意識のうちに、そう思っていたようだ。

「人は自分が失敗したり挫折《ざせつ》したことをあまり話したがらないわ。たぶん、トモコも同じよ。マリにそういうことを話したくないのね」

わたしはおそるおそる尋ねた。

「母も、内ゲバをしていたんでしょうか」

メラニーが声を立てて笑った。

「内ゲバどころか逮捕されたこともないわ。基本的にデモと集会ね。機動隊と揉み合うくらいのことは普通だったけれどね。ベトナムハンタイ、アメリカデテケ」

片手を拳《こぶし》にして突き上げて見せた。

「これが合言葉だったわ。わたしもトモコもノワール。黒ヘル」

そう言われても、さっぱりわからない。

「パリに戻ってきて二年ほどして、トモコが運動から手を引いたっていうのは、聞いた。ただ、本当の理由は、わたしにも教えてくれなかった。わたしも訊くつもりはなかったし」

「メラニーはいまでもやっているんですか」

「デモと集会には、たまに行ってるわ。自分が納得できるものならね」

聞いていて、わたしは根本的な疑問にぶつかった。

「学生運動って、そもそもなんなんですか」

純粋な疑問が、口をついて出ていた。メラニーは背もたれに身体を預け、大きく息をついた。しばし目を宙にやってから、やがてこたえた。

「学生だけじゃなく、ひとりひとりが自分と世界のことを考えて、行動する。それだと思うな。運動するかどうかは別にしても、そういう姿勢を持っていることは必要だと思う」

メラニーが教え子を諭すようにつけ加えた。

「いまやってるメトロのグレヴだって、同じよ」

「でも、メトロが動かないと、多くの人に迷惑ですよね」

すっとメラニーが顔を突き出す。

「そこよ、そこ。日本人て他人に迷惑かけるなって言うわよね。でも、グレヴは誰もが持っている権利なのよ。日本でいうオタガイサマの感じね。メトロのグレヴはたしかに迷惑だけど、メトロが悪いとは考えないの。グレヴが起きているのは、政府のせいだ。そう考えるわ。その違いが、日本の学生運動が国民を巻き込んだ運動にならなかった原因かしらね」

「なるほど」

もしかすると、母が学生運動をやめたのは、そのあたりに理由があるのかもしれない。

「そんなこと真理に説明したって、わかりゃしないわよ」

すぐ背後から、母の声が響いた。とたんに動悸がして、顔がほてった。回り込んできて椅子に座り直す母を睨みつけた。

「わかるわよ、わたしにだって」

「どうかしらね。若い連中は本を読まない、だから考えない。知識だってお寒いかぎりよ」

そっぽを向いて吐き捨てる。体調がよくなったのか、顔色も戻っていた。わずかでも心配してやったのが、馬鹿らしい。わたしも本能的に椅子の上で身体をそむけた。

「まあまあ。パリに来てまで喧嘩《けんか》しないでよ」

メラニーが両手を前に突き出してとりなす。

「喧嘩じゃないわよ、これは。日本は愚民社会になってしまったって言いたいのよ」

そういう母の決めつけが、わたしばかりでなく、いままで周囲の者をどれだけ傷つけてきたか、それが本人にはわからないのだ。

「ああ、なるほど。たしかに、わたしが見ても日本人はおとなしくなってしまったように感じるわね。八年前に行ったきりだけど、大学生もなんだかバカが多い」

仲裁《ちゆうさい》していたはずのメラニーまでがそんなことを言い出しては、わたしは黙るしかなかった。

それから三十分ほど、母とメラニーがしばし日本の現状について悪口を並べ立て、またもやわたしは話についていけなくなった。

＊＊＊

日本人會があったホテルを出てルノーに乗り込んでも、わたしは口をきかなかった。

これから向かうのは、シャネル本店である。昨夜のうちにメラニーはパートナーに連絡を取り、担当者に会う手筈《てはず》を整えてくれていた。

「わたしのパートナーは、いま政府で働いてるのよ」

メラニーはそれだけしか言わなかったが、クルト・シュピーゲルの居所を調査してくれているのもその人物だというから、かなり有力なパートナーなのだろう。

「そうだ。ここまで来たんだからちょっと寄り道していきましょうよ。シャネル本店はカンボン通りだけど、本社は別のところにあるの」

メラニーはそう言って、ルノーを市内中心部と反対方向に走らせた。本店と本社が違うというのは、初めて聞いた。

「ところで、いまのシャネル社の持ち主が誰か、知ってるかしら」

しばらく車を走らせていると、メラニーが母にともわたしにともつかない調子で尋ねた。もっとも母が知るはずもない。わたしにしても、伝記をざっと読んでいなかったら、わからなかっただろう。そのころには気を取り直していたし、「知識がお寒い」わけでもないのだということを示すつもりで、運転席にちょっと乗り出して口を開いた。

「たしか、ヴェルテメールとかいう人ですよね」

「そう。シャネルの一族とはまったく無関係になってるの」

メラニーがちらりと後ろへ振り向いて、うなずいた。母は前を向いたままだ。

「『№5』の件で、なにかトラブルがあったっていう話でしたっけ」

「経営権のトラブルね。シャネルが初めて香水を作ったのは、一九二一年だったかな。エルネスト・ボーっていうパフューマーに依頼したの。その経営を一緒にやることになったのがヴェルテメール兄弟というわけ。シャネル本人は経営なんて、あまりよく知らなかったと思うわ。だからヴェルテメールが力を貸したんだと思う。あとで利益配分のことでシャネルが文句を言ったのかもしれない。そのあたり、はっきりしないけど、わたしはこう考えてるの」

そう言ってメラニーは自分の考えを披露した。

それによると、シャネルが戦後にカムバックできたのは、ヴェルテメールのおかげだというのだ。

そもそもヴェルテメール家というのはユダヤ系の資産家で、戦前にシャネルと販売契約を結んだのはピエールとポールの兄弟だった。その兄弟が収益の大半を得るような契約を結んでしまい、すでに戦前にはトラブルが起きていた。その後ドイツ軍がフランスを占領したことにより、フランスでユダヤ人の持っている会社の経営権を没収するという法律が成立した。シャネルはそれを利用して経営権を取り戻そうとしたようだ。だが、ヨーロッパで迫害を受けていたユダヤ人たちは、いち早くアメリカに脱出し、ヴェルテメール兄弟もアメリカに渡った。それればかりか、会社の経営権をユダヤ人とは無関係の人物が所有していることにして、まんまとシャネルの計画は失敗してしまったらしい。

「シャネルはナチスがフランスを占領しているとき、ドイツ人の恋人を作っているの。ヴェルテメールとのトラブルにしても、ナチスを利用して解決しようとしたらしいのよね」

「対独協力者か」

母が短くつぶやいた。わたしは思わず、母の後ろ姿に目をやった。

「フランスでは、コラボと呼んでいるわ。シャネルにはナチスに協力したという疑いがある。もちろん本人はそんなこと認めるわけないけど」

「でも、だったら戦後に追及されたはずね」

当然のように母が疑問を口にした。メラニーが待っていましたとばかりにうなずく。

「そこなのよ。そこにヴェルテメールが出てくるわけ」

ヴェルテメール兄弟は戦時中も「No.5」をアメリカで大量に売り、そのためかえってシャネルの人気があがっていたという。戦後の逸話《いつわ》だが、有名なのはマリリン・モンローの言葉だ。夜はなにを着て寝るのかという記者の問いに、「シャネルの五番。それだけよ」とマリリンはこたえた。

「戦前からシャネルは映画の衣装もデザインしていてね。ハリウッドから呼ばれたこともあるの。ロスチャイルド夫人は店の客だったし。もともとユダヤ系の人間とつながりはあったのよ。だからナチスのようにユダヤ人を差別する考えは、シャネルにはなかったと思うわ。そこでヴェルテメールは考えた。シャネルをコラボとして追放することは簡単だ、でも『No.《ノン》 5《ブル・サンク》』の評判が落ちて売れなくなってしまうのは困る」

わたしにも、そのあたりはわかった。建前《たてまえ》より商売を優先したというわけだ。

「それだけじゃないわ。戦後、シャネルはディオールのニュールックを気に入らなくて、長いブランクのあとでオートクチュールのコレクションを発表したことになってるけど、わたしの考えでは、そのカムバックにもヴェルテメールがかかわってるかもしれないってこと。カムバックのコレクションはフランスでノンだった。でも、アメリカがウィと言ったのよ」

「つまりヴェルテメールがアメリカで人気を高めるように持っていった。そういうことね」

香水は消費されていくものだ。その香水が半永久的に売れつづけるようにするためには、シャネルが復活したという「伝説」が必要だったのかもしれない。

「香水だけじゃなく、シャネルブランドを長く商売にしようと考えたのね。シャネルが自分で言ってるけど、彼女はモードを作ったんじゃない、スタイルを作った。モードは毎年変わるけど、スタイルは変わらない。だからヴェルテメールがそのスタイルを引き継ぐことができる。そこまで見抜いたヴェルテメールはすごいと思うわ」

「でも、商売のために、ナチスへの協力を揉み消したことになるわよ」

憤慨《ふんがい》したような声で、母が身じろぎした。

「本当にコラボだったたって言えるかな。さっき言ったように、シャネルはユダヤ人を差別なんかしていない。一緒に商売しようとしたわけだしね。ただトラブルを解決するためにナチスを利用しただけなんじゃないかってこと。だからヴェルテメールも理解を示したんだと思う」

言い終えると同時に、メラニーは路肩にルノーを一時停止させた。

「ほら、あそこに見えるのがシャネルの本社。じっさいの経営はアメリカでやってるらしいけれどね」

車道の向こう側に、全面が黒いガラス張りの建物が見えた。七階か八階建ての近代的なビルだ。

ふたたびメラニーがルノーを発進させる。

「じゃ、本店へ行きましょう。パートナーが来ているはずよ」

主要道路は渋滞しているようだったが、メラニーは抜け道を知っているらしく、渋滞にほとんど引っかからないままサン・ラザール駅の横をすり抜け、やがてカンボン通りへとたどり着いた。白い建物の正面《ファサード》は大通りから入ったところにあり、そこをいったん通り過ぎて、ルノーは駐車場に乗り入れて停まった。

観光名所になっている上に、日本からのツアー客がバスで乗りつけて買い物をしていくと聞いていたから気後《きおく》れしたが、運良くそういった光景には出くわさなかった。

ドアマンの横をすり抜けて店内に入っていくと、まず階段が目に飛び込んできた。というより、わたしの目がそれを探していたのだ。コレクションの発表のとき、シャネルはその階段に腰をおろし、他人から見られないように発表会の様子をうかがっていた。そういう話を知っていたから、無意識に探してしまったのだ。

それは白い階段だった。壁には鏡が張られ、ゆったりと左に曲がって上につづいている。いまでも、そこにシャネルがちょこんと座っていてもおかしくない、そんな階段だっ・

た。

わたしがぼんやりとその階段に目を奪われているうちに、メラニーは支配人らしき男性に事情を説明し、わたしたちはその男性にうながされて売り場から奥の事務室へ通された。

そこには大振りの白いテーブルが置かれ、ふたりの人物が腰をおろしていた。ひとりは小柄な中年女性で、縁の赤い丸い眼鏡をかけている。もうひとりは黒のスーツを着た若い男性だった。ふたりは立ち上がってわたしたちを迎えた。

メラニーが女性のところへ進み、ふたりは互いに軽く頰を合わせる。

「紹介するわ。わたしのパートナー」

ふっくらとした笑みを浮かべて、その女性は名乗った。マリー・ハイアムといい、内務省の局長だという。パートナーが女性だったというのにも驚いたが、相手が内務省の役人だったことのほうが、わたしにはとんでもないことに感じられた。たいした確証もないまま、こうしてパリまでやってきただけなら、母のくだらないこだわりにつき合っているだけで済む。しかし、役人の手まで借りているとすれば、とんでもなく話が大げさになってしまっているのではないか。そういう危惧《きぐ》をわたしに抱かせた。

もうひとりがシャネル本社の広報部長グレアム・リードという人物で、わたしと母はそのふたりと交互に握手を交わした。

アシスタントの女性がコーヒーか紅茶かをわたしたちに尋ね、それがテーブルに並べられた。

会話は、メラニーが通訳をする形で進んだ。

まずマリー・ハイアムが口を開く。どうやらマリーはシャネルの顧客でもあるらしく、わたしたちに恐縮する必要はないと言った。そして、クルト・シュピーゲルの行方《ゆくえ》について、簡単に調査状況を説明してくれた。転居先をたどっていったところ、途中で移転先がわからなくなっているというのだ。知り合いの家にでも同居して住所をおおやけにしていない可能性があるということで、いま関係者まで調査を広げているらしい。

さすがに役人だけあって、てきぱきとした口調でしゃべり、青い瞳にも力強さがあった。

そのあとでグレアムが口を開いた。

基本的には「鑑定」のようなことはやっていないのだが、顧客であるマリーの依頼でもあり、今回だけは特別に見ることにした、と言う。たしかにシャネルにかぎらず、ブランドものは贋物が多い。銀座《ぎんざ》のシャネル・ジャポンにも真贋《しんがん》の鑑定をしてくれと品物を持ち込む者がいると聞いたが、そういうことは基本的にやらないのが普通なのだろう。

「まさか銀座に持っていかなかったでしょうね」

「そんなことしないわよ。シャネルのものかどうかもわからなかったんだもの」

持ち込んだのは松村弘子のところだけらしく、わたしは胸を撫でおろした。

グレアムはさっそく見せてくれと言い、母がバッグからスーツを取り出してテーブルに広げた。マリーが興味深そうに身体を乗り出す。

そっと手を伸ばして上着を取り上げたグレアムは、やはりすぐにタグの有無をたしかめた。それからツイードの生地《きじ》を撫でてみる。スカートには触れなかった。こびりついた血については管轄外と判断したのか、見て見ないふりをしているようだった。そして、いったん上着を戻してから、母に向かって尋ねた。

「帰国するのはいつか、聞いているわ」

メラニーが母に通訳する。

「どうして」

「しばらく預からせてもらえないかって」

メラニーの言葉に、母の態度が変わった。

「馬鹿言わないで。預けるつもりなんかないわ」

荒らげた声に、全員が息をひそめた。意味はわからずとも、語調でなにか感じたのだろう。

メラニーも困惑したのか、声をひそめて母に告げる。

「でも、そうしないと本物かどうかわからないわよ」

「わたしはシャネルかどうかなんてどうでもいいの。このスーツがなぜ遺品として取ってあったか、それが知りたいだけよ」

たしかに、母の言うことは正論であった。とはいえ、状況を考えるべきだろう。本物ならなにかしらの手がかりがつかめるかもしれないと考え、わざわざセッティングしてくれたシャネル本店での面談なのだ。マリーとグレアムは母とメラニーへ交互に目を向けている。

しばし考える様子を見せてから、メラニーがそのふたりに向かって口を開いた。

グレアムもマリーも、説明を聞きつつ納得するように何度かうなずき、それならという様子でグレアムが考え考え口を開いた。

「ここでいま見ただけでは正確にはわからないが、見たかぎりでいうと、生地のツイードが違う。シャネル社は特注のものを使っている。しかし、これはそうではない。しかもあまりいいものではない。おそらく戦前のものだと思う。シルエットに関しては、たしかに戦前のシャネルスーツの特徴はそなえている。だが、これをココ本人が仕立てたかどうかは、証明できない」

つまり、やんわりと、それが本物のシャネルスーツではないと、そうグレアムはこたえたのだった。

報告

シャネル本店において、結城母子はフランス内務省の局長マリー・ハイアムと接触した模様。ハイアムはクルト・シュピーゲルの消息について調査を引き受けていたと考えられる。

クルトについては消息を把握していないため、マリー・ハイアムより調査結果を聴取すべきと思われる。また、同時にその情報を結城母子に開示せぬよう非公式に要請をおこなうべきと思われる。

一九三八年八月　誕生日

時間が来て会がお開きになろうとしたとき、どこからか花束が飛び出し、千沙の前に差し出された。

芙蓉《ふよう》の白い花束。

香りがわき上がり、顔をおおってくる。

「ジュワィウ・アニヴェルセル・マドモアゼル」

五歳になる輝子《てるこ》という教え子が、たどたどしくも懸命にそう言って、花束を差し出してきた。思わず顔がほころび、マリンブルーのスカートでふわりとかがみ込むと、両手で花束を受け取った。

「メルシ・ボク」

部屋から拍手が起きた。

八月の十二日が千沙の誕生日だということを、知っていたのだ。二十人ばかりの「生徒」たちに、千沙はあらためて頭を下げた。

「ありがとうございます」

「はい、これはわたしたちから。いつものお礼も込めて」

会の中でいちばん年配の桐島《きりしま》夫人が、千沙に水色の小さな包みを手渡した。

「こんなことしていただいて、ほんとうに申し訳ありません」

「いいのよ、気にしないで。わたしたち、千沙さんの教室のおかげでだんだん喋《しゃべ》れるようになってきたんですもの、ね」

桐島夫人の言葉に、千沙を取り囲んでいた者たちがそれぞれにうなずく。

千沙は心底からフランス語のレッスン教室を持ってよかったと感じた。人のためになって、そのうえ感謝されるのだから、やりがいがあるというものだった。

朝吹登水子に勧められはしたものの、千沙は二月の末あたりまで、レッスン教室を開くのをためらっていた。パリに来て一年にもならないのに人に教えるとは偉《えら》そうに、といった陰口をささやかれるのではないかと怖気《おじけ》づく自分がいた。

そういった後ろ向きの気持ちを変えさせたのが、五歳の輝子にほかならなかった。

三月の初め、輝子の母親である中上尚子《なかがみなおこ》が娘とともに千沙を屋敷に訪ねてきて、フランス語を教えてもらえないかと切り出した。母子《おやこ》は商社員の夫とともに二年前からパリにやってきており、夫はともかく母と娘はまったくフランス語ができなかった。どうやら登水子があちこちに声をかけてくれているらしく、その訪問も登水子の勧めだとわかった。

こどもというのは、えてして言語の習得は早いものだが、母親が家に引きこもっているから、娘も外に出ない。おのずとフランス語に接する機会もないままになる。言葉が通じないことがどれほどつらいか、母親はなげいた。そういう日本人がパリにはたくさんいるし、千沙が教室を開こうとしていると噂《うわさ》に聞いて、教えてもらいたがっている者も多いという。

千沙が決心したのは、そのときだった。

尚子のような立場の人々をどうにかしたいという思いが千沙を動かした。

動き出せば、早かった。日本人會に出向き、松尾邦之助に掛け合って、教室になるような部屋をひと部屋、週に一回、借り受けたのである。金曜日の午後二時から五時まで、二階の事務室横にある部屋で、すでに五ヶ月ばかりもつづいていた。

最初は五、六人の集まりだったものが、徐々に人数も増えてきている。女性とこどもばかりで、当初から千沙はその心づもりであった。内訳《うちわけ》は中上母子のような商社員、それに画家や彫刻家の妻やこどもといったところであり、唯一の例外が陸軍武官の妻である桐島夫人だった。

授業は学校でおこなうようなものではなく、どちらかといえば毎週集まって茶話会《さわかい》をするといった趣《おもむき》で、じっさい茶と菓子を持ち寄っていた。といっても、学ぶこともおろそかにはしない。千沙が毎週、日常生活の場面を想定し、それに関する会話や単語を説明する。八百屋のアンヌや家政婦のジャンヌにも協力してもらい、月に一度は生粋《きっすい》のフランス人を呼んで、話に交じってもらう。また、それぞれがその一週間になにか気づいたことやわからなかった言葉などがあれば、それについて質疑応答することもあった。

「千沙さん、それ開けてみて」

売り出し中の絵描きを夫に持つ宮下加奈《みやしたかな》が声をあげた。二十代なかばで、みずからも絵を描いている。

千沙は窓から入ってくる心地よい風に頬を撫でられつつ、手にしていた水色の包みをテーブルに置いて、開いた。艶のある橙《だいだい》色が、中から現われた。

縞瑪瑙《しまめのう》で作られたブローチだった。ダリアの花をかたどっている。

思わず、あら、と声が漏れた。

夏の陽射しがそのまま石の中に閉じ込められたような輝きが、千沙を揺さぶったのだ。ブラウスの左胸のあたりにあててみる。白い絹《きぬ》の上で、それはいっそう輝いた。

「わたしが作ったの。どうかしら」

宮下加奈が両手を握った格好で、千沙の返事を待ち構えた。

千沙はあわてず、ブローチをそのまま胸につけてから、顔をあげた。

「素敵だわ。ありがとう」

言葉は少なかったが、それでじゅうぶんに思いが伝わるだけの関係はできていた。宮下加奈は満足そうに微笑んだ。

「さ、それじゃみなさん、また来週ということで」

桐島夫人が言い、会は終了となった。千沙は部屋を出て行くひとりひとりと握手をする。毎回やる習慣になっていた。

全員が出て行ったあと、千沙はテーブルを整え、それから隣の事務室に顔を出し、部屋の鍵を松尾に返す。

「やあ、お疲れ様でした」

西陽の射し込み始めた事務室で書き物をしていたらしい松尾が伸びをしつつ、顔を出した千沙に声をかけた。

「きょうはお誕生日だったんですね。気づかずに申し訳ない」

鍵を受け取って、松尾は頭を掻《か》いた。

「いえ、そんなことありませんわ」

「おいくつになられたんですか」

「十七です」

ほうと松尾の口からため息が漏れる。

「うらやましいかぎりですなあ」

本当にうらやましいと思っている口調で、なにやらこそばゆく感じた。

「ああ、そういえばさっきお父上からお電話があって、五時過ぎにこちらにいらっしゃると」

壁の時計に目をやりつつ、松尾が言った。

「ええ。そういうことになっているんです」

きょうは誕生祝いをしてやるから、授業が終わるころに日本人會に迎えに行くと今朝方父が言っていたのだ。

そう返事をしているちょうどそのとき、玄関のあたりで車の停まる音が聞こえた。

「来たようですわ。それじゃ、失礼いたします」

千沙は松尾に一礼し、そそくさと一階に降りていった。

父の範義はロビーに腰を下ろし、煙草に火をつけようとしているところだった。

「お、早かったな」

芙蓉の花束を手にした千沙に気づくとシガレットケースに煙草を戻し、立ち上がった。麻の白い背広姿は、どことなく疲れたように映る。父は書記官としての仕事をこなしつつ、近ごろはさまざまな人物と面会することが多いらしく、ニースやリヨンあたりへ泊りがけで出かけるようになっていた。日本の外交が、中国と交戦状態に入ったことを受けてかなり複雑になってきているらしい。昨年末に南京《ナンキン》で日本軍が虐殺《ぎゃくさつ》をおこなったという報道が欧米《おうべい》にも広まり、その対応に追われているようだ。日に焼けてはいるが、少し痩《や》せたようでもある。

「どうかしたか」

まじまじと父の顔に目をやっていた千沙を覗き込むようにして、範義が言った。

「いいえ。お忙しいのに、わたしのために時間を取ってもらって、なんだか悪いなって」

父は短く笑って、千沙の肩に手をやり、歩き出す。

「気にするな。ほかならぬひとり娘のためだ」

それが上っ面の言葉でないのは、よくわかっていた。

玄関を出て、待たせてあった黒塗りのフォードに乗り込み、ふたりは街の中心部へ向かっていく。開け放った窓から飛び込んでくる風が心地よかった。

「そのブローチはどうしたんだ」

左に座っていた父が、胸元に気づいて尋ねてきた。

「花束と一緒に生徒さんたちがくれたの」

千沙はブローチに手をやりつつ、こたえた。

「ほう。なかなか人望があるようだな」

「大事にするわ」

「それがいい。人望は大事だ」

そして、父は大きくため息をつくと身体をシートに預けた。

「パリへ来て、もうすぐ一年になる」

「そうね。わたし、パリ好きよ」

「そうか。気に入ってくれてうれしいよ。日本に戻らず、ずっとここで暮らすことにするか」

含みのある言い方に、千沙は口を閉ざした。すると父が苦々しげにつぶやいた。

「日本のことなど、もうどうでもいいという気になるときがある」

宙に視線を漂わせた父の横顔が引き締まっていた。千沙は気を取り直すように声をかけた。

「きょうはどこへ連れて行ってくれるんですか」

父もまた物思いから引き戻され、笑みを浮かべた。

「日仏《にちふつ》銀行にちょっと寄る用事がある。それを済ませてから誕生祝いのプレゼントだ。なにがいい」

「そうね。もうちょっと考えさせて」

「よかろう。それと夕食は『マジェスティック』に予約を入れてある」

「すてき。用事のついでっていうところも」

範義が声を立てて笑った。

やがてフォードはカンボン通りへと走り込んだ。

「あら。日仏銀行って、このあたりにあるんですか」

「なんだ、知らなかったのか。まあ、おまえには用がないものな」

停止したフォードから降りて、範義が千沙に尋ねた。

「どうする。二十分ほどで済むが、一緒に来るか」

千沙は首を振った。

「あたりをぶらぶらしてるわ。ごゆっくり」

この時期、パリは八時くらいまでは明るい。西陽の射しかける通りに立って父を見送ると、千沙は当然のように方角を決めて歩き出した。

来たことはなかったが、知っていた。カンボン通り三十一番にその店があることを。外交官の娘だからといって、自分で自由になる金がさほどあるわけではない。ましてやオートクチュールをあつらえるなど、夢の夢だった。だから無意識のうちにカンボン通りへやってくることを避けていたのかもしれない。しかし、すぐ目の前まで来てしまった以上、足がそこに向いてしまうのを止められなかった。

千沙は店に近づくにつれ、歩みを緩めた。白いファサードが西陽の光で橙色に染め上げられている。ウィンドウの前に立ち止まり、そこにあった二体のマヌカンを見上げた。いまは夏だが、ウィンドウのマヌカンはすでに秋の装いを身にまとっていた。一着はブラックドレス。肩を大きく出し、胸元も開いている。だらりとしたように見えるが、動きを伴うとそのだらりとしたドレスに生気が満ちるのだろう。しかし、これは大人の着るものだった。千沙などはまだまだ。もう一着に目を移すと、そこにはかっちりとしたスーツがある。ベージュピンクで、襟なし。縁取りが紺でなされて浮ついた感じが抑えられている。これなら、いや、これこそ。

「暑いわね」

フランス語のだみ声が背後からかかった。フランス人は見知らぬ相手にもよく声をかける。千沙は承知していたから、すっと振り返って応じた。

「ほんとにそうですね」

つい後ろに立っていた女性は、千沙を見て目を見張っていた。日本人だとはわからずとも、東洋人がフランス語で応じてくるとは思わなかったのだろうか。一瞬そう感じたが、すぐにそれはかき消え、千沙のほうこそが、いま目の前にいる人物の顔に目を奪われてしまっていた。

写真でしか見たことのない店の女主人が、そこにいたのだ。すらりとした姿は思ったより小柄で、千沙より一〇センチほど高いから一六〇前後だろうか。ちょっとそのあたりに用事があって出ていたといった雰囲気だった。首から鋏がぶら下げられている。むろん自分のデザインしたスーツを着ている。薄い緑色のスーツだ。

「どうかしらね。気に入ってもらえた」

ウィンドウに目をやって、尋ねてきた。

「ええ。とても。スーツが素晴らしいです」

愛想を言っているのではないとわかってくれたのだろう。口もとがほころんだ。

「どう、ちょっと冷たいものでも飲んでいかない」

命令口調でもないのに、従わざるを得ないような気持ちにさせるのは、人を惹きつけるものを持っている証拠だろう。

はい、とうなずきかかって、千沙は父のことを思い出した。振り返って銀行の方角を見る。ちょうど千沙を捜してうろうろしている父の視線とぶつかり、こちらに気づいたらしく小走りに近づいてくる。

「どうかしたの」

女主人に尋ねられて、千沙は顔を戻した。そのときにはもう決めていた。

「父と一緒に来たんです。スーツを作ってもらいたくて」

ちょっと驚いたように目が見開かれたが、すぐにうなずいた。

「あら、そうだったの。うれしいわ」

そこへ息をはずませた父が駆け寄ってきた。女主人に目礼をして、日本語で千沙に尋ねる。

「どこへ行ったのかと思ったぞ」

「わたし、誕生日のプレゼント決めたわ。こちらでスーツを作ってもらうことにしたの」

父はすっと店の様子を見渡し、それから苦笑を漏らした。

「ほう、オートクチュールか。どうやら高くつきそうだが、まあよかろう。パリ一周年もかねたプレゼントだ」

「よかった」

「これからはスーツも一着くらい持っていないとな」

「失礼。どうかしら。ここは暑いから、中に入りましょうよ」

父との会話の様子をみはからうように女主人は口を開き、目配《めくば》せすると、先に立って店に入っていく。ふたりもあとに従った。

商品の並べられた店内を抜け、鏡張りの白い階段をあがっていくと、そこではお針子たちが布を裁ったり、マヌカンに布をあてて仮縫《かりぬ》いしたりと、仕事の最中だった。いったい何人のお針子がいるのか、まるで見当がつかない。あちらでもこちらでも、てんでに作業をしているのに、どこかしらきっちりと統一感のある店だった。

白と黒。それだと千沙は見抜いた。働いている者の服装が白と黒で統一されている。通り過ぎていくと、近くにいる者が微笑みとともに主人に軽く挨拶し、千沙たちにも丁寧《ていねい》な目礼を送ってくる。

主人は二階の奥まった場所にある来客用の応接室にふたりを案内した。

こうして店内に入ってソファに腰をおろし、店の主人と面と向かっているのに、千沙には実感が湧かなかった。もしさっき声をかけられなかったら、こんなことになっていただろうか。

「ベトナムのかたかしら」

女主人が煙草を一本取り出して、もてあそびつつ尋ねた。フランス領インドシナからは、パリに多くの者が流入してきている。アジア人の顔立ちを見て、ベトナムから来たと勘違《かんちが》いしても当然だろう。

「わたしたちは日本から来ました。わたしは大使館で書記官をやっています。これは娘のチサです。フランスでは呼びにくいのでシサで通すようにしています。妻が日本で亡くなったので、娘もフランスに連れてきたのです」

「チサ」

女主人はちょっと口の中でつぶやいたようだった。そして煙草をくわえるとライターで火をつけた。

「誕生日なんです、きょう」

千沙が告げると、女主人は納得がいったという顔で煙を吐き出した。

「それでスーツを」

「はい」

「わたしも獅子座《しし》なのよ」

千沙は共通点があるというだけで、うれしかった。

「いくつになったの」

「十七になりました」

「うらやましいわ」

ちょうどドアがノックされ、アシスタントがアイスティーとクッキーの並べられた皿を運んできた。

「さ、どうぞ」

手のひらを上にすっと横に流したが、自分は相変わらず煙草を吸っている。

「助かります。ちょうど喉が渇《かわ》いていたもので」

父がグラスを手にしてストローに口をつけた。千沙もそれにならった。どことなく緊張が抜けない。いや、さっきよりも緊張の度合いが高まっているかもしれなかった。

「きれいなブローチね」

煙草を灰皿で消しつつ、千沙の胸元に目を向けてきた。

「誕生日にって、生徒さんがくれたんです」

「学校の先生なの」

ちょっとびっくりしたような声が返ってきた。千沙は首を振った。

「フランス語のできない日本のかたがたに、日常会話を少し教えているだけです」

「偉いわ。女は仕事を持ってこそよ」

うなるような女主人の言葉に、千沙はうなずいて見せた。女主人も同じようにうなずき、両手を組んだ。

「あなたのような女性には、ぜひともスーツを仕立ててあげたいわ。ただね、店は注文がたまりにたまっていて、作るとなるとしばらく待ってもらわないとならないの」

「どのくらい待つことになるのです」

訊きにくい質問を父が代わりに尋ねてくれた。主人の顔が考え込むようにかすかにうつむいた。

「一年、というところかしら」

千沙にとって、それは永遠のごとく思われた。

「わたしは特別扱いはしないの。注文をもらった順に仕立てていく。でもね、あなたのような女性には、わたしのスーツを着てもらいたいと思うのも本当よ」

「ありがとうございます」

こたえはしたが、失望が表情に浮かんでいたのかもしれない。女主人は言葉をつづけた。

「女のわたしから見ても、あなたは素敵な女性になれるわ。服装だって、とてもいい。マリンブルーのスカートに白のブラウス。オレンジ色のブローチはかわいらしいアクセントよ。でも、髪の毛は短くしたほうがいいわ。わたしみたいに」

そう言って耳のあたりまでの髪の毛を指先でついてみせた。それから思い出したように立ち上がり、ちょっと待つようにと言って部屋を出ていった。

「残念だが、今年は別のプレゼントだな」

父がシガレットケースから煙草を取り出しつつ、ため息をついた。

千沙は首を振った。

「今年はいらないわ。来年まで待つから」

「いや、しかし」

「いいの」

困惑する父に、千沙はきっぱりとこたえた。だが、口にした千沙自身が意外でもあったのだ。

「ごめんなさいね」

女主人が戻ってきて、父は煙草をシガレットケースに戻した。

「一年待ってもらうお詫《わ》びというわけではないけれど、これはわたしからあなたへの誕生日プレゼント」

テーブルごしに、包装された小箱を手渡してきた。

「こんなことまでしていただいて、ありがとうございます」

遠慮せずに千沙は受け取った。開けてみてという視線にうながされ、包装を開いた。

「№5」だった。

「あなた、恋人は」

単刀直入に尋ねられ、千沙は戸惑《とまど》った。しかも父のいる前だ。知らぬ間に頬がほてった。それを自覚しつつ、首を振る。

「いいえ。いません」

「でも、そのうちできるわ。香水は女に欠かせないものよ。キスしてほしいところに、つけるの」

わざとらしい咳払《せきばら》いが横から起こる。それが千沙にはなにやらおかしかった。

千沙は箱から四角い小瓶を取り出し、蓋を取った。フローラルの匂《にお》いが鼻先をかすめる。女の匂い。たしか香水を調合させるとき、「女の匂い」のような香水を作ってほしいと依頼し、その試作品の五番目を選んだので「No.5」と名づけられたと聞いたことがある。

瓶の口に中指をあて、軽く斜めにし、指先についた香水を、千沙はおとがいの下あたりにあてた。むろん、そこにキスしてほしいというわけではなかったのだが。

「お誕生日、おめでとう」

満足そうに店の女主人が微笑んだ。

＊＊＊

日本人の父娘《おやこ》を送り出すと、ココは応接室に戻って煙草に火をつけた。

吐き出した紫煙の揺らめく中に、チサという娘の姿がひとりでに浮かんでくる。

いままでに見たことのない美しい娘だった。外見というより、その漂わせる気配が、とでもいうべきか。東洋的なものと言ってもいい。たたずんでウィンドウに見入っている横顔になにか惹かれるものを感じ、つい声をかけていた。あれほどなめらかなフランス語が返ってくるとは思わなかったし、父親と一緒だったのも意外だったけれど、いちばん意外だったのはスーツを作ってもらいに来たと言ったことだ。

正直なところ、チサはいいものを持っていた。でも、まだ女じゃない。娘にすぎなかった。いや、だからこそ、自分の手でチサを女に仕立て上げたいと思わせる。ピグマリオンのように。

吸い口についたルージュの跡を目にしつつ、ココは思う。

髪の毛を切って、香水をつけて、恋人を作ったら。

そうすればスーツが似合う女になれるだろう。それだけの資格のある女。そう感じた。

一年待ってほしいと言ったのは、嘘でもごまかしでもない。ましてや意地悪をしたのでもない。じっさい注文がありすぎて、順番にやっていけば、それくらいは待ってもらわなくてはならない。本当ならいますぐにでもこの手で仕立ててやりたいくらいだった。しかし、ルールはルールだ。それに、一年経てばチサも素敵な女にさらに近づいているはずだ。ただ。

ココは、煙草を灰皿に揉み消した。

ただ、疑うことを知らない。そんな気がした。母親は亡くなっているらしいが、父親が大事に育てたのだろう。人の善意に囲まれて育ったという印象があった。

それが気がかりだった。

特に、こんな時代には、純粋な魂《たましい》は押し潰《つぶ》されやすいものだ。

ココは低くうなって、また煙草を一本くわえた。

6　テレサ

出ばなをくじかれたというべきだろう。

これから勢い込んで祖母の過去を調べていこうとしていたのに、スーツがシャネルのものでないと証言され、その方面からスーツの由来を探る道は絶たれてしまった。

ただし、だからといって、スーツそのものの気品が損《そこ》なわれたわけではない。血にまみれたスーツがわたしをとらえた強烈な引力も失われはしなかった。シャネルのものでなくとも、スーツには秘められたなにかが感じられる。それはスーツを着ていた千沙の秘められた思いでもあるはずだ。

わたしは知りたいのだ。この世でたった一度、ほんのわずかな時間だが顔を合わせた祖母に、パリでいったいなにがあったのか。あの悲しみの表情の意味を。

シャネル本店を紹介してくれたマリーは申し訳なさそうにわたしと母にあやまったが、これればかりは仕方がない。かえって内務省のエリート局長にまで今回の調査協力をさせているこちらの方が恐縮してしまった。

あとで聞いた話では、マリー・ハイアムはフランスのエリート教育機関であるグランゼコールのひとつ、パリ政治学院を出たエリートで、メラニーとは高等学校《リセ》の先輩後輩でもあるという。恋愛におおらかなフランスという話は聞いていたが、じっさい目《ま》の当たりにして圧倒されたものだった。

シャネル本店に行った翌日は霧まじりの雨で、かなり気温が下がった。おまけにメラニーは第七大学の講義が入っているために午後いっぱい外出し、母は疲れが出たと言い、一日中ベッドにもぐったままだった。そこで結局のところ、メラニーの用意してくれた部屋にわたしもこもらざるをえなかった。

つぎの手立てを考えようとしたが、慣れない旅先では気が散ってしまう。

仕方なく部屋に並んでいる書物に目をやっているうち、メラニーが言っていた「ジュラン・イサオ」が久生十蘭《ひさおじゅうらん》という作家だとわかった。日本語の全集本が並んでいたのでぱらぱらと目を通すと、明治三十五年、つまり一九〇二年に函館《はこだて》で生まれている。パリには昭和四年から八年まで滞在し、パリ物理学校とパリ市立技芸学校で学んだとあった。演劇青年でもあったらしいが、帰国してからはおもに雑誌『新青年《しんせいねん》』で小説を発表し、戦後に直《なお》木《き》賞を取っている。

作品の中にはフランスを舞台にしたものもかなりあるようだ。『十字街《じゅうじがい》』「墓地展望亭《ぼちてんぼうてい》」「モンテカルロの下着《したぎ》」といった題名が並んでいる。その中の一編「花束町一番地」という作品を読んでみた。三人の若い日本人女性がパリで引き起こす妊娠騒ぎをさらっと描いたコントで、ついつい笑ってしまった。ここに出てくる良家の子女の傍若無人《ぼうじやくぶじん》さが戦前にパリへやってきていた日本人女性の一端を表わしているとするなら、祖母などもずいぶんと活発だったのかもしれない。

おそらくクルト・シュピーゲルと祖母は恋人同士だった。いつ、どうやって知り合い、どんな恋愛をしたのだろう。

小説を読みながら、そんなことがひとりでに頭に浮かんできた。

わたしの恋愛は、いちばん長くつづいたものでもたかが一年ほどだ。あとは数ヶ月で駄目になる。原因はわたしにあるらしいと気づいたのは、三年ほど前だ。相手に父の面影を見ようとし、違うところがあるとすぐに冷めてしまっていたのだ。そのときつき合っていた相手が別れ際に、おれはおまえの父親じゃないと怒鳴り、わたしは変な言い訳をするなと怒鳴った。しかし、あらためて振り返ってみると、その指摘は正しかった気がする。

祖母はクルトとどんな付き合いをしたのか。デートはどこに行ったのか、どんな会話を交わしていたのか。やはり父である範義の面影を探していたのか。そして、どうしてふたりは離れ離れになってしまったのか。

そんなことまで思い浮かべつつ午後のひとときをつぶしていると、充電中の携帯がテーブルの上で振動した。

十蘭の文庫本を開いたまま伏せ、ベッドから降りて携帯を手にする。非通知ではなかった。だが、覚えのない番号だった。

「パリにいらっしゃったのですね」

おそるおそる耳にあてると、遠くから声が伝わってきた。記憶を手繰《たぐ》り寄せる間もなく、相手が名乗った。

「大津です」

目の前に、傲慢《ごうまん》と卑屈《ひくつ》が入り混じったような大津真一の薄笑いが浮かんだ。わたしや母の周辺を探っていれば、パリ行きは早晩《そうばん》知られるはずだった。

「まさか、パリまで追ってきたんですか」

失笑が聞こえた。

「そこまでの予算はありません。もっとも、行かずとも調べはつきます」

「ご一緒できなくて残念ですわ。わたしたちは楽しい旅を満喫《まんきつ》しています」

皮肉めかしたつもりだったが、大津はまともに受けた。

「そのようですな。シャネル本店はいかがでしたか。日本女性なら、一度は行ってみたい場所のひとつらしい」

わたしは思わず息をつめていた。監視がついているとほのめかしたのだ。大使館を通じてやらせているに違いない。

「いけませんか。あなたの許可が必要だとも思えませんけれど」

「いや、むろんご自由にしていただいて結構です。シャネル本店の観光はともかく、パリに行かれたということは、お母さまの調べが進んでいると解釈してよろしいですね」

「わたしは付き添いとして来ただけですから、よくわかりません」

「まあ、いいでしょう。しかし、おそらく無駄足になると思います」

「それは妨害をするということですか」

挑むような調子になった。だが、大津は平然と笑いをにじませた。

「一通の手紙だけでは調査はむずかしい、ということです」

楽しげな声で言うと通話は切れた。

わたしは携帯を睨みつつ、いまの会話を反芻《はんすう》した。

そこまで調べ上げていることに驚きはしたが、はっきりしたことがひとつ。

大津たちは、わたしたちがスーツを持っていることを、知らない。

関心があるのは久能範義だけで、娘の千沙などどうでもいいのだ。もっとも、スーツが機密にかかわる証拠であるなら、躍起《やっき》になって奪いに来る可能性はあった。

スーツの存在を知られてはならない。

とっさにそう思った。スーツが機密にかかわる証拠であるかどうか未知数だったが、わたしたちにとってスーツが重要な手がかりであるのは間違いない。それを奪われてはならない。

わたしはメラニーが帰ってきたあと、大津の電話の件をふたりに話し、スーツの存在を知られないようにすることで一致した。

それまでの経緯を知らなかったメラニーは母が大使館に行きたがらなかった理由を理解し、深刻そうな顔でマリーにも口止めをしておくとこたえた。

＊＊＊

翌朝、雨はあがって晴れ間がのぞいた。しかし、肌寒い。

日本人會のことを覚えているというパリ在住の老婆を訪ねるのは、午後一時ということになっていた。午前中メラニーは大学に用事があって外出し、母は相変わらず部屋で横になり、わたしは久生十蘭の作品をいくつか読んでいた。

昼近くになってメラニーが戻ると、簡単に食事をしてからわたしたちは出発した。出発前にメラニーが確認の電話を入れると、きょうは天気もよくなって神経痛も出ていないから大丈夫だと相手はこたえたそうだ。

途中バスティーユ広場の近くでルノーにガソリンを入れたが、そこでしばらく待たされた。メトロのストのせいでガソリンを入れる車が大量に並んでいたからだ。

約束の時間に間に合うかどうかというすれすれで、わたしたちは東駅の近くにあるアパルトマンにたどり着いた。表通りは商店がひしめいている場所で、一本裏道に入ったところにあった。路肩にルノーを駐めて裏道に入っていくと、舗道《ほどう》に面したバルコニーには、シーツや下着の洗濯物がぶら下げられていた。天気が回復したからいっせいにやっつけたといった具合だ。

「ここのようね」

建ち並ぶアパルトマンをひとつひとつ確認しつつ進んでいたメラニーが立ち止まり、振り返った。かなり古ぼけた五階建てで、周辺に人の行き来は多く、寂しい感じはしない。この二階に目的の女性がいる。テレサ・モリゼット。日本名でないのは、結婚してフランス国籍を取得したからだという。

メラニーが小首《こくび》をかしげてわたしたちをうながし、先に立って玄関を入っていく。わたしは監視がついていないか、ひとわたり周囲に目をやってから、あとについた。ワックスの臭いがひんやりと漂う階段を上がると、薄暗い廊下の突き当たりに、メラニーと母の姿があった。早くしろと言いたげに、こちらに目を向けてきた。わたしが追いつくと、ちょうど白髪の老婆が杖をつきながら背中を見せて部屋の奥に歩いていこうとしているところだった。その丸まった背中がフランス語でなにかぼそぼそとつぶやいている。それがテレサ・モリゼットだった。

スチーム暖房の効《き》いた部屋に迎え入れられ、メラニーがわたしと母を紹介する。テレサはソファの右端に腰をおろし、わたしと母と交互に握手をした。金縁の眼鏡をかけ、きれいな白髪をきちんと整えたテレサは、薄く化粧もしていた。セーターにカーディガンをはおり、スウェットの緩やかなパンツをはいている。

「ようこそ」

アクセントは危うかったが、日本語で低く応じ、温和な笑みを浮かべてみせた。話のきっかけを作るために、まずはメラニーがテレサにその経歴を尋ね始めると、やはり日本語ではつらいらしく、フランス語に切り替わる。ふたりがやりとりしたことをメラニーが少しずつ訳していくと、テレサは相槌《あいづち》を打ちつつ、たまにメラニーの使う日本語を繰り返してみせた。

テレサの話によれば、彼女の本名は中上輝子。名前をフランス風にしたのは、単にフランスで生活する上での不便を避けるためだそうだ。「テルコ」に発音が似ているから「テレサ」にしただけだが、いまではまあまあよかったのではないかと思っているという。

彼女は大阪の出身で、商社員だった父親の赴任にしたがって母とともにパリにやってきた。一九三六年のことだ。そのとき輝子は三歳。三年ほどパリにいたあと、第二次世界大戦が勃発し、両親とともに日本に戻った。だが、空襲で両親が死亡、戦後しばらくは苦労したらしい。二十歳になった一九五三年に、日本に来ていた貿易商のフランス人と知り合い、そのまま結婚して名前を変え、以後フランスで生活している。結局こどもは作らず、夫に先立たれ、この三十年近く、ここにずっと独《ひと》りで暮らしている。

おととい日本人会でテレサを紹介してくれた永野美紀は、姪《めい》の娘にあたる。彼女は身内なら迷惑もかかるまいと考えて紹介してくれたのだ。テレサというわずかな伝手《つて》をたよりにパリに留学生としてやってきた永野美紀は、一日おきにテレサの様子を見に来るという。

そこまで話すと、急にテレサが思い出したように立ち上がろうとした。わたしたちに茶を淹れてくれようとしたのだ。

「わたしがやります」

そうこたえて、わたしは隣にあるキッチンに立っていった。

お茶の用意を整えつつ、わたしは隣の部屋で交わされている話に聞き耳を立てていた。わたしがいないうちに母がなにか重要な質問をするかもしれないと思ったのだ。だが、よく聞き取れない。母は声をひそめているし、メラニーも「そうだ」とか「違うらしいわ」などといった短い通訳がほとんどだった。

用意に十五分ほどもかかったろうか。トレイに四人ぶんの飲み物を載せて運んでいくと、ちょうどメラニーが驚きの声をあげた。どうしたのか尋ねる前に、メラニーが母に向かって珍しく興奮ぎみに告げた。

「すごいわ。テレサはトモコの母親を知ってるそうよ」

耳にすると同時に、わたしもテーブルに置きかけていたトレイを取り落としそうになった。

テレサは懐《なつ》かしむ目を宙に漂わせつつ、さらに話をつづけていく。母の様子をうかがうと、こわばった表情に怯《おび》えめいたものが浮かんでいるように見えた。いま話されている内容に不都合なことが出てくるなら、テレサの口をふさいでしまいたいといった気配だった。話の途中に何回も「チサ」という名前が出てきて、それだけがフランス語の発音ではなかった。

テレサが千沙を見知るようになったのは、やはり日本人會だった。金曜か土曜かあいまいだったが、午後の数時間、千沙は日本人に簡単なフランス語の会話を教えていたという。テレサは母親に連れられて、そこにしばらく参加していたことがあった。あのころはまだ戦争が始まる前だったし、自分も幼かったため周囲の状況などわからなかったから、ただただひどく楽しいひとときだった記憶がある、という。

その集まり以外で千沙と会った記憶はない、そのうち戦争が始まって日本に戻ってきてしまったから、千沙がどうなったのかもわからないが、すらりとした美人だったので覚えている。

メラニーが母とわたしを見やって、テレサにその娘と孫だと教えると、ずいぶん驚いていた。すでに千沙が亡くなっていることも告げたが、テレサはその後千沙がどうなったのかまったく知らなかったので、結婚して幸せな一生を送ったのだとわかって安心した、そう言われてみればわたしと母はどちらも千沙に似ているようだ、と言った。

「写真、持ってきてるでしょ」

メラニーが母に目配せした。

母はテレサにいぶかしそうな視線を向けつつ、仕方なさそうに上着のポケットから写真を取り出し、テレサに手渡す。金縁の眼鏡に片手をやって焦点《しょうてん》を合わせると、ため息が漏れた。ウィウィとうなずいてみせる。そして写真を指さしながら、また口を開く。

出会った最初のころは髪の毛が長かったけれど、いつのころからか短くなった。しかし、顔はいまでもくっきりと覚えている。この女性に間違いない。笑うと左の頰に小さなえくぼができた。

「写真の男を知っているかどうか、訊いてみて」

母が、用心深そうに声を出した。

メラニーが尋ねると、テレサはふたたび写真に目を落としたが、すぐにこの人は知らないとこたえた。裏面のイニシャルにも心当たりがないようだ。

「お祖母さんがどこに住んでいたのか、知らないかしら」

わたしの問いに、テレサはしばし目を遠くにやってから、あきらめたように首を振った。日本人會で会っただけで、どこに住んでいたのかは記憶にない。

結局それ以上は祖母との接点は見出《みいだ》せず、あとはテレサの日本での苦労話と夫との楽しかった生活の話がつづいた。こちらに協力してくれたのだから、そのくらいの思い出話には付き合うのが当然というものだ。

テレサの部屋を辞したときには、午後三時を回っていた。

一九三九年三月　ゲームの規則

ぴりぴりとした寒さの中に、森から木々の幹《みき》を叩く音が響き渡る。ひとつではない。五十ほども音が重なり合い、犬の吠《ほ》える声とラッパの音がそれに混じっていた。たまに人が破裂音に近い声を発しているのも届く。

狩りが始まったのだ。

曇天《どんてん》の下、勢子《せこ》たちが北の方角から追い立ててくる。

待ち場は三つ設けられていて、いちばん西側に千沙は父とともに立っていた。ほかに同じ待ち場にいるのは、屋敷の主人であるモリエール伯爵とドイツ人のアッシェンバッハ男爵夫妻、それに早川雪洲である。

みなそれぞれに防寒対策をしていたが、雪が降ってきそうな午後の寒さはこたえた。

千沙は短く切った髪の毛を毛糸の帽子に包み、オーバーにブーツといういでたちだった。足元から凍りつくような痛みが這《は》い上がる。動かずにじっとしているからだろう。三十分はここにこうしていたのだ。そしていま、やっとのことで狩りが始まった。

最新式のウィンチェスターに、モリエール伯爵とアッシェンバッハ男爵が、それぞれ弾《たま》を装塡《そうてん》する。この待ち場で銃を持っているのは、そのふたりだけだった。あとは見学だが、むろん千沙は好きでここにいるわけではなかった。

少し休暇をもらったから、いつか連れて行くと約束していたシャルトル大聖堂を見に行こう、ついては少し野暮用《やぼよう》を済ませてから、という父の誘いがあったのだ。パリ郊外のノジャン＝ル＝ロトルーのモリエール伯爵の領地に来ているのは父の「野暮用」に付き合っているためであった。もっとも、それが「野暮用」というほどくだらない用件でなさそうなことは、千沙にも見当がついていた。

ダラディエ内閣がスペインのフランコ政府を承認したのは、つい先月末のことだ。おとといはドイツがチェコスロバキアの合併を宣言している。ヨーロッパの情勢があわただしくなってきていた。国家間のきしみばかりではない。昨年の十一月にはドイツでおおっぴらにユダヤ人の迫害も始まっている。

いつ戦争が勃発してもおかしくないのだ。ドイツとイタリアは、銃の引き金を絞る機会を待ち構えている状態ともいえる。それを避けようとしてフランスとイギリスがなだめすかしているという図式は、千沙にもはっきりと見えていた。

そういった中で書記官である父が動いている。単なる遊びでここに来ているはずがない。ドイツのアッシェンバッハ男爵はナチスとパイプがある鉄鋼業者でもある。モリエール伯爵は仏大統領のルブランとは顔見知りだという。このふたりが狩猟を名目に会っているからには、なにかしらの密談が交わされているに違いない。そのお膳立《ぜんだ》てをしたのが俳優の早川雪洲と父ではないかと、千沙は睨んでいた。なぜそういったことをするのか、といった「複雑怪奇」な外交についてはわからない。だが、なんとか争いを拡大しないようにするための、努力のひとつであることはたしかなようであった。

「そろそろですぞ」

モリエール伯爵が隣にいるアッシェンバッハ男爵に声をかけた。伯爵は五十代のがっしりとした肩を持った人物で、背が高い。男爵のほうは七十代にはなっていると思われる白髪で、すでになかば背中が丸くなってしまっていた。その男爵がウィンチェスターを重そうに構えた。

「近ごろ目が悪くなってしまいましてな。命中するかどうか」

フランス語でこたえた。

「ここには野兎《のうさぎ》や雉《きじ》が大量におりますからね。狙わずに撃ってもたいていは」

伯爵は老体の男爵に優越感を抱いているような笑みを浮かべた。それが千沙のところからもちらりと見えた。

父の範義と早川雪洲は一歩控えて、そのふたりの様子をじっとうかがっている。男爵夫人はつまらなそうにあらぬ方角へ視線を向けてあくびを嚙み殺した。

勢子が木の幹を叩く音は、すでに森が切れるあたりまで近づいてきている。遠くに枯れ草の上を野兎や栗鼠《りす》が飛び跳ねている姿がちらちらと見える。雉も追い立てられて、ゆるゆると尾を振りながらこちらに向かって逃げてきていた。

森が動いている。

千沙は、そう感じた。それと同時に破裂音が起こり、耳が遠くなった。モリエール伯爵が発砲を始めたのだ。アッシェンバッハ男爵も負けじと発砲し始めた。ほかの待ち場からもいっせいに銃が発射され出した。たちまち硝煙《しょうえん》がたち込める。男爵夫人はハンカチで鼻をおおい、さらに顔をそむけた。

伯爵と男爵は争うように弾を装塡し、撃ちつづける。

驚いて飛び上がった雉が、バランスを崩し、はばたきながら地面に落ちる。走っていた野兎が横合いからの銃弾で鼻面を地面に突っ込み、ゆっくりと断末魔《だんまつま》の息を吐き出す。

草地になっているあたりに、死骸《しがい》の山がつぎつぎと作られていった。

銃声がやむまで、どれほどの時間が過ぎたのか、千沙にはわからなかった。自分が兎や雉が殺されていく姿を目の当たりにしてもたじろがなかったのは、意外だった。だが、殺《さつ》戮《りく》が終わったとき、死骸を目にして、おぞましさが急に湧き上がってきた。

伯爵と男爵は待ち場から出ていき、千沙たちもそれに従った。獲物をくわえて走り寄ってくる犬たちから雉や兎を取り上げては、勢子たちの持っている麻袋へ詰め込んでいく。仕留めた獲物はアッシェンバッハのほうが多いようで、だらりとした死骸を嬉々《きき》として目の前に掲げ、いたぶるようにぶらぶらさせたりしている。その無造作な仕草に、千沙は嫌悪を抱いた。そのくせ目をそらせようとしても、死骸から目が離せないのは、どうしたことか。

胃からこみあげるものがあって、それをかろうじて抑えた。

「どうかしたか」

枯れ草に足を取られてふらついた千沙の腕を取って、父が尋ねてきた。

「ちょっと気分が」

そうこたえたが、それは死骸を目にしたせいではなく、自分に対する嫌悪のせいだった。

後ろを歩いていた早川が声を立てて笑った。

「いや、当然ですよ。初めてご覧になったのなら。今夜は別の食事を用意してもらうことですな。おそらく兎料理でしょうからね」

千沙は立ち止まって振り返ると、大きくうなずいた。

「ええ、そうしますわ。あんまりですもの」

語勢が強かったからか、千沙が反射的に睨んだからか、早川は一瞬顎を引いたが、すぐに苦笑にまぎらして横をすり抜けていった。

父が慰《なぐさ》めるように肩を軽く叩き、千沙をうながした。

硝煙の臭いは薄れていたが、その代わりに血の臭いがあたりに漂っている。冷気とともに、それが千沙を刺した。

その日の晩餐は、やはり兎料理だった。

兎の肉をソテーにしたものがメインディッシュで、千沙は口をつけず、なんとかやりすごした。

食事のあとには、部屋を移してお決まりのおしゃべりとなる。男たちは別室へ行き、千沙は女たちと取り残された。

今回の集まりはアッシェンバッハ夫妻を招くというのが趣旨《しゅし》であり、屋敷にやってきた者の大半はモリエール伯爵の友人知人であった。むろんフランス人ばかりで、早川と千沙親子だけが特別な存在といえた。いきおい、珍しがられて千沙に質問が浴びせられる。そういう経験は何度もしてきているから、べつに苦ではなかった。

だが、その晩のおしゃべりは少し違っていた。

男たちが別室でなにを話しているのか、やがて話の流れはそこに行き着いた。いや、正確には、その場にいる女たちにはどういったことが話し合われているのか、おおよその見当がついていた。

すなわち、アルザス・ロレーヌ地方に関する一件だと。

女たちが話している会話の断片をつないで推測していくと、表向きアッシェンバッハは招待されてここにやってきたのだが、じっさいはアルザス・ロレーヌ地方の割譲《かつじょう》をフランスに迫るヒトラーの密使になっていた。むろん迎え撃つフランス側は割譲などするつもりはない。モリエール伯爵は大統領ルブランの代理として交渉にのぞんでいることになり、この対立する双方の調停役として立ち会うのが範義と雪洲という図式のようだった。

話を聞いていて、千沙はやっとその関係性がわかった。なぜ父や雪洲が立ち会うのかという理由はわからないまでも、フランスとドイツのいがみ合いの原因のひとつがアルザス・ロレーヌ地方なのは、周知の事実だった。この地方には鉄鉱石や石炭などの地下資源が豊富にある。そのため、普仏《ふふつ》戦争以来両国の争いの原因になっている。大戦争でドイツが敗北したとき、フランスはこの地域を領有したが、それまではドイツ領だったのだ。ワイマール体制を否定するナチスが、この地域の領有権はドイツにあると主張するのは、当然のことだった。そして、交渉の決裂は戦争へとつながる。おそらく、それを回避するための方策が話し合われているに違いなかった。

そういったことを遠回しにほのめかしつつ、女たちの話は進められ、やがてはアッシェンバッハ夫人に真意をたしかめるという格好になった。しかし、当の夫人はただ微笑んでいるだけで、ひとことも核心に触れることは口にしない。すらりすらりとかわして、尻尾《しっぽ》をつかませない。割譲を迫ることは一切ないという素振《そぶ》りを変えない。

狩りのときに同じ待ち場にいて、千沙はアッシェンバッハ夫人について特にいい印象も悪い印象も持たなかった。銀髪の丸い顔には、悪意も善意も見て取れなかった。自分の立場をきっちりわきまえているといえば聞こえはいいが、おそらく政治情勢などには興味がないのだろう。かといってどうでもいいという投げやりな気配があるわけでもない。恐ろしく狡猾《こうかつ》か、まったくの愚鈍《ぐどん》か。あるいはどちらでもあるのか、であった。フランスの社交界にも何度か出たことがあるが、こういう手合いはどこにでもいた。結局、その場にいる女たちが夫人にかなうほど狡猾でも愚鈍でもなかったということだ。

やがて深夜に近づき、男たちが疲れ果てた顔で戻ってきて、女たちの集まりもお開きとなった。男たちが疲れ果てた顔なのだから、交渉の話がじっさいにおこなわれていたとしても、不首尾に終わったことを表わしていた。

翌朝、千沙は父とともに九時には屋敷を離れた。

もはやここに用はないといった顔つきで、父は主人やほかの客がまだ寝ているあいだに出発した。車を北東に向ければ、シャルトルの街はすぐである。父は昨晩の件について一切口にしなかった。運転手の耳を気にしたわけでなく、書記官として当然の守秘義務に従っただけだろう。千沙も聞き出すつもりはなかった。自分などが知ったところで、どうなる話でもない。

三十分ほど走ると、やがて小麦畑の向こうに丘が見え、そこにふたつの尖塔《せんとう》が浮かび上がってきた。それが大聖堂だった。

尖塔が徐々に近づき、シャルトルの街に車は走り込んだ。

四月九日の復活祭まであと半月ほどということもあり、シャルトルの街は巡礼者たちで活気があった。人々のあいだを黒塗りのフォードは大聖堂の西側ファサードまで進んでいき、そこで停車した。

車を降りたとたん、千沙は圧倒された。天に突き出すふたつの尖塔は、青く澄み渡った天空の上にまでつづくかと思われた。

「ここがシャルトルの大聖堂だ」

後ろから父が声をかけた。口調からして、どうやらモリエール邸でのことは吹っ切ったようだ。

「右と左で尖塔の造りが違うだろう。右側が古い尖塔で、火事で焼け残った。それに付け加える形で左側の尖塔と聖堂が造られたんだ。キメラであることが、唯一無二でもあるわけだな。べつべつの時代が合わさってひとつのものを形造っている」

機嫌よさそうに言うと、父は千沙をうながし、聖堂の中に入っていく。

空気に暖かい香油の匂いがまじり、濃い飴《あめ》色に視界が覆われた。千沙はしばし立ち止まって目を慣らさなくてはならなかった。やがて浮かび上がってきたのは、垂直に伸びたいくつもの柱と、そのあいだに漂う鈍《にぶ》い光だった。鈍いとはいっても、それはさまざまな色が交錯《こうさく》し、微妙に屈折したあげくに堂内に漂っているもので、外光がそこここにはめ込まれているステンドグラスを通して入ってきた結果であった。たとえて言えば、黒く塗り込めたキャンバスに、輪郭だけでそこにあるものを描いたような光景。

異質な空気を、千沙は思わず大きく吸い込んでいた。

身廊《しんろう》の左右に整然と並べられた椅子には、点々と腰をおろしている人の姿がある。両手を合わせて身じろぎもしない。

千沙はその様子を目に入れつつ、父とともに奥へと歩を進める。靴音が高いアーチに響き、ときたま堂内に空咳《からせき》がこだまする。修道女《マ・スール》らしき姿がふいに近くで衣をひるがえし、会釈をして通り過ぎた。外陣《げじん》からトランセプトを抜けて内陣に進むと、壁にかかったひときわ大きな十字架が現われた。高さが一〇メートルはあるだろう。ここが祭室だった。

スュブリム。学校では「崇高」と訳されていたが、日本語にしてしまっては微妙なところが伝わらない。いま目にしている光景は、スュブリムとしか言いようがなかった。

「知っているか。この聖堂にはマリアの聖衣があるんだ」

「聖衣」

父の言葉は、千沙の胸の奥になにかを灯《とも》した。

「なんだ、そんなことも知らずにここに来たのか。シャルトル大聖堂には聖母マリアの着ていたとされるチュニックがある。だからこそ、マリア崇拝の中心地なんだ。この聖堂が火事になったのは、たしか一一九四年だ。そのとき一緒に燃えてしまったと思われた聖衣は地下の祭室から奇跡的に出てきた。それで住民たちは聖堂の再建に力を入れたという話だ。聖衣というのが本物かどうかはわからないが、信者たちの力にはなっているんだろうな」

「それ、見られないのかしら」

「聖遺物だから、奥に安置しているはずだ。外交官の特権を使ったとしても、それは無理だ」

冗談めかして父が首を振った。

「残念だわ」

「なにかの祭礼のときに公開しているかもしれない。また、そのときに来てみようじゃないか」

千沙はうなずき、胸のところで小さく十字を切って祭室の前を離れた。学校では毎日のようにやっていたが、フランスに来てから十字を切ったのは、初めてだった。信者でもないのに、ついそうさせてしまう力が、たしかにここにはあるようだった。

昼にはパリに戻らなくてはならない予定だったが、聖堂を出たとき、すでに一時を過ぎていた。

太陽が中天にかかり、尖塔がさらに伸びたような錯覚《さっかく》が生じる。

フォードにもたれて一服していた運転手がこちらに気づき、あわてて煙草を捨てると帽子をかぶり直した。

車が発進し、千沙は振り返って遠のいていく尖塔にもう一度目をやった。

昨日からの出来事が、素早く頭をかすめていく。もしこれが逆の順番で起きていたら、きっと千沙は絶望していただろう。最後に大聖堂にやってきたことで、救われた思いが湧き上がっていた。

「これでやっと友達に手紙が書けるな」

顔を戻した千沙に、父が横から声をかけてきた。

「いいえ。書かないわ」

とっさにこたえて、口ごもった。

「なんだ。まだ不足なのか」

「そうじゃないの。書かないというより、書けないってわかったの。あれだけのものを文章にするなんて、わたしには無理」

「なるほどな」

気の利いたことを口にしたと思ったのだろう。父はそれきりで口を閉ざした。

だが、口にしたのは書かない理由の半分だけである。あとの半分は、いまさっき味わった心持ちを、誰にも教えたくなかったからだった。

7　墓地の壁

テレサのアパルトマンを出たあと、わたしたちはペール・ラシェーズ墓地へ向かった。メラニーがぜひとも母を連れて行きたいと言っていた場所である。パリ市内でいちばん大きな墓地で、多くの著名人の墓がある。

墓地へ向かうルノーの後部座席に座っていて、ふと祖母の千沙の墓はどこにあるのだろうという疑問が湧いた。母の実家のことはまったく聞いていないし、行ったこともないから、知らないのは当然だ。まさかペール・ラシェーズにあるとは思えない。

「そういえば、シャネルのお墓って、どこにあるんですか」

さりげなく後部座席からメラニーに尋ねた。

「ああ、シャネルの墓ね。あれはね、たしかフランスにはなかったと思うわ」

「え、そうなんですか」

知らなかった、という口調を装った。じつは知っていた。伝記本には、ちゃんとそのあたりのことも書かれている。

「葬儀はパリだったのよ。マドレーヌ寺院。でも、それから移送されて、フランスではなくてスイスにあるはず」

その通り。スイスのローザンヌだ。第二次世界大戦後、パリを離れたシャネルが十年ほど過ごしていた場所でもある。

「へえ。そうなんですか。そういえば、お祖母さんのお墓はどこなの」

隙を与えず、わたしは母に言葉を向けた。

う、と短くうなってから、仕方なさそうにこたえた。

「金沢よ」

「金沢のどこ」

「どこだっていいでしょう」

「よくないわよ。スーツの件がわかったら、報告に行かないとならないでしょ」

「真理が行く必要はないわよ」

「まあまあ。トモコの母親のこと、少しわかったんだから、喧嘩しないで」

メラニーの言葉に、母は渋々と墓地の名前を口にした。わたしはそれを記憶にとどめた。

「あれは、嘘のようだったわね」

急に母が話頭を変えてつぶやいた。

「え、なにが嘘なの」

メラニーが運転しつつ、尋ねた。

「さっきのテレサが言ってたことよ。あれは、嘘だと思う」

「どういうことよ」

わたしも思わず尋ねる。

「他人にフランス語なんか教えたりするもんですか」

いかにも憎々しげに母が吐き捨てた。

「でも、テレサさんは、写真を見て本人だってはっきりこたえたわ」

「そりゃ昔顔を合わせた時期があるかもしれない。だけど、フランス語を教えていたとは思えないわ」

「なぜテレサさんが嘘をつかなくちゃならないのよ」

「あの人がわざと嘘をついたとは言わないけれどね。ただ、昔のことだから、誰か別の人と混同したんだと思う」

ようするに、母は祖母のことを嫌っていたのだ。だから祖母を褒め称《たた》えるような思い出話を頭から否定しようとする。しかし、テレサの記憶が一〇〇パーセント正確であるとも言いがたいのはたしかだった。

途中、事故処理渋滞に巻き込まれ、一時間ほどもかかってようやくペール・ラシェーズに到着した。

ルノーを降りると、メニルモンタン通りという表示が見えた。入り口はいくつもあるが、ここが中央入り口になっているようだ。日本の墓地とは違い、外観は公園のようにしか見えなかった。ちょっと散歩にでも行くかといった様子で、人々が出入りしている。

メラニーはわたしと母を車のところに待たせて、売店に走った。母はジャンパーの背中を丸め、しかめ面をしたままそっぽを向いている。

「わたしも、全部知ってるわけじゃないの。せっかく来たんだから、いくつか見ていきましょうよ」

パンフレットを手に戻ってくると、笑ってみせた。著名人の墓がどこにあるのか記した地図があるらしかった。それを片手に墓地に入っていく。木々が生《お》い茂り、いくつもの丘で視界は遮られがちだ。その中を小道がいく筋にも広がっている。やはり公園としか感じられなかった。そこにたまたま墓がいくつも作られたといった趣である。日本の霊園のように区画整理をされ、どれも似たり寄ったりの墓が並ぶ味気なさとはまったく違っている。

「これが、コレットの墓ね」

墓地へ踏み込んで一〇〇メートルほど進んだあたりに、それはあった。女性作家で『青《あお》い麦《むぎ》』の作者だ。誰かが置いていった新しい花束が捧《ささ》げられていた。むろん、母はそんな

ことに興味は示さず、いらいらしたような表情でわたしとメラニーがその場を離れるのをていてくれ

待っている。それでも文句ひとつ口にしなかったのは、メラニーがわざわざ案内してくれているからだ。

地図を見せてもらいつつ、わたしたちは右回りに墓地を進んだ。メラニーは日本人でも知っている著名人を選んで進む。『カルメン』の作曲家ビゼー、『人間喜劇《にんげんきげき》』の作家バルザック、歌手のマリア・カラス、『サロメ』の作者で詩人のオスカー・ワイルド。当たり前の話だが、そこには現世のジャンルや立場といったものはなく、渾然《こんぜん》とした死者の集《つど》う場所であった。

「おっと、しまった。プルーストを忘れてたわ。ええと。まあ、いいか」

立ち止まって振り返ったが、母のいらつきを察したらしく、来た道を引き返すことはせず、そのまま進んでいく。

すでに五時を回っている。だが、まだあたりは明るい。この時期は八時くらいまで暗くならないのだ。とはいえ、陽射しは和《やわ》らぎ、靄《もや》がかかり出した。

やがて前方に花が大量に供《そな》えられている壁が見えてきた。

「トモコ、ここよ。ここが例の壁」

それまで不機嫌そうだった母の表情が、目を覚ましたときのように一瞬で変わった。

「ここなのね」

かすれた声でつぶやき、足を引きずりがちに前へ出る。

よくわかっていないわたしに、メラニーが顔を向けた。

「パリ・コミューンの人たちが、ここで殺されたのよ」

「それってフランス革命のこと」

哀れむような苦笑がメラニーの顔に浮かんだ。

「そうじゃないわ。大革命から八十年くらいあと。一八七一年」

あまりの無知をさらけ出して、わたしは赤面していた。

「簡単に言えば、ドイツと戦争してた帝政がつぶれて、臨時政府ができたのね。それでも政府は戦争をつづけたんだけど、ドイツに包囲されて降伏したわけ。でも、そういう政府の態度に不満だったパリ市民が革命政府を作って蜂起《ほうき》したの」

その蜂起した革命政府のことを「パリ・コミューン」というらしい。名前からしても、一種の革命が起きたということだ。メラニーによれば、それが世界で初めての社会主義政権だったという。一八七一年三月十八日に成立し、女性の参政権やこどもの労働規制など、いまでは当然とされるようなことが新しく打ち出された。

ところが、こういった事態を臨時政府が面白く思うはずがない。自分たちが担《にな》っていた政権を奪われた格好なのだ。そこで両者のあいだに戦闘が発生した。ドイツがパリを包囲する中で、内紛が起きたことになる。

その結果、たった二ヶ月でパリ・コミューンは崩壊する。最後まで立てこもって抵抗していた場所が、このペール・ラシェーズだった。臨時政府はコミューン側の者を捕らえては処刑し、最終的に三万人以上の人間が犠牲になった。人々は最後まで戦っていたペール・ラシェーズに引っ立てられてきて、壁の前で銃殺されたのだ。そのモニュメントがここにあるのだ。

「ここは、そういう場所なのよ。たしかジュランにもコミューンを書いたものがあったわ。『不滅の花《インモルテル》』、だったかな」

壁の近くまで行って、なにをするでもなくそこにたたずんでいる母に目をやりつつ、メラニーがわたしへの「解説」をそう締めくくった。

「そんなに有名なんですね」

「もちろんよ。日本に留学してるときに、この壁の話をトモコとよくしてたの。一度でいいからそこに行ってみたいって、そうトモコは言ってたわ」

「いまだに昔のことにこだわっているってわけか」

あきれてつぶやくと、メラニーは首を振った。

「そういう考え方はよくないと思うわ。昔でも今でも、正しいことやいいものは、変わらない。スカートの長さが短くなっても長くなっても、スカートはスカートよ。違うかしらね」

しごく真面目な顔で諭すように言われてしまった。たしかに、一理あるだろう。わたしは素直にうなずいた。

「オブジェクシオンは伝統なのよね。フランスがガリアと呼ばれていたころから」

メラニーはそう言うと、笑ってみせた。

反抗的という言葉は、わたしにとっては、というより日本にあっては、悪だととらえられがちだ。もちろん、単に気に入らないとか面白くないというだけでの反抗は愚かだろう。そういうのは反抗ではなく不平というものだ。でも、この前メラニーから聞いたメトロがストをする正当性の話に従えば、正論であるなら反抗は認められる。そもそも善や悪の問題ではない。

そんなことをぼんやり考えていると、つい横で電子音が響き始めた。メラニーがあわててジャケットのポケットに手を入れて携帯電話を取り出す。

「ちょっと失礼」

わたしから離れながら携帯を耳にあて、フランス語で話し始めた。だが、すぐさまメラニーは立ち止まり、母とわたしに向かって喜びの声をあげた。

「クルト・シュピーゲルの居場所がわかったって」

とっさにわたしは母を見た。まだ壁の前に立っていて、メラニーがなにを言ったのか聞こえなかったようだ。いぶかしげな表情を浮かべて振り返り、ゆるゆるとこちらに戻ってこようとした。

そう見えた瞬間、顔がゆがみ、そこにくずおれた。

どこか痛めたのかと思ったが、不自然な姿勢のまま倒れ、そして起き上がらなかった。

わたしとメラニーは、ほとんど同時に駆け出していた。

一九三九年十一月　奇妙な戦争

ナチスドイツは九月一日にポーランドに侵攻し、フランスはただちに宣戦を布告した。

ふたたび女は追いやられることになった。

こんどは違うと、ココは思った。

この前の戦争はそれまでの戦争と違い、「総力戦」というものだった。つまり国民すべてを戦争に動員し、新しい兵器の実験場となったのだ。それまでの戦争のつもりでたまま始めたら、それがどんどん泥沼にはまり込み、ついには悲惨な結果を生み出してしまった。

しかし、こんどは違う。たまたま始めたわけではない。どんな結果が待っているか承知の上で、男たちは戦争を始める。どちらが勝つか負けるかという話ではない。勝敗がどうあろうと、両者のこうむる死傷者や破壊される家屋の総数は、いままで以上になるに違いなかった。

好きなだけやるがいい。終わったあとで呆然《ぼうぜん》として反省し、そのうちまた戦争だ。すでにヨーロッパを見捨ててアメリカに脱出する者が出始めている。かかわりになりたくないというのだろう。だが、みずから手を染めなくとも、その時代にその場にいたということで、責任は免《まぬが》れない。ひとりひとりの欲望の集積が生み出した結果なのだ。そんなことは知らないと言い張るなら、そういう人間こそ罰せられるべきである。

「なにぼんやりしているの」

声が届いて、ココは手にしたままの煙草が灰を落としそうになっているのに気づいた。

「いいえ、べつになんでもないわ」

そうこたえつつ、灰皿にそっと灰を落とそうとしたが、ぽとりと床の絨毯《じゅうたん》に落ちてしまった。

「わたしたちがあれこれ気を揉んでも、どうしようもないんだから。せいぜい楽しめるときに楽しむ。それしかないわよ。そうでしょう」

ミシアがシガレット・ホルダーに煙草を差し込み、火をつけつつ肩をすくめた。最後のほうはシガレット・ホルダーをくわえながらだったので、聞き取りにくかった。

「それもそうね」

ココはうなずいてみせ、テーブルからボトルを取り上げると、自分のグラスにボルドー産の新しいワインを注《つ》ぎたした。

すっともうひとつのグラスが突き出される。わたしにもくれというのだ。黙ってそのグラスにも注ぐ。

「ありがと」

こちらに乗り出していた身体をソファに戻した。紺色のカクテルドレスがふわりとひるがえる。この前会ったのは八月で、それから少し肥ったように見えた。でっぷりというのではなく、ふっくらといった肥り具合なのが、ミシアらしい。ココより十歳ほど上だから六十代なかばになるはずだが、年寄り臭さは微塵《みじん》もない。

夕方になって突然「リッツ」の部屋に訪ねてきて、それから二時間ほどもこうしてなにをするでもなく、ふたりでワインを飲みつづけている。

「でも、おかしな話ね。九月に戦争が始まったっていうのに、いままでほとんど戦闘がないっていうんだもの。どっちも手出しするととんでもないことになるって、わかってるのかもね」

ミシアがワインをひと息に飲み干すと、さらに追加を要求し、残っていたぶんを全部注いでやった。

ココは三本目のボトルを取りにキッチンへ立った。

たしかに、どちらも睨み合ったまま、本格的な戦争は始まっていない。すでに十一月の終わりになっているから、もう三ヶ月ほど経ているというのに。

「このまま、やっぱりやめましょうってことになれば話は簡単よね」

居間からミシアが愉快そうに声をあげる。

そうはならないということを、誰もがわかっている。ナチスは戦争をしたくて仕方がないのだから。

ココはボトルを二本両手にして、居間に戻った。

ちょうどミシアがラジオのスイッチを入れたところだった。エディット・ピアフの声が流れ出す。

「ところで、最近恋人は」

ソファに戻ってきながら、ミシアが何気なく尋ねた。

「ぜんぜん」

ココはボトルを開ける手を休めなかった。

「あら、そうなの。つまらないでしょ」

「ぜんぜん」

「ふうん」

「なによ」

「だって、お店も閉めたわけだし、あとは楽しみっていったら、ねえ」

「そういう機会があればね」

コルクを抜き終えるのを待ち構えていたミシアが、手にしていたグラスを軽く揺する。

ワインごときで酔っ払う女ではないから、ココも平然とたっぷり注いでやる。

「戦争が始まってあなたが仕事をやめたのだけは、よかったと思うけどね」

「あらそう」

「決まってるでしょ。あなた、じゅうぶんに働いたもの。あとはのんびりすればいいのよ。アメリカに行くというのは、どう」

ココは口にしかかったグラスを止めた。

「なぜ」

「べつに。ただなんとなくそう思ったのよ」

しれっとこたえたが、一瞬視線をそらしたのがわかった。

「なによ。なにかあるんでしょ。言いなさいよ」

グラスをテーブルに戻すと、ミシアは悪びれもせずこたえた。

「頼まれたのよ。あなたをアメリカに来るように説得してくれって」

「誰によ」

「ヴェルテメール」

ココもグラスをテーブルに置いて、煙草をくわえた。

なるほど、そういうことか。久しぶりにやってきたと思えば、目的はそんなことを言うためだったか。

「弁護士にまかせてあるわ、その件は」

煙を吐き出す。

「そうじゃなくて、個人的にってことらしいの」

「意味がわからない」

煙草を手にしたまま、ひと振りしてみせた。

しばし考え込むように人差し指を口に持っていったが、ミシアはやがて口を開いた。

「香水の利益配分については、そりゃ話し合う余地があるのかもしれないけど、決して悪意の申し出じゃないと思うの。あの兄弟は、あなたの才能を認めているもの。きっとアメリカであなたと一緒に商売をしたいのよ」

ココは黙って先をうながした。

「アメリカでなら、これからも香水は売れるはずよ。あなたがアメリカにいてくれれば、それだけで評判になる。そう思ったのかも」

たしかに、「№5」をはじめココの手がけた香水の販売については、その売り上げの一〇パーセントしか、自分の取り分になっていない。だが、それだけでも膨大《ぼうだい》な額だ。だからヴェルテメールとの問題は金などではなかった。自分が作ったものが、自分の手を離れてなにか別のものになってしまうような、そんな違和感があったのだ。

ココは金儲《もう》けをしたくてクチュリエになったわけではない。香水にしても、女のみだしなみとしてひとつの提案をしたまでだ。それが評判を呼んだ。金になった。それだけのことにすぎない。自分の作ったものは、自分の分身のようなものだった。それを思い通りにできるのは、ココひとりだけなのだ。それを勝手にあれこれと商売にされるのが嫌だった。商売にするなら、ココにこそ発言権があるし、ココの知らないところでいじられるのが迷惑なのだ。ヴェルテメール兄弟にも、そのことはきちんと告げたはずだが、周囲はそういう風には取らなかった。金の配分をめぐって争っているとしか見られなかった。

ミシアを通じてアメリカに来ないかという誘いをもたらしたのは、それに対する返答という意味もあるのだろう。離れ離れになっていると互いになにをやっているのかわからないから、相手を疑うことにもつながる。そういう行き違いがないように、自分たちがやる商売をしっかり監督してくれていいというつもりなのだ。

その申し出について、ココに文句はなかった。ただ、アメリカに行くというのが、問題だった。

ラジオがいつの間にかビッグバンドに替わっていた。

ココはゆっくりと煙草をひと口、吸い込んだ。それからため息と一緒に煙を吐き出す。

「わかったわ。そう伝えてちょうだいな」

「どう伝えればいいのよ」

「この件がお金の問題じゃないってことは、あなただってわかってるはずよ」

「まあ、そうね。周囲はあれこれ言ってるみたいだけれど」

ミシアは唇をすぼめてみせた。

「アメリカに行くつもりはある。ただし、いつになるかわからない。わたしが行くまでは、くれぐれもわたしの名前に傷がつくようなことだけはしないでほしいと」

ゆっくりこたえると、ミシアはそれをひとことずつ覚えるように、宙に目を投げつつ何度もうなずいた。

「それで、いつになりそうなの」

「なにが」

「アメリカ行きよ」

「そんなこと、わからないわよ。いま戦争がどうなるかわからないのと同じ」

戦争は起きる、そして自分はアメリカへは行かない。そう胸の内でつぶやいた。行くと言っておけば、目に余るようなことはしないだろう。フランスを離れるつもりなど最初からなかった。逃げ出すだなんて、なおさらだ。

店を閉めたのだって、単にけじめをつけるためだ。逃げ出すためではない。自分が作り上げたクチュールが戦争で追いやられる前に、自分から手を引いたにすぎない。

服は着る人間があってこそだ。着る人間がいなくなった服は、もはやただの布切れにすぎなくなる。戦争とオートクチュールが、共存などできるはずがないのだ。

だから、殺される前に死んだふりをする。

息の根を止められてたまるもんですか。服は、わたし自身なのだから。

とりとめもなく、ココの頭をそんな言葉がめぐった。

「わかったわ、そう伝えておく」

ミシアがうなずいた。

ココがボトルを手にミシアに目配せすると、ぷっくりとした頬が笑みに緩んだ。

「戦争が始まって困るのは、あれね」

言いかけて止めたミシアは、残っていたワインを飲み干してグラスを差し出す。ココはそれになみなみと注いだ。

「男が戦場に行ってしまって、いいのがあらかたいなくなっちゃうってことね」

ココもまた、微笑んでみせた。

8　サンジェルマン病院

ベンチの硬さに、目が覚めた。

不自然な格好で寝てしまったらしく、首筋に鈍い痛みがある。

ゆるゆると上体を起こし、周囲に目をやり、やはり夢などでないことを確認した。すぐ隣で横になっていたメラニーの姿がなくなっていた。病室に行ったのかもしれない。すでに夜が明けて、病院の廊下には看護師がうろうろしている。

腕時計を見ると、七時半を回っていた。服を着たままだったせいか、身体の奥のほうで寒気《さむけ》がする。立ち上がろうとして、両足がぱんぱんにむくんでしまっているのに気づく。しばらく揉みほぐして、やっと足をスニーカーに無理やり突っ込んだ。まだ頭がぼんやりとしていて、立ち上がるとふらつきそうだった。両手で頭を支え、しばし目をつぶった。

昨日の夕方、ペール・ラシェーズ墓地で倒れた母は、その場では意識を取り戻さなかった。すぐさまメラニーが救急車を呼び、車の渋滞をぬって、このサンジェルマン病院に運び込んだのだった。

母は治療室に入れられ、そこでなんとか意識を回復した。

担当した中年の男性医師に、日本からやってきたこと、出発前から体調がいまひとつすぐれなかったこと、パリに来ても風邪《かぜ》ぎみらしく寝ていることが多かったことなどをメラニーを通じて説明すると、少し考え込む様子で顎《あご》に手をやってから、貧血を起こしたようだが朝まで様子を見たいので一晩入院してもらうと言われたのだった。

「ちょっと疲れが出ただけよ。明日には退院するから。クルトの居場所もわかったんだもの。こんなとこにいられない」

点滴をうったおかげで顔色のよくなった母は、昨夜そう言っていた。

なにはともあれ、様子を見に行かなくてはならない。

わたしはやっとのことで立ち上がり、腰を二、三度左右にひねってから、病室のほうへ歩き出した。

ここはこのあたりではいちばん大きな病院らしく、建物はさほど新しくはないが、設備は整っているようだった。記憶をたよりにモスグリーンのリノリウム床を進んでいく。

やがて見覚えのある病室が並んでいる廊下に出た。ガラス張りで病室の中は廊下からも見通せるようになっている。患者の大半は起きていて、そこここから話し声や笑い声が漏れてくる。部屋番号三十三に、母は収容されていた。三階の三号室。

番号を目で追っていくと、目的の部屋にたどり着いた。入り口を入って左右に五床ずつ並べられ、母のベッドは右列のいちばん奥、窓側だ。

　本格的な入院ではないし、救急病棟に入れるほどでもないと思われたのか、ここは外科病棟だった。患者の様子を見れば、ギプスを腕や足にしている者ばかりだ。その向こうにメラニーの後ろ姿を認め、わたしはそこへ進んでいった。

「ああ。おはよう」

　気づいたメラニーが声をひそめてうなずいた。わたしはうなずき返し、ベッドを覗き込んだ。点滴の針を腕に刺したまま、母はぐっすりと眠りこけていた。

「クロワッサンとミルク、買ってきたわ」

　手にした紙袋を持ち上げてみせ、メラニーは病室を出ようとうながした。

「朝になってから、車を取りに行ってきたの。ペール・ラシェーズに置いたままだったから」

　廊下に出ると、メラニーがそう言って首筋を揉んだ。

「ごめんなさいね。こんなことになるとは思ってもいなかった」

「いいのよ。疲れが出たのね、わたしもあちこち急いで案内しすぎたわ」

　ロビーのベンチに腰をおろし、紙袋からクロワッサンのサンドと紙パックのミルクを手渡してくれた。それを受け取り、ふたりはそそくさと朝食をとった。

「ところで、クルトの件だけど」

尋ねると、メラニーはクロワッサンをのみ込んでこたえた。

「マリーがファクスで家に詳しい住所を記したものを送ってくれているはずよ。トモコが元気になったら、すぐに行ってみましょう」

無理をさせてまた倒れられても困るが、居場所がパリの近くであるなら、すぐに行ってこられるだろう。そこでおおよそのことはわかるはずだ。

「それとね。じつはマリーのところへ日本大使館から要請があったんだって」

わたしは息をのんだ。大津真一の顔がよぎる。

「マリーがクルト・シュピーゲルの消息を調べているのを聞きつけて、やんわりとそういうことはやめてほしいと言ってきたそうよ」

「それで、どうしたの」

「シャネルの店に行った日の夜に消息はつかめていたけれど、わたしたちに知らせていいものかどうか、悩んだらしいの。で結局、七十年以上も前のことだし、だいいちこれは公的な調査ではないと言って突っぱねてくれたらしいわ」

「そうだったの」

なかばうわの空で返事をしていた。おととい大津が電話をかけてきたのは、わたしたちにクルトの居所を知られなければ、それ以上探ることができないと踏んだからだ。不快感がこみあげる。

「マリーにはスーツのことは口止めしておいたから、なにも言っていないはずよ」

おとといの夜、メラニーにも今回の事情を打ち明けてあったから、その点は大丈夫だという意味でつけ加えてきた。

そこで会話が途切れ、わたしたちは食事を切り上げた。壁の時計が八時になろうとしていたからだ。昨夜採《と》った血液検査の結果を八時に担当医師のところへ聞きに来るようにと言われていたのだ。

メラニーについて立ち上がり、ロビーから医局へ向かった。そこで若い男性の看護師に名乗ると、承知しているらしく、わたしたちをさらに奥まった場所へと案内してくれた。医師たちの研究室が並んでいるエリアだった。病院というより大学の構内といった雰囲気が漂っている。そのひとつの部屋の前に、看護師は立った。名札にピエール・ボームとフランス語で記されているのを、かろうじて読み取った。

看護師がドアをノックすると返事があり、わたしたちは中に案内された。十坪ほどの部屋はあちこちに書類が雑然と積まれ、正面にデスクが置かれていた。そこで書類に目を通していたボーム医師が立ち上がり、わたしたちに手前のソファへ座るようにうながした。

ボーム医師がわたしとメラニーを交互に見やり、重々しく口を開いた。

何度かメラニーとのあいだにやりとりがあって、それからメラニーがわたしに通訳をしてくれた。それによると、ボーム医師はパリに来た目的を尋ね、それはそれほど重要なことなのかと訊いたらしい。

「なにか問題でもあるんですか」

わたしはメラニーを通じて尋ね返した。すると、医師は書類に目をいったん落とし、それからなにごとかを口にした。

とたんにメラニーの呆気にとられたような表情が、わたしに向けられた。そこには驚《きょう》愕《がく》と不審もまじっていたのだろう。

「マリ、あなたはトモコの病気のこと知っていて、パリに来たのか」

非難めいた口調が、わたしを戸惑わせた。

「どこか悪いところでも見つかったの」

それが間の抜けた問いなのは、すぐにわかった。メラニーが声をあらためた。

「膵臓《すいぞう》に癌《がん》があるそうよ。それも末期の」

言われた言葉を理解するまでに、時間がかかった。頭が、働くのを拒否したようだった。理解すると同時に、こんどは怒りが湧き上がってきた。なにに向けての怒りかわからないまま、わたしはいらだった。

内分泌腺《ないぶんぴつせん》であるランゲルハンス島にできた癌はすでに遠隔転移しており、ひとまずインシュリン注射をしておいたが、いつどうなるかわからない状態であること、できることなら早く日本に戻って主治医の治療を受けること、応急の処置として何種類かの経口薬を出しておくこと。そういった件について、ボーム医師は淡々と説明し、メラニーはそれをわたしに伝えた。

「帰国するまで入院して治療をおこなうこともできるって。どうする」

「ちょっと待ってもらって。まず母に事情を訊かないと」

そのころにはわたしも冷静さを取り戻していた。つまり、母は癌であることを隠したまま、パリにやってきたのだ。そして、これまでの経緯を振り返ってみれば、松村弘子はそのことを承知した上で、わたしを同行させたと思われた。あれはほのめかしだったかと受け取れる物言いに心当たりがないでもない。

となると、まず話を訊くべき相手は、母ではなく松村弘子かもしれなかった。

ボーム医師のもとを辞したわたしは、メラニーに先に母のところに行っていてくれるように頼み、ロビーで携帯から国際電話をかけた。日本は午後の三時を回った時刻のはずだ。

呼び出し音が十回ほどで、相手が出た。こちらが名乗ると、松村弘子の緊張する気配が伝わってきた。

「どうかしたの」

さりげなく尋ねてくる。

「母が癌だということ、知っていたんですね」

どう切り出したものかと考える前に、口をついていた。

「なにかあったの」

急《せ》き込む声が返ってきた。それがわたしのいらつきを増幅させた。わたしは声を抑えて言った。

「母が倒れて、病院に搬送されました」

「それで、状態は」

「貧血を起こしただけのようです。検査をして癌だとわかりました」

「危ないわけじゃないのね」

ほっとしたようなその口ぶりに、思わず声を荒らげた。

「どうして教えてくれなかったんですか。もし知っていれば、パリなんかに来させなかった」

一瞬、息をつめる間があった。そして、冷静な声が伝わってきた。

「だからよ」

「え」

「あなたに教えたら、智子がフランスに行くのをやめさせたはずよ。そうでしょ」

「当然です」

「わたしだって、話を聞いたときには引き止めたわ。よくわからないスーツのことを調べに行くなんて、馬鹿げてる。でも、どうしてもそれを調べたいっていうのを、わたしは止められなかったわ。せいぜいもって三ヶ月だって医者に言われたっていうのよ。やりたいようにさせてあげるほうがいいって考えた」

「だとしても、教えてくれていれば」

「絶対にあなたに教えないって条件なら、あなたの同行を承知するって言われたの。とにかく、ひとりで行かせるわけにはいかなかった。だから、条件をのんだわ」

その言葉に、わたしは突き飛ばされたような気分になった。結局のところ、母はわたしを信頼していないのだ。たとえ死期が間近に迫っていたとしても、わたしにそれすら打ち明けようとはしない。役立たず、できそこない。嫌というほど聞かされた言葉が、耳に響く。

「とにかく、できるだけ早く帰ります」

松村が応じる前に、わたしは携帯を切った。窓からセーヌ川が流れているのをしばし見やって、わたしは頭を整理しようとした。

たしかに、松村の言うように母がスーツや祖母の過去にこだわっているなら、それをどのような形であれ納得させてやるべきなのだろう。あと三ヶ月、いやすでに二ヶ月ほどで失われると宣告された命なのだ。わたしが母にどう思われているかは、ひとまず棚上げするべきことに違いない。しかし、その感情の襞《ひだ》もまた、あと二ヶ月で消えうせてしまうとしたら、わたしにとって重要なのは、そちらのほうだった。

重苦しい思いが、のしかかってきた。その思いを抱えたまま、わたしは母のいる病室に向かった。

母はすでに起きていて、病院から出されたオートミールのようなものを食べていた。わたしがベッドの横まで行っても、知らぬふりを決め込んでいる。

「白状したわ。日本で治療を拒否したらしいの。わたしはその人を知らないけれど、ヒロコという友達に全部まかせてあるって」

椅子に座っていたメラニーが、困惑した顔で告げた。わたしは黙ってうなずき、メラニーの横に座った。母はこちらを見ようともせず、スプーンを口に運んでいる。しばしそれに目をやってから、口を開いた。

「弘子さんから事情は聞いたわ。わたし、そんなに信用されてないの」

母の手が止まった。しかし、視線を向けようとはしない。

「憐《あわ》れみは結構なのよ」

低く、きっぱりとした声だった。

「誰も憐れんだりしないわよ。でも、命にかかわる病気をわたしに知らせないって、どういうことなのよ」

「自分のことくらい、自分で始末をつけるわ。誰にも頼るつもりはないと言っているの。

それとも、教えたら、助けてくれるの」

「そんな……」

「手術しても手遅れなのよ。いまさらどうなるものでもない」

かたくななのはいつものことだと思い、しかしそこには深刻さがあると感じた。

「そこまでしてパリに来て、お祖母さんの過去を知りたいっていうの」

「これはわたしの問題よ」

「どういう問題なのよ。それを教えてって言ってるのよ」

すっとメラニーの身体が、わたしと母を隔《へだ》てるように両手を広げて前に出た。

「そうね。わたしも、それを知りたいわ。なぜトモコはそれにこだわってるのか」

小声で、わたしと母に視線をあてた。

つい声を高めていたのに気づいた。周囲の患者が意味のわからない言葉で言い争っているわたしたちに、じっと注意を向けているのがわかる。

わたしは努めて冷静な声を出した。

「マリーさんのところにも、クルトの居所を教えるなって大使館から申し入れがあったの。もうお母さんだけの問題じゃないわ」

母の視線が一瞬うろたえ、そらされた。ため息とともにスプーンを置き、トレイを横にどけた。そして、常に持ち歩いている大振りの黒いバッグを点滴の針がついたままの左手で枕頭台《ちんとうだい》から取り上げた。なにかを取り出そうとして、右手を中に突っ込む。

「癌だと宣告されたあと、身の回りの整理を始めたのよ。一月の終わりにね。そこで物置の奥から出てきたのが、例のスーツが入った桐箱だった。中にはスーツと手紙が一通、写真が一枚。それと、これが入っていたわ」

汚《けが》らわしそうに布団《ふとん》の上に投げ落としたのは、五センチ四方ほどの重みのあるものだった。ベッドに身を乗り出して取り上げ、やっとそれがなんなのかわかった。

それは黒光りした胸飾りらしきものだった。

メラニーが息をつめた。わたしにも、その胸飾りらしきものの意匠がなにを意味しているのかは、わかる。

鉤十字《かぎじゅうじ》。ナチスドイツのものだった。

一九四〇年六月　パリ陥落《かんらく》

十四日早朝。

パリのヴィレット門に、鈍く重い地響きが伝わってきた。

それが徐々に大きくなっていき、やがて整然と隊列をなしたサイドカーとオートバイの姿が現われた。そのあとには将校を乗せたオープンカーが機関銃を周囲に向けて進み、さらに軽戦車がきりきりとキャタピラで舗道を削《けず》っていく。最後にドラムの響きに合わせて軍靴《ぐんか》を響かせる兵士の隊列がつづいた。突撃銃を肩にして一糸《いっし》乱れぬ隊列は、延々と尽きぬかと思われた。

一団は市内の北部から凱旋門を目指し、そこから旋回するようにシャンゼリゼ通りに入っていく。

凱旋門を背景に進む隊列のそこここに鉤十字の旗が翻《ひるがえ》り、そのときになって、ついにパリが陥落《かんらく》したのだということが、嫌でも市民の目の前に突きつけられた。

千沙はその光景をじっさいに見たわけではなかったが、あとで家政婦のジャンヌから話を聞いて、ありありと目に浮かんだものだった。そして、その入城がパリ市民にとって屈辱的であったに違いないとも感じた。

それにしても、パリの陥落はあまりにあっけなかった。

昨年の九月に戦争は始まったが、それからの半年、戦闘はほとんどなかった。互いの出方をうかがうように、睨み合いがつづいていた。春を待っていたともいえるだろう。四月になってドイツは本格的に侵攻を開始し、デンマーク、ノルウェー、オランダ、ベルギー、ルクセンブルクへと軍を進めた。

そして五月十三日、ついにフランス国境を突破したのだ。

それからはあっという間だった。戦争のための軍備を整えていなかったフランスは、ドイツの侵攻を食い止められずに退却を繰り返した。政府がパリから撤退し、トゥールへ移ったのが六月十日。十四日にはパリが陥落。たった一ヶ月だった。

戦争が開始されても最初のうち、パリ市民はさほど動揺しているようには見えなかった。二十年前の大戦争の記憶が残っていて、かつて勝ったのだからまた勝つに決まっているといった楽観的な気分が漂っていたように千沙には感じられた。だが、本格的な戦闘が始まり、国境が突破され、敗退したフランス軍兵士が帰還する姿を何度も目にするうち、危機感が高まっていた。この一ヶ月で市民のうちでも富裕層の家庭は、それぞれにパリを脱出して南へとくだっていった。そのあげく、ついに政府も逃げ出したというわけだ。

もっとも、逃げ出したくとも逃げ出せない市民のほうが多かった。いや、大半といっていい。そういった人々は息をひそめてドイツ軍のやってくるのを待つしかなかったのである。

千沙は父から前もってドイツ軍の動静については知らされていて、ここしばらくは外出をするなと命じられていた。だからいまパリがどうなっているのかを知るには、ラジオだけがたよりだった。

今朝のラジオは、昨日二十二日の夕刻にフランスとドイツのあいだで休戦協定が結ばれたと報じていた。十七日に降伏したフランスは、前の大戦争でドイツにアルザス・ロレーヌ地方から撤退をするという協定を結ばせたのと同じコンピエーニュの森で、フランス国土の占領を認める協定を結ぶことになったのだった。

勝敗は決した。そして、千沙のそれまでの生活も潰《つい》えた。パリに住んで三年にしかならない千沙にとっても、それは自分のいままでの生活を根底から突き崩されたに等しいものだった。

日本大使館は開戦と同時に国民に帰国を勧告した。立場としてドイツは同盟国であり、日本はフランスと敵対する形になる。敵性があると判断されるのは当然だという考えだった。身の安全は保証できない。

その結果、日本人會にも混乱が起こった。帰国するしないの問題ではなく、フランスを支持する者と、ドイツを支持する者の対立であった。それは日増しに険悪になり、それまで異国の地でともに生活していた者たちの間に亀裂を深めていった。曖昧な態度は許さない、どちらの仲間になるのか、あちらにつくならきょう限りおまえは敵だ。主義主張といった大層なものでなく、どちらの味方なのかというそれだけのことで、いままで親しく付き合ってきた友人と袂《たもと》を分かった。

千沙の開いていたフランス語の教室も、例外ではなかった。そもそも戦争が始まったというのに語学の勉強などしていられないという雰囲気が、まず広まった。いままで毎回顔を見せていたのに、まったく出てこなくなった者もいた。これは致し方ないことではある。それぞれに事情があるのだろうし、じっさい落ち着いて言葉の勉強をするということじたいが、逆に精神力を必要とするに違いなかった。

問題は、そのあと起こった。まとめ役だった桐島夫人は陸軍武官の妻であり、自分は当然ドイツの支持をすると明言し、フランスを支持する者は今後出入りしないでほしいと全員に向かって告げたのだ。これが大いなる矛盾《むじゅん》であることは言うまでもない。ドイツ支持の者がなぜフランス語を学ぶのか、あなたこそここに出入りするべきではない。絵描きの夫を持っている宮下加奈が、フランス支持の立場から桐島夫人に食ってかかった。中上尚子など商社員の妻子は困惑していた。

あわてて千沙が割って入った。ここは政治を論じる場ではない、フランス語を学ぶ場なのだから、そういういがみ合いは棚上げにしてもらいたい。すると宮下加奈が、千沙はどちらなのかと尋ねた。桐島夫人が、外務省書記官の娘なのだから当然ドイツ支持だと宮下加奈を鼻で笑ったが、千沙は桐島夫人を遮った。そして自分はフランスで生活しているのであり、その生活を脅《おびや》かされるのは迷惑だときっぱりこたえた。つまり、フランスを支持するという意味だった。桐島夫人の顔色がさっと変わった。この非国民が、という蔑みの色が、そこにはあった。

それが四月のことで、それ以来教室は開かれなかった。桐島夫人が手を回したのだろうが、日本人會としては、この状況下でフランス語を勉強している場合ではないと判断せざるを得ず、以後打ち切りにさせてもらう、と通告されたのだ。

じっさい、そのころには日本に引き上げる者がつぎつぎに出てきていた。朝吹登水子なども兄の三吉とともに早々《はやばや》と帰国している。大使館も日本人會も、帰国者の対応に追われ、教室に顔を見せていた者もほとんどがいなくなってしまった。当の桐島夫人も宮下加奈も、中上親子もマルセイユからの船に乗ってフランスを離れた。

まったくもって後味の悪い終わり方だった。

いまだに一連のやりとりを思い出しては、千沙は胸を締めつけられる。

結局、日本人會も空中分解した。組織そのものは存続していても、日本人そのものが激減し、有名無実化してしまったのだ。

父の範義は帰国者の対応に追われて帰宅しない日々がつづいたが、パリ陥落の直前に戻ってきて、最後の帰国船が出るので、おまえも帰ってはどうかと持ちかけてきた。言下《げんか》に千沙は首を振った。父を残して帰国などできないし、帰国しても息苦しい日本の情勢を考えれば、ここに残りたいとこたえた。父は無理に帰国を強いなかった。おそらく離れ離れになってしまっては、いつまた会えるかわからないような時局でもあり、それならパリに留まっていたほうが安心だと考えたのだろう。

結局、パリに留まった日本人は十分の一ほどで、大使館員、武官、記者、商社員といった止《や》むに止まれぬ事情のある者と、帰国の金を都合できなかった貧乏芸術家などばかりであった。

そして、パリ陥落。

戦闘などないまま、ドイツ軍はパリに入ってきたのだった。

ドイツ軍の占領は前もって周到に準備されていたらしく、すみやかになされ、まったく混乱した様子はなかったという。

在留する日本人に関しては、同盟国でもあり、パスポートを呈示しさえすれば、フランス人はじめ他国の者とは別格の扱いを受けることができるよう大使館が要請し、承諾《しょうだく》されたという。具体的にはまだなにも実施されていないが、優遇措置を確保したということだ。

パリ占領から、丸九日が過ぎた。父から外出を控えろと命じられてからは、二週間になる。

千沙は部屋着を脱ぎ捨て、外出着に着替え始めた。

この目で、いまのパリがどうなっているのか、それを見なくては。

このところ毎日そう思っていたのだが、きょうこそはと決めた。

部屋を出て、そっと階段を降りる。ジャンヌに気づかれるのはまずいから、そっと出て行くつもりだった。

「どちらへ」

玄関のドアに手をかけたとたん、待ち構えていたといった調子で背後から甲高い声が飛んできた。

ジャンヌは腕を組み、胸をそらした格好で困ったような顔をしていた。三十代なかばで、肥っているせいもあって貫禄がある。足かけ四年の付き合いだから、千沙の手の内は読まれているも同然だった。

「ちょっとあたりの様子を見に行きたいの」

千沙は悪びれずにこたえた。

「困ります。外出させないようにと言われていますし」

「でも、わたしは大使館員の娘なの。情勢を知っておく必要があるわ」

言い方がおかしかったのか、ジャンヌが顔をそらせて失笑した。

「いつも申し上げているじゃありませんか。パリはパリのままですよ。ただ、ちょっとドイツ軍の兵隊がうろうろしているだけ」

いかにもフランス人らしいプライドの示し方だった。

「だったら、ちょっと散歩くらい、いいでしょ。身体がなまっちゃうわ」

「わたしがお教えするのではご不満ですか」

ため息まじりに尋ねてくる。

「そうだわ。わたしひとりじゃまずいなら、一緒に行きましょうよ。そこまでお買い物。それならいいでしょ」

こどもっぽくしなを作ると、ジャンヌはあきれたように笑った。

「仕方ありませんね。それならちょっとひと回りだけですよ」

エプロンを外しつつ、千沙にドアを開いてくれた。

夏の陽射しが影を濃くして、たしかにいつものパリに違いなかった。しかし、大通りに出ると、そこには鉤十字の旗がそここに掲げられ、銃を構えた兵士が身じろぎもせずに立っている。とはいえ、行きかう人々は兵士がいるのなど目に入らないかのように、歩いていく。占領されたことをあくまでも認めないというつもりなのだ。

千沙はジャンヌと並んで、緑色の軍服に身をかためた兵士の横をすり抜けた。

「ね、べつにどうってことはありませんよ」

ジャンヌが肩をすくめてみせた。

なるほど。たしかにどうということはない。それどころか、すり抜けるとき、兵士は千沙に道を譲るようにかすかに身を引いた。

フランス語が話せず、意思の疎通ができないのかもしれなかった。あるいは、よほどのことがないかぎり、呼び止めたり尋問したり、銃を向けたりしないように命じられているのかもしれない。

「どっちもですね。わたしたちを刺激しないように、丁重に扱うってところかしら」

千沙の問いに、ジャンヌはつまらなそうにこたえ、さらにつけ加えた。

「でも、丁重なのは表向き。わたしたちを取り込もうとしたって、そうはいきませんよ」

言われてみればその通りだった。占領した地域の住民に対するとき、高圧的に出るか卑屈に出るか、そのどちらかしかあるまい。しかし、どのみち占領していることに違いはないのだ。

「ところで、市内はどこもこんな具合なの」

歩みを止めず、千沙は鉤十字の旗を目で示した。

「旗をぶら下げれば、そこが自分たちのものになったという気でいるみたいですよ。標識も、ほら」

ちょうど十字路に行き着き、フランス語の上に、ドイツ語の表示がかかっているのをジャンヌが顎で示した。

「それでも、このへんは大したことありません。前に申し上げたように、『マジェスティック』が駐留軍の最高司令部に接収されたし、東駅のあたりのホテルもあらかた将校たちの宿舎にされてしまってます。その付近には、ちょっとひとりで行きたいとは思いません」

そういえば、あそこはどうなったのだろう。

ふと千沙の頭をカンボン通りの光景がかすめた。

たまには遊びにいらっしゃい。

二年ほど前、スーツを作ってもらいに行ったとき、帰り際に店の主人はそう言ってくれたが、千沙はあれ以来カンボン通りには行っていない。行けばすぐにでもスーツがほしくてほしくてたまらなくなるのがわかっていたからだ。だが、結局戦争が始まり、店は閉められてしまった。スーツを作ってもらうことも、もはや叶《かな》わない。もしかすると、店の女主人はアメリカあたりに脱出しているかもしれなかった。

でも、あきらめたわけではない。いつかきっとスーツを作ってもらう。

そんなことを思いつつ歩みを進めていた千沙は、目の前になかば破壊された家屋が現われて、立ち止まった。家の中のものはあらかた持ち出され、以前なんだったのかわからないほど破壊されたものが家の前にぶちまけられている。火をつけた跡もうかがわれた。略奪がおこなわれたのだ。しかも、その家だけ。

「どうしたの、これ。ひどいじゃない」

そこは野菜を売っていたアンヌの店だった。ドイツ軍がやってくるというので早めに南へ脱出したが、店はそのままにしてあるはずだった。

「ユダヤ、だったからでしょうね」

ジャンヌがつらそうにつぶやく。

「なかにはナチスのユダヤ迫害に共感する者もいるんですよ」

そういうことかと千沙は納得した。国家を持たず、ヨーロッパ各地にいるユダヤ人を、ナチスは邪魔者と見なしている。ユダヤ人はどの国にもいるから、ナチスのこの考えに共感する者がいれば、自分の国を占領されることを許容する考えも生まれかねないということだ。

気の置けない愉快なおばさんだったアンヌの顔がよぎった。なぜ人をその人格でなく、人種や属する国家でしか見ないのか。

憤《いきどお》りが千沙の胸に湧き上がってくる。

そのとき、ガラスの割れる音が響き、同時に甲高《かんだか》い笛が吹き鳴らされた。

視線を向けると、十歳くらいの少年がこちらに走ってくる。そのあとをドイツ兵が追いかけてきた。少年が石畳につまずき、前のめりに倒れた。追いついた兵士が、なにごとかを怒鳴り、少年に銃を突きつける。

とっさに千沙は駆け寄り、少年をかばうように立った。

「だめ《ナイン》」

覚えているドイツ語をひとこと口にして、千沙は首を振った。

だが、兵士の怒りはおさまらない。早口でわめき、千沙にくってかかる。

「どうしました」

通りかかった背広姿の中年男が、声をかけてきた。

「よくわからないんですけれど、この少年を追いかけていたんです。だからやめさせようと思って」

男はうなずいて、兵士に顔を向けるとドイツ語で質問を始めた。兵士が返答をすると、紳士がそれを通訳した。

「兵士の屯所《とんしょ》に石を投げてガラスを割ったようですな。レジスタンスだと言っています」

「ただのいたずらよ。レジスタンスだなんて、馬鹿らしい」

「わたしもそう思います」

紳士はうなずいてから、兵士にまたなにごとか説明すると、兵士は悔しそうに唇を噛んで、その場から戻っていった。

「ありがとうございました。言葉が通じないもので」

千沙が礼を述べると、紳士は軽く片手を振って笑った。

「ま、今回は大目に見ますがね。反抗的な態度は、若いうちに摘《つ》み取っておかないと」

その言葉に、千沙は紳士の顔をまじまじと見てしまった。この男はフランス人ではなく、ドイツ軍の関係者だったのだ。

千沙の思いなど知らぬげに、紳士は生粋のフランス人といった素振りで、そのまま歩き去っていく。

「大丈夫ですか」

立ちつくしていたジャンヌが身体を揺すりながら走り寄ってきた。

「ええ、平気よ」

こたえつつ見回したが、少年の姿はすでに消えていた。

「ああいうスパイみたいな連中も、もぐり込んでいるんです」

声をひそめて、ジャンヌが教えてくれた。

たしかに、ドイツは用意周到にパリを占領したようだった。

9　ブルターニュ

「あの人は、父を愛していなかった」

うわごとのように、母はルノーの後部座席に身体をうずめた姿勢でつぶやいた。

「誰も愛していなかった。わたしのこともよ。あんな冷たい人が、結婚してこどもまで作ったのが、許せなかった」

それまで隠していた自分の病を知られたせいか、張り詰めていた力が抜けたような母は、秘めていた思いまで吐露《とろ》していると感じられた。

パリを出発してから、一時間ほどが過ぎている。

「少し眠ったら」

助手席から振り返って声をかけたが、母はうつろな目を流れていく田園の風景に向けたまま、問わず語りにつぶやきつづける。

「日常のやるべきことは、淡々とやっていた。でも、それだけ。感情のないロボットのようなものだった。無関心なのね。普通なら怒ったり笑ったりするようなことでも、あの人は怒らないし、笑わない。生きた人間の仮面をかぶった死人と同じよ。そして、わたしが十歳のとき、両親は離婚した」

じっと沈黙を守ったままだった母が急につぶやき出したので、わたしは多少戸惑っていた。しかも初めて聞くことばかりだった。祖父母が離婚していたのも知らなかった。

「もともと見合いで強引に結婚させられたのよ。身を寄せていた伯母《おば》夫婦のところに居づらくなって、命じられるままに結婚しただけだわ。離婚してまた実家に戻って、そこで脳《のう》溢血《いっけつ》で死んだ」

それが一九八九年のことで、祖母は六十八だったらしい。祖父の方はそれより前、一九七二年に心臓発作で死んでいたようだ。

「仕方がないから、遺品はわたしが引き取った。実家でも邪魔者扱いされていたのね。代替わりしていたし、やっといなくなったと言いたげだったから。わたしが学生運動をやろうがやるまいが、無関心だったたし、父が亡くなったときも、表向きは神妙な顔をしていたけれど、どうでもよかったに違いないわ。父はなにか事情を知っていたのかもしれないけれど、わたしにはなにも言わずに死んでしまった」

やがて疲れたのか、また口を閉じた。

メラニーは母の言葉をわざと聞き流し、真正面を向いて運転に集中していた。好きにすればいいと思い直し、わたしは正面に向き直った。

母が病院に担ぎ込まれてから、四日が過ぎている。膵臓に癌があり、すでに末期だと知らされた朝から、三日めだ。

あの朝、鉤十字の胸飾りを投げ出されたとき、なぜ母がここまで祖母の過去にこだわったのか、わたしにはその理由がやっとわかった気がした。祖母がナチスドイツとなんらかのかかわりを持っていたのではないかという疑念。だからこそ、祖母の過去を確かめずにはいられなくなったのだ。結局、母はどうしても自分の目と耳で、クルトという人物と祖母とのかかわりを知りたいと言い張り、入院して治療することを断わってしまった。

病院でボーム医師にいくつかの注意を受け、メラニーのアパルトマンに戻ったのはその日の午後だったが、当然というべきか、すぐには出発できなかった。

まずどこに行けばいいのか、マリー・ハイアムから来たファクスで確認しなくてはならない。それによると、クルト・シュピーゲル本人は六年前にすでに死亡しており、死亡時には姪夫婦の家に厄介になっていた。手紙にあったブルゴーニュの住所から何ヶ所か転々としたあと、十年ほど前に姪夫婦の住んでいたブルターニュ地方のヴィトレという場所に転居している。ヴィトレは、パリからレンヌへ行く途中の街で、街道から少し離れた村らしい。追記としてマリーの手書きで「本人死亡ではあるが、姪夫婦に面会の意思はあるようだ」とあった。

本人が生存していれば、たしかなことが聞けたかもしれないが、いまとなっては無理な話だった。母はそれでも姪夫婦のところに行くと言い張った。そこでメラニーが電話をしてくれて、約束の日時が決められた。詳しい場所を確認すると、かなり不便な土地に住んでいるらしく、鉄道も通っているのだが、病人もいることだし、やはり車で移動するほうが得策だということになった。片道三時間見ておけば、日帰りできるだろうとメラニーは請け合った。

そして母の調子が安定しているのを確認してから、きょうの朝パリを出発したのだ。大使館の監視がついていたとしても、下手に手出しをしてくるとは思えない。それにこそこそする方がまずいというメラニーの意見で、わたしたちは知らぬふりでアパルトマンを出たのである。

もし外務省が気にしている機密事項がナチスにかかわることなら、それを隠そうとする態度は許せなかった。過去の真実を明らかにするという点では、わたしたちにこそ正当性がある。わたしもライターの端くれとして、こうなればとことん究明してやるまでだと意気込んだ。ただ、その結果、祖母の過去に隠された暗いものを抉《えぐ》り出すかもしれない。それは母同様、わたしにしてもつらかった。

いまだにメトロのストは解決せず、渋滞のパリ市内を出るまではかなりかかったが、郊外に出てしまえばルノーは快調に飛ばした。すでにル・マンの近くまで来ているはずだ。母が口をつぐんだあとしばらくして、わたしは後部座席を振り返り、思い切って口を開いた。

「わたしね、お祖母さんと会ったことがあるのよ」

母は不思議そうな顔で、わたしを見た。

「たぶん亡くなる直前だと思うの。わたしが四歳くらいのとき、幼稚園から帰ってきて公園で遊んでいたら、声をかけられたの。スーツのことがなかったら、思い出さなかったわ。名乗りもしなかったし、ほんのちょっとの時間だったし。七十歳近かったはずだけれど、この前見せてくれた写真の千沙そっくりだった」

「初めて聞くわね」

不愉快そうな口調で、母がつぶやいた。

「だから、スーツのおかげで思い出したのよ。そのとき、お祖母さん、わたしの肩に手を置いて、悲しそうな顔でごめんねってあやまったわ」

窓の外に目を向けた母の口もとが、祖母の言葉を反芻したようだった。

「ほかにもなにか話したかもしれないけれど、ごめんねって言われたことは、はっきり思い出したの」

それがなにを意味するのかは、きっともうすぐわかる。わたしはそれ以上口を開かず、母もまた、返事をしなかった。

「ちょっと休んでいきましょうか」

メラニーが気を利かせて、目に入った道路わきのレストハウスのような店にルノーを乗り入れる。トイレ休憩といったところだ。まだ十時前だから、駐車場に車は一台もなかった。

パリを出たときには肌寒かったが、陽射しが強く照りつけて、気温が上がってきた。母に手を貸そうとして後部座席のドアを開くと、わたしの手を取らずに、母はひとりで車から降りた。

街道とはいっても、ときたま車が走り抜けるだけで、店をやっていて儲かるのかと余計なことを考えたが、店内に入って納得がいった。近くに集落があるらしく、散歩がてらの老人客が五、六人、いつもの定位置にいるといった様子で会話を交わしていた。農民風ののんびりした雰囲気を漂わせ、朝からワインを飲んでいる。わたしたちが入っていっても、べつに気にも留めない。

窓側のボックス席につくと、エプロンをつけた中年女性が注文を取りに来た。メラニーとわたしはコーヒー、母はオレンジジュースを注文し、ついでにメラニーが地図を取り出して女性になにごとか尋ねた。

「近道がないか、訊いてみたの。ちょっとわかりにくいけど、あるみたいね。トモコ、トワレは大丈夫なの」

「病人扱いしないでほしいわ」

むっとした調子でこたえたが、そのくせ立ち上がってトイレに行こうとする。一緒についていくべきかと腰を浮かせたが、また病人扱いするなと言われるのが落ちだと思ってやめにした。じっさい、倒れる前とそれほど違いはないように見える。

トイレに向かっていった母を目で追っていたメラニーが、顔を戻してきた。

「つらいわね」

片手で頰のあたりをさすりながら、つぶやいた。

「ひさしぶりに会えたと思ったのに、もう二度と会えなくなる」

メラニーは眉をひそめ、さらに口を開きかけた。そこへちょうど注文した飲み物をさきほどの中年女性が運んできたので、口をつぐんだ。中年女性はメラニーとわたしたちの取り合わせに興味がありそうな顔をしつつも、黙って戻っていく。それをたしかめてから、メラニーが小声で尋ねた。

「あのハーケンクロイツなんだけど、どういうことかしらね」

「問題は、それですね」

クルト・シュピーゲルがフランスに在住していた理由はよくわからない。ただ、大戦中にナチスだった可能性は高い。つまり祖母の千沙はナチスとつながりがあり、あるいは協力すらしていたのではないか。母は、そう疑念を抱いた。だからこそ、手紙や写真は見せたのに、最後まで胸章の存在を隠していたのだ。

わたしは自分の推測をあらかたメラニーに説明した。

すると、メラニーはためらいがちに口を開いた。

「わたしの父親はね、戦前のパリ警察に勤めていたの。占領されていたとき、フランスの警察はナチスに協力をしたわ。父はそれを死ぬまで後悔していた。なぜ抵抗しなかったのかって、自分を責めていた。でも、わたしは父を責めなかったわ。父が自分の汚点から目をそむけずにいたから。もうやめてっていうくらい、苦しんでいたから」

急に身の上を話し出したのは、きっとわたしや母がこれから直面することになるかもしれない事態を考えてくれたからに違いなかった。

「ありがとう。母もきっと、お祖母さんがどんなことをしていたとしても、それを知る覚悟はあるはずです」

「汚点のない人間なんて、いないものね。大事なのは、それから目をそむけて生きるのか、しっかり見つめて生きるのか、その違いよ。きっとトモコのお母さんは、じっと見つめて生きたのよ。マリにあやまったのも、そのせいかもしれないわ」

そう。たしかにそうかもしれなかった。記憶の中にいる祖母の悲しげな表情は、自分がおかした罪を悔いていたようにも感じられた。

そして、祖母とクルトのつながりの背後にナチスがあるとすれば、その罪は曾祖父の範義が携わった機密に関係がある可能性も高まったといえるだろう。

とにかく、もうすぐそれらははっきりするのだ。

母がトイレから戻ってくる姿が目に入った。こころなしか、その背筋が先ほどより真《ま》っ直《す》ぐになっている気がした。

一九四〇年十月　占領

これじゃまるでコレットの『シェリ』だわね。

でも、若い男を相手に恋愛するのも、悪い気はしない。若いシェリを相手にする娼婦のレア。

それのどこがいけないっていうの。五十七にもなる自分に恋人ができたからって、それがいけないなどとは誰にも言わせない。

ココは、鏡の中にいる自分を見つめつつ、そう思った。

念入りに整えた顔は、まだ四十代で通る。そうも思った。

かたわらにあった煙草の箱から一本取り上げて火をつけ、煙を鏡の自分に吹きつける。

まだまだ捨てたものじゃない。

言い聞かせると、立ち上がってコートを手にした。

つい先日、パリを占領したせいで、ドイツ軍が「リッツ」を接収した。おかげでスイートを引き払って小部屋に移らなければならなかった。だが、小部屋であろうと「リッツ」は「リッツ」だ。それなりに住みやすかった。どのみち店も閉めてしまったわけだし、なにをやるでもない毎日なのだ。

占領については、むろんココだとて面白くはない。だが、戦争を始めたのだから、負けることもある。そういう屈辱を味わうことも承知で戦争をしているのだろうから、いまさらなにを言ったところで始まらない。ドイツ軍などいないかのように、ふだん通りに振舞うこと。それくらいの抵抗しかできはしない。

だが、ココの場合は、そうもいかなかった。

占領が始まって少しすると、将校連中が個人的に会いたいと言ってきた。会うのは「リッツ」の食堂で、そこはあらかたドイツ将校の溜まり場のようになってしまっていたが、誰もがスイートから小部屋に移るようなことになって申し訳ないと、まず詫びた。べつにどうでもいいことだったから、ココは平然としていたが、つぎに卑屈な態度で切り出すことといったら、どうか自分の妻や娘のために、スーツを一着、作ってもらえないだろうか、ということだった。

さあ、どうかしら。

ココは煙草をふかして、そうつぶやくことにしていた。

店を閉めたことを知っていながら、こうして服を作ってほしいとやってくるのは、ドイツ将校にかぎったことではなかった。イギリス人もいればロシア人やイタリア人もいる。だが、どれも断わっていた。店をやっていないのに服を作るのは、おかしいでしょ。わたしはきっぱりと服を作ることをやめにしたの。ごめんなさいね。でも、香水とアクセサリーはやっているわ。そちらはぜひよろしくね。そうこたえると、残念そうに引き下がる。

しかし、ドイツ将校にそんなことを言うつもりはない。

戦争になって、パリを占領して、その上でココを呼び出してスーツを作ってくれと言う。あくまで丁重だが、その底には征服者の傲慢が見え隠れする。将校という身分がどれほどの威力を持つのか妻子に見せつけてやろうとする心根が面白くなかった。

そこでココは女の服のことなどなにも知らないような将校連中におもむろに言ってやるのだ。わたしの作っていた服はオートクチュールなんですのよ。つまり、そのお客さまだけのために作るものなんですの。ですから、ご本人がいらっしゃらなければ、仮縫いどころか寸法すらとれないわけ。それとも、あれかしら。あなたの奥様や娘さんはオートクチュールがなんなのか、ご存じないのかしら。困ったものね。

たっぷりと皮肉を込めて、悲しげな顔を作ってみせる。

そういうことなら、ぜひドイツの我が家までいらしていただいて、などと申し出る馬鹿者はさすがにいなかった。将校の権限がどの程度のものか、当然のことながらわきまえているわけだ。民間人ひとりを服を作らせるためだけにドイツへ連れて行くことなど、まあ、無理な相談だった。

何度かそういうことが繰り返され、そのうちココが服を作ったりしないということが広まって、やっと面会はなくなった。

面会はなくなったのだが、今度はパーティが待っていた。

いわゆるパリの名士たちを集めて、いかにドイツ軍がうまくやっているのかを市民に示すつもりなのは、明白だった。市民を手なずけるには、まず有名人からというわけだ。

将校の「面会」を突っぱねた「前科」があるから、ココに直接招待は来なかった。ミシア・セールをその仲介役として選んだのは、将校連中としては上出来だったと言うべきだろう。ココは四回に一回の割で、パーティに顔を出した。それでもよく出たほうだった。だいたい戦争が始まる前から、ココはパーティになど関心がなかったし、ほとんど出たこともない。くだらない無駄話をして時間をつぶすことほどつまらないものはない。

でも、まあたまには出てみるものよね。

コートを手に部屋を出ながら、ココはそんなことをつぶやく。

パーティに出たからこそ、あの男に出会ったのだから。

戦争が始まる前からパリにいたらしいし、サロンなどにも出入りしていたようだから、ココもどこかで見かけたことがあったかもしれない。でも、その男が心の中に姿を現わしたのは、そのときが最初だった。このところ忘れかけていた気持ちがよみがえってきて、思わず男の匂いを吸い込んだものだった。

ハンス・ギュンター・フォン・ディンクラージ。男爵位を持っている男だった。通称スパッツ。わたしより十三歳も若い四十三歳。だからなによ。恋愛に歳《とし》が関係あるなんて、言わせない。

流暢なフランス語で話しかけてきたスパッツを、最初はドイツ人だとは思わなかった。どっしりした体格に顎の出た顔つきは、どう見てもロシア系だった。名前を聞いて初めてドイツ人だとわかったけれど、もうそのときにはどこの国の人間かなど、どうでもよくなっていた。そう、恋愛に国が関係あるなんて、馬鹿らしい。

五十七歳の女を虜《とりこ》にするだけの魅力があったというあけすけな言い方がお好きなら、ご随意《ずいい》に。

スパッツはドイツ大使館員で、十二年ほど前からフランスに来ていたという。十二年前といえば、店を改装したり、ツイード素材を取り入れたりして仕事が順調にいっていたし、ちょうどウェストミンスター公爵とのあれこれでほかの男に目がいかなかった時期でもある。もっと早く会っていればと思いはしたが、恋愛はそういうものでもない。時機が来たから会ったのだ。とはいえ、『シェリ』の娼婦レアが、自分とだぶって頭の片隅にぽつりと立っているのは、仕方がない。

初対面はそつなく、卑屈でもなく、ちょっと大胆に。

スパッツのほうは当然のことながらココを知っていた。ドイツ将校の「面会」についても、笑いながら話題にしてきた。ドイツ男は妻や娘に頭が上がらないんですな。うまいことご機嫌を取ろうとしてスーツの注文をしようなどと思いつく。しかしかえって無知をさらけ出す。

背広姿の肩をすくめて、えくぼを見せた。

さらには、パリがドイツになってしまったら、それはもはやパリではない、などと「名言」まで吐いた。

ココはスパッツの気の利いた話を、最初はホールで立ったまま、あとのほうは庭のベンチにふたりで腰をおろして聞いた。パリにいるドイツ兵士とは違い、うわべだけの装いではなかった。口にする言葉は、どれもスパッツの本心から出たものと感じ取った。それはスパッツの匂いと同様、じゅうぶんココの気を引いた。すっとスパッツの肩に肘を乗せて、ココはひとつの提案をした。

近いうちに食事しましょうよ、ふたりで。そうね、あさっての晩はいかが。

そして、今夜がその晩だった。

ココは「リッツ」の玄関を出ると、オペラ座の方角に歩き出した。

いっときは灯火管制が敷かれて午後八時以降は真っ暗闇になったものだったが、七月からは十一時まで許可され、いまでは十二時過ぎまで街は明るい。おのずと歓楽街も息を吹き返し、以前と変わらぬ夜である。もっとも、立哨《りっしょう》しているドイツ兵のぴりぴりした緊張があたりに微妙な違和感を与えてはいるのだが。

十月も八時を回れば、やはり寒さがこたえる。

たいした距離ではなかったが、ココはコートを着込んだ。オペラ座のわきにある「グランド・オテル」の食堂がスパッツとの会食の場所だった。ここはドイツ空軍が接収していたはずで、やはり玄関のところでココは止められた。スパッツの名前を出し、自分も名乗ると、警備兵はちょっと意外な様子でココの顔を覗き込んできた。

「遅刻なの。通してくださるかしら」

顎を突き出して言うと、警備兵は素直にわきにどいた。

食堂に入っていくと、スパッツはすでに奥のほうにあるテーブルに腰を落ち着けていた。ここでも背広姿で、まわりにいる軍人たちとは一線を画《かく》すように通りへ目をやっている。

ギャルソンが近づいてくるのを押し留め、ココは唇のわきを小指で軽く拭《ぬぐ》ってから、ゆったりと歩を進めた。軍人たちのあいだをぬっていき、スパッツの向かい側にするりと腰を落とす。

「お待たせ」

アペリチフのグラスを手にしたまま、スパッツの目が見開かれるのをたしかめる。

「驚いたな。見違えましたよ」

「お世辞がうまいわ」

「とんでもない。とても素敵だ」

「ありがと」

　視線を感じ取ったまま煙草をくわえると、火をつけた。あらためて真っ直ぐスパッツに目をあてる。若いころの恥じらいは美徳だろうが、この歳になったら邪魔な感情にすぎない。スパッツも女遊びをしてきたらしく、そんなものはとっくにどこかに捨ててきているようだった。互いに目を合わせていると、言葉を口にせずとも、そこに気配がかもしだされる。弾《はじ》けるのではなく、絡《から》み合う気配。それが気配で終わらず、形になって立ち現われれば、この恋はつづく。

　ココは煙草の煙をわざと吹きかけた。

　スパッツは目を離さず、右手を軽く上げた。

　ギャルソンが擦《す》り寄ってきて、スパッツに注文をうかがう姿勢を取る。

「なにを召し上がりますか」

「なにがあるの」

　スパッツの問いに、ココはギャルソンへ尋ね返した。

「生牡蠣《なまがき》が入っておりますが」

「いいわね。いただくわ。あとは、またそのときに」

一礼してギャルソンが下がると、スパッツがアペリチフを注いでくれ、軽くグラスをあてる。

「ここには、まだ食料があるみたいね」

これは余計な問いだった。だが、いまのパリで話題になるもののひとつには違いない。六月の時点ではまだ食料はじゅうぶんに行き渡っていたのだが、休戦協定のあとすぐにパンと麺《めん》類が配給制になり、八月には砂糖、ついこの前はチーズ、バター、コーヒーなどまでが配給制になっていた。自然と闇での取り引きも横行し始めている。

「いちおう、ここはドイツ軍の管轄ということになっていますからね。食料については、あるわけです」

つまり、ドイツ軍が食料を接収しているから、市民に行き渡らないということだ。食堂を見回さなくとも、将校連中の前には豪勢な料理が並べられている。当然のことながら、ここに一般人は入ってこられない。ココは招待客だから、特例のひとりということになる。

かすかに後ろめたさを感じた。

すでにパリ市内では何人もの女たちが「ドイツ軍に協力」して、幅をきかせたりしている。いま、この食堂にも着飾った女が五、六人、将校の膝の上で笑いころげているのだ。

娼婦《ココット》のつもりなのだろうが、一般の者はそうは見ない。むろん、愛人だからといって非難しているのではない。女たちにかぎらず、ドイツ軍に協力する者に、人々は「コラボ」という蔑称《べっしょう》を与えた。それは裏切り者と呼ばれるよりも厳しい立場に自分の身を置くことを意味する。生きていくためにコラボになるならまだしも、ドイツ軍に擦り寄って甘い汁を吸わんがためであるなら、それは憎しみの対象になっても仕方がないだろう。

ココの頭をかすめたのは、そのことだった。スパッツは軍人ではないが、ドイツ人である。そのことによって自分が同じような目で見られるのではないかと思ったのだ。自分の気持ちを振り返るまでもなく、スパッツがドイツ人だったから言い寄ったわけではない。言い寄った男が、たまたまドイツ人だっただけだ。でも、人はそう見てくれるとはかぎらない。

「どうかしましたか」

スパッツの背後で浮かれている将校と女たちに目を奪われていたココは、あわてて正面にいる顔に目を戻した。

そうよ、恋愛に人種も国籍もありはしない。

「みんな楽しそうだなって思ったの」

わずかにスパッツが背後に耳を傾けるしぐさをした。

「パリが珍しいんでしょう」

苦笑ぎみにこたえた。まったくその通り。ココも思わず声を立てて笑いそうになった。

仕方がないから、生牡蠣だけは食べていこう。でも、それ以上はここで食べる必要はない。

ココは素早く、今夜の予定を思い描いた。こんなのは、どうだろう。わたし、馬鹿騒ぎをしている連中と一緒に食事なんかするのは、ごめんだわ。どうかしら。食事のつづきは、わたしの部屋に行って、というのは。「リッツ」の小部屋に移ったから、あんまり豪勢ではないけれど、でも、ふたりだけなら、じゅうぶんな広さだと思うわ。料理を運ばせて食べましょうよ。あとの面倒がないし。酔っ払ったら、そのまま眠れるし、朝起きたら、また食事を持ってこさせて。そうだわ、よければずっといてくれていいわよ。そうしなさいな、ね。

生牡蠣が運ばれてきて、ふたりの前に皿が置かれた。

三十分後、ココは客のために小部屋のドアを開いていた。

10　手記

開いた扉から顔をのぞかせたのは、朴訥《ぼくとつ》とした印象の老人だった。八十くらいにはなっているだろう。背が高く、ほっそりしている。オーバーオールにコーデュロイの赤っぽい柄シャツを着ているからか、顎にたくわえた白い鬚《ひげ》が目立った。ジャン・ティラールと名乗り、わたしたちと握手を交わす。彼がクルト・シュピーゲルの姪が結婚した相手だった。外見とは違って、握手した手は節くれだっていた。

ジャンはわたしたちに中へ入るようにとうながし、先に立って奥に歩いていく。コテージ風の家で、歩くたびに床板がきしんだ。

幹線道路から舗装されていない農道をかなり走ってきた場所に、その農家は建っていた。周囲は牧草の広がる平地で、牛が何頭か放し飼いになっているのを見ると、一帯が敷地らしい。遠くに畜舎らしき大きな緑色の屋根も見え、人を使っているようだった。どちらかといえば裕福な農家だ。建物も古びているとはいえ、手入れが行き届いている。

ジャンが案内してくれた居間には、食事が用意されていた。昼時になると思ったので、妻が作ったのだという。酪農家だけあって、ミルクにチーズ、それにワインまで並べられていた。

ジャンは笑みを絶やさず、胸ポケットから取り出したパイプをくわえて嬉しそうだった。めったに客など来ないし、息子夫婦はアメリカに住んでいて、もうかなりのあいだ顔を見ていないと話した。暖炉の上には、それらしき写真が何枚も額に入れて飾ってあった。

やがて、銀髪をポンパドールに結《ゆ》った老婦人がポタージュの入った鍋を両手に居間へ入ってきた。丈の長い緩やかな茶色のスカートに白のカーディガンをはおっている。

彼女がクルト・シュピーゲルの姪だった。もとの名はアンゲラ・シュピーゲル。いまはフランス語読みにしてアンジェラ。アンジェラ・ティラールである。

アンジェラは鍋をテーブルに置いてから、わたしたちと握手を交わした。夫と同様八十前後といったところで、ドイツ人によくある鷲鼻《わしばな》だったが、頰がふっくらとしているのであまり目立たない。温和な顔つきのせいだ。

話はあとにして、まずは食事をということになり、わたしたちは喜んでもてなしを受けた。

母は食欲があまりないようだった。それでもポタージュをたいらげ、パンを一切れ、それにチーズにワインも口にしていた。

ときおり、開け放った窓から明るい光とともに牛の鳴き声が聞こえて、自分がここになにをしに来たのか忘れかかった。言葉は通じなくとも、五人でなごやかに食事をする。そういうことをいままで経験したことがなかったからだろうか。父が亡くなり、幼いときは母とふたりだけ、あるいはひとりで食事をすることもあった。ジャンとアンジェラ夫婦の睦《むつ》まじさを目にしていると、ふと「家族」という言葉が浮かんできたものだった。

あらかた食事が済むと、そこでやっとカフェオレを飲みながら本題に入った。

まず、メラニーが訪問の事情をあらかた説明して、そのあとアンジェラが口を開いた。

いまではドイツが東西に分裂していたことなど忘れられているかもしれないが、アンジェラは冷戦体制になる直前に東ドイツからフランスにやってきた。結局そのまま帰らずにジャンと知り合い、亡命の形で定住したのだ。叔父《おじ》であるクルトについては、戦争で死亡したと思っていたと話した。ここへ訪ねてくるまでは音信不通だったようだ。

そのクルトは、やはり第二次世界大戦中はドイツ軍の将校だった。フランスに駐留しており、パリが解放された前後、つまり一九四四年の八月あたりから消息がわからなくなっていた。アンジェラがフランスに来たときには、もはや生きているとは考えられていなかった。

だが、十年ほど前、老いさらばえた姿で、突然彼女の前にクルトは現われた。小さいときに会ったきりではあったが、クルトであることはすぐにわかった。そこでジャンとも相談して、ここに住まわせることにした。

そこまでアンジェラが説明したとき、ジャンが短くひとこと、声を発した。

「怯えているようだったって」

メラニーが通訳してくれて、わたしと母はうなずいた。

いままでどうしていたのか、当然のことながらアンジェラは問いただした。ぽつりぽつりと話したところによると、パリに連合国軍が入ってきたどさくさに、彼は他人の身分証明書を入手してフランス人になりすましたと打ち明けた。その名前がピエール・ヴァネル。祖母に宛てた手紙の中で、その人物宛てに返事をほしいと書いていたはずだ。クルトはピエールと名乗ってブルゴーニュあたりの葡萄園《ぶどうえん》で季節労働をしていたらしい。転々としたあげくにやがて姪の消息を知り、頼ってきたのだった。流暢にフランス語を話せたからこそ、長年のあいだ発覚しなかったのだろう。

しかし、なぜ身分を隠さなくてはならなかったのか。

すぐに思い当たるのは、戦争犯罪人としての追及を逃れるためという理由だった。とすれば、戦時中にいったいなにをしたのか、それが気にかかる。

だが、その点については、アンジェラがいくら尋ねても、首を振ってこたえなかった。ここへ来たときにはすでに心臓を病んでいて、いつ発作が起きてもおかしくない状態で、それ以上のことは聞かずに終わってしまったらしい。

ただ、亡くなる一週間ほど前になって、どういうわけかノートに覚書のようなものをつけ始め、それが残された。もし自分が死んだら、これを保管しておいてほしい、もしかすると日本から誰かが訪ねてくるかもしれない、そのときに渡してくれ。そう言っていたというのだ。

「ええと。日本ではなんと言ったかしら。虫の知らせ、か。そうだったんじゃないかって言ってるわ」

心臓発作で亡くなったあと、遺品はすべて墓に入れようかとも考えたが、遺言通りにすることにして、保管してあった。

「それが、これです」

アンジェラは居間の暖炉の上にあった小ぶりのダンボール箱を取り上げて、テーブルに載せた。前もって用意してくれていたのだ。

蓋を開けると、中には一冊のノートが入っていた。A4のもので表紙にはなにも書かれていない。それに赤い縞瑪瑙《しまめのう》のブローチがひとつ。花をかたどってあった。千沙のものだろう。

ジャンがまた口を開く。

「クルトが残したものは、そのノートとブローチだけだった。ノートの方はひととおり目を通してみたが、それほど長くもない。あなたがたがクルトの待っていた日本からの訪問者だと思うから、これを持って行ってもらってかまわない」

　アンジェラと顔を見合わせてうなずいた。

　母はおずおずとそのノートを手に取った。わたしは横から覗き込んだが、かなり乱れた字で書かれている。

「これはドイツ語ね」

　メラニーがわたしの後ろから乗り出して目を細めつつこたえた。

「読めるの」

「そりゃ読めるわよ」

　フランスの大学教授に、これは愚問だった。メラニーはノートを母から手渡され、素早く目を走らせていきかかったが、そのときページのあいだから、一枚の紙片が床に落ちた。

　わたしはとっさにそれを拾い上げた。それには見覚えがあった。かなり汚れて傷んではいたが、それは祖母の持っていた写真と同じものだった。

　反射的に裏面に目を走らせたが、そこにはなにも書かれていなかった。

クルトの手記

わたしは無力だった。

一生を振り返ってみれば、そのひと言こそが、このわたしを表わすのにもっとも適した言葉であろうと、そう思う。

あの戦争のとき、みずからがおこなった行為に、どれだけの意味があったかを考えれば、それは明白だ。わたしは何事をもなしえなかった。いや、それどころか、最愛の人を巻き込み、彼女の父親の命までも失わせることになってしまった。

時代に押し流されたのだなどというのは、ただの言い訳にすぎない。それは「わたしは無力だった」ということを繰り返しているにすぎないのだ。みずからの罪がそれで軽くなるはずもない。

同時に、戦争が終わってからの年月、わたしが罪をつぐなうために生きてきたというのも、嘘になる。わたしは逃げつづけてきただけだ。具体的な追っ手から逃げ、みずからの罪からも逃げていた。身分を偽《いつわ》り、生き延びようとしたのだ。

もうずいぶん以前から、わたしは病んでしまっている。いつ命を失うか、わからない。

いや、このような手紙とも日記ともつかない覚書を書きつけようとしたところをみると、どうやらそう長くもないのかもしれない。遺書とでもいえば、いくらか体裁《ていさい》はつくだろう。

しかし、遺書といったところで、なにも言い残したいことなどありはしない。ただひとこと、無力だったというだけだ。

きのう、ここまでの部分を何度書き直したことか。ノートを五ページも破り捨てている。

文章がうまく書けなくなってしまっていることにいまさらながら気づいた。フランス語もドイツ語も、ひとことも書かなくなってどれくらい経つだろう。かろうじて生活するに必要な言葉を口から発する以外、わたしは言葉というものからずいぶんと離れてしまった。

一度だけチサに手紙を書いたのは、はるか昔のことだったが、あのときから、もしかするとわたしはフランス語もドイツ語も書くのをやめてしまったような気がする。

離れればなれになったあと、彼女がどうなってしまったのか、まるでわからなかった。戦争末期のことで、どこかで命を落としてしまっているかもしれないと思うと、いてもたってもいられなかった。彼女が死んでしまっては、わたしも生きていく甲斐《かい》がない。だが、早まることはしなかった。逃亡生活を送りつつも、なんとかして彼女の消息を探ろうとした。

彼女が無事日本に帰ったと聞いたのは、戦後かなり経ってからだ。わたしはすぐさま日本に手紙を書いた。きっと彼女もわたしのことを捜していたに違いない。居所がわかりさえすれば、今度こそ一緒になれる。そう思った。だが、返事はなかった。いくら待っても、彼女から手紙は届かなかった。

そのときのことがいまでも苦しみとともに思い返される。彼女は父親を失った原因がわたしにあると考え、恨んでいるのかもしれない。だとしたら、一緒になれるというのはわたしの一方的な思い込みにすぎなかったのではないか。だが、わたしは待ちつづけた。待ちつづけて、いままで生きてきた。チサはもはやこの世にいないかもしれない。それでもわたしは待った。

なぜか。

わからない。自分に残された希望が彼女しかなかったからかもしれない。父親のことについて許しを請《こ》わなければならないという思いからかもしれない。いや、ただただ彼女をいまでも愛しているからだというべきか。

笑われるのは承知だ。この歳になってなにをいまさらと、書きながら自分でも思う。しかし、わたしの一生は、彼女に出会ったときに決まってしまったのだ。それを戦争という時代のなせるわざだというなら、甘んじて認めよう。だが、ひとりの女性のために人生を賭《か》ける人間がいるということも、事実なのだ。

一九四一年六月　ブロンドの男

パリが占領されてから一年が過ぎた。

「マジェスティック」のホールに父とともに入っていった千沙は、目を見張った。ホールは、グラスを手にしたドイツ軍将校で隙間もないほどに埋められていたのだ。非公式ではあったが、「占領一周年」を祝う会が、開かれている。あまりおおっぴらにやれば、パリ市民の反感を買うのは考えるまでもないから、最初は少人数のつもりだったのが、やがて話が広まって、集まった人数も膨大になったのだろう。

目下《もっか》フランスの国土はドイツ国防軍の管轄する地域とヴィシーフランス政府が管轄する地域に区分されている。ドイツとしては全土を管轄下に置くだけの人員を割《さ》くより、親独派のヴィシー政権に協力させることをよしとしたのだ。それがつぎの侵攻に対する準備とも考えられなくはない。

日本大使館はこの管轄統治にしたがい、すでにヴィシー政府のもとに移動をしていたが、父の範義はドイツ語もできるということで書記官の肩書きのままパリに残留するよう命じられ、もとの大使館で任務に従事していた。ほかにも何人か残留した日本人大使館員はいるようだったが、父が主にドイツ軍との折衝《せっしょう》をおこなっていたため、今夜は呼ばれたのである。いわばドイツ国防軍「政府」における日本大使館代表の形だ。

このところ家に籠《こも》りがちになっていた千沙を気遣って、父は一緒に連れてきてくれたのだが、特にダンスがあるわけでもなく、音楽の演奏もない。ただホールに将校連中が集まって談笑しているだけである。テーブルを見ると、いまでは巷《ちまた》で見ることもできなくなった食材を使った料理がふんだんに並べられていた。あまりの落差に、千沙は怒りすら感じてしまった。物資の窮乏《きゅうぼう》がひどくなってきているのはドイツ軍の接収のせいだとはわかっていても、こうまであからさまに目の前で見せられてしまうと、食欲も萎《な》える。

市民の生活がこの一年徐々に苦しくなったのは当然である。ただ、問題はそればかりではなかった。結果として、人々の精神がねじまげられてきたと、千沙には感じられた。それは微妙なことであり、具体的にどうと指摘できるものではなかった。ただ、占領が長引けば長引くほど、悪い感情がはぐくまれていく気がしていた。

対独協力者に「コラボ」という蔑称が使われだして久しい。自覚的に「コラボ」となるのならともかく、知らぬ間に「コラボ」となってしまう心性とでも言えばいいか。占領状態を無条件に前提として認めてしまい、その上で考えたり行動したりすれば、そこに本来とは違うなにものかがまぎれ込む。

千沙にしても、うっかりするとそういった傾向に流されてしまう自分に気づいて愕然としたりするのだ。それでも千沙は良くも悪くも第三者的な目を持つことができていた。家政婦のジャンヌに言わせれば、「日本がパリを占領しているわけではありませんから」ということだ。その事態の只中《ただなか》にいるにはいるが、やはり半当事者とでもいうべき立場だった。だからこそ、かえってそういう微妙な違和感がわかりもするのだ。

「ムッシュ・クノー」

軍服集団の奥から、フランス語で範義を呼ぶ声が起こった。

千沙はその声の主に目をやろうとしたが、どこにいるのかわからない。父もちょっと伸びをして見回している。

「ここです、ここ」

すっと片手があげられ、軽く振られた。それから将校たちをかき分けるようにして、ひとりの若い男がふたりの前に姿を現わした。二十代なかばだろうか。

その姿を目にした瞬間、千沙は視線を離せなくなっていた。なぜといって、理由はわからない。ブロンドの髪は軍人にしては長めで、ポマードで撫でつけたりしていなかった。面長《おもなが》の顔、緑の瞳、受け口ぎみの唇。それぞれの顔の部品がどうというわけではなく、それらをひとつにまとめている人格に、なにかしら惹かれるものを感じたのかもしれない。

「やあ、ずいぶんとご盛況ですね」

父が親しげに応じると、男も困ったような笑いを浮かべた。

「ごく少数でやろうという話だったのですが、この有様です」

軍人にしてはくだけた様子なのも、千沙には好感が持てた。そこで初めてこちらの視線に気づいたのか、相手の目が千沙に向けられる。驚いたように緑の瞳が見開かれた。

「これは娘のシサです。日本語読みならチサですが」

「チサ、さん」

男の唇が、そのように動いた。

「こちらは国防軍防諜部のクルト・シュピーゲル少佐だ」

千沙もまた、その名前を相手の目から視線を離さずにつぶやいていた。

「これは失礼しました。初めまして、マドモアゼル」

先に正気に戻ったのは、クルトのほうだった。腰をわずかに折って、千沙に一礼した。

「こちらこそ、父がお世話になっているようで、よろしくお願いいたします」

「これではごゆっくりともいかないでしょうが、どうか楽しんでいってください」

クルトは父と千沙へ交互に目を向けて微笑むと、そのまままた軍服集団の中に姿を消してしまった。

唐突で、ほんのわずかの間にすぎなかったが、これが始まりだった。

「初めて会ったときのことは、いまでもはっきりと目に焼きついている。あなたの黒い瞳に、よくある言い方だが、わたしは心をつかまれてしまったのだ」

メラニーはそこでいったん言葉を切った。手記を読みながら、それを日本語に訳すのだから、そうすいすいと進むはずもなかった。読み上げてくれる文章も、いつの間にか「あなた」に語りかける口調になっていたが、それは手記がそうなっているからだろう。

ただ、聞いていても、手記が具体的になにを書こうとしているのか、それがいまひとつつかめなかった。チサが祖母をさしているのは明白だが、それだけだ。最愛の女性に出会い、戦争のために別れ別れになったにもかかわらず、死の直前まで想いを抱きつづけていた男。だが、ここまでのところでふたりのあいだにどういった経緯があったのかは、まるでわからない。

メラニーからノートを渡してもらって目を通してみたが、後半に行くにつれて文字が乱れ、斜線で訂正された部分も多くなっていっているようだった。

＊＊＊

一九四一年八月　オペラ座にて

互いに惹かれ合う男女が、互いの誕生日を教え合うのは、ごく早い時期であるのは、当然だろう。

千沙とクルトのあいだでも、それは同様だった。

八月十二日の火曜日、千沙が二十歳になった日には、夕刻になってクルトが赤い薔薇の花束を手に屋敷へやってきた。

この時期になると、すでに何度もクルトの訪問を受けていた。六月に初めて会ったあと、三日ほどしてクルトが突然屋敷を訪れたのには千沙も驚いた。その積極的な態度が、千沙の気持ちにも弾《はず》みをつけたのだ。父はふたりのあいだになにがしかの思いが通っていることを承知の上で、つき合うことを黙認した。しばしば外出をするようになり、恋人同士であるということを互いにたしかめ合う。とはいえ、それは腕を組み、キスを軽く交わすといった程度のもので、それ以上には進まなかった。

それは占領されているパリにふたりがいたということと無関係ではない。

不安定な情勢の中で、みずからの将来を見据えたいと思っても、ふたりはそれぞれにどこか尻込《しりご》みをするところがあったのだ。クルトの配属されているのが国防軍防諜部という組織であるせいもあった。名前の通り諜報関係の仕事に携わっているわけで、千沙に仕事の内容を話したりすることは一切ないし、千沙も訊かなかった。「占領一周年」の会合のあとすぐにドイツはソビエトに侵攻し、独ソ戦が始まったが、クルトはそういった情報を前もって知っていたにもかかわらず、おくびにも出さなかった。世界情勢と自分たちの恋愛に、できるだけ隔たりを置くつもりだったのだろう。千沙にしても、そういう思いがあった。

「誕生日、おめでとう」

軽く抱き合って頰にキスをされ、千沙は自分が二十歳になったのだという実感を持った。

「ありがとう」

千沙の言葉に、軍服姿のクルトも満足そうにうなずいた。

きょうはオペラ座でバレエの公演があり、一緒に行くことになっていた。セルジュ・リファールの『コッペリア』だという。

「まだ父は戻ってきていないけれど、出かけましょう」

千沙は受け取った花束を手にいったん奥に引っ込んだ。台所ではジャンヌが配給されたジャガイモの皮を剝《む》いていた。

「これ、水につけておいてね」

ジャンヌに薔薇の花束を渡すと、渋々受け取って顔をしかめた。クルトがドイツ軍の将校だということで、屋敷に出入りするのを面白く思っていないのだ。恋愛感情は別ということはジャンヌにもわかっているのだろうが、やはり納得していない。千沙も変に言い訳めいたことを口にすればかえって誤解を生むと思い、クルトについては特に訊かれないかぎり誰にも説明することはしなかった。往々にして他人は自身に都合のよい見方しかしないものだ。

「それじゃ行ってくるわ」

「お早くお戻りください。夜は物騒ですからね」

花束を横に置いて、ジャンヌはまたジャガイモに戻りながら、そう声をかけてきた。

待たせてあったベンツに乗り込み、オペラ座へと向かう。

まだ外は明るく、夕暮れの風が心地よかった。

二十分ほどでオペラ座の前に到着した。

開演まで少し時間があるせいか、客の多くがロビーにあふれている。待ち合わせをしている者、何人かで談笑している者、その大半がドイツ軍の制服姿だった。いわゆる文化的な場において、それらを享受《きょうじゅ》するのはドイツ人になっていると言っていい。ドイツには、というよりヒトラーには、パリに対する憧憬《しょうけい》と憎悪があるようだった。パリを占領してすぐに視察にやってきたという話も聞いたが、ほかの都市とは違ってパリに接するドイツ人の態度は、どことなく違う。パリを生み出したのはフランス人であり、ドイツ人ではない。だからパリを生み出せはしないが、それを理解し享受することができるのはドイツ人だけだと言わんばかりなのだ。

そんなロビーの風景を見やりつつ、千沙はクルトとともにソファに腰をおろした。

そのときだった。ふいに目の端に、見覚えのある顔がかすめたような気がして、千沙はいったん落とした腰を浮かしかけた。

目を走らせると、その先にたしかにその顔があった。がっしりした背の高い背広姿の男とともに、いま玄関から入ってきたといった様子だった。ブラックのドレスが周囲を圧している気配が感じられた。一瞬こちらに目が向けられたようだったが、ふたりはそのままホールの中に入っていく。

「どうかしたの」

クルトが横から声をかけてきた。

「いえ。ちょっと知っている人を見かけたから」

そうこたえて身体を戻しつつ、千沙は思い出した。

あのときも、自分の誕生日だった。カンボン通りの女主人に初めて会ったのは、ちょうど三年前のことだ。店を閉めたあと、アメリカにでも行ったのかと思っていたが、どうやらパリに居つづけていたようだ。

た。

一緒にいたのは、誰だろう。

そんな余計な問いが浮かんだが、それはすぐに開演を知らせるベルの音にかき消され

クルトの手記（続き）

きのうとおとといは、ひどく胸が苦しくて書けなかったが、きょうはこの遺書を最後まで書いてしまおうと思う。このところ毎日のように霙《みぞれ》まじりの雪が降り、寒さが心臓にこたえる。

もっとも、この苦しみもチサの苦しみにくらべればたいしたことではないのかもしれない。だから、わたしは耐えてきたのだ。罪深いわたし自身への罰として。

最初の出会いは、むろん純粋であった。いや、いまのいままで、わたしは純粋に彼女のことを愛していたという自信はある。しかし、それなら、なぜあのようなことに巻き込んでしまったのか、それが悔《く》やまれるのだ。

わたしは最初からその目的のために彼女とその父親に接近したわけではない。それは情勢の変化によって、のちにもたらされた事態だからだ。しかし、そのために父娘を利用する形になったのは、否定できない。彼女もその父親も、わたしの考えに賛同

してくれはしたが、いま振り返ってみれば、それこそがわたしの人生における最大の汚点なのだと思う。彼女とエヴァ・ブラウンとの友情をぶち壊し、そればかりか彼女は自分の父親が撃ち殺されるのを目の前で見てしまった。

そのことが、彼女の心に大いなる変化をおよぼしたことは、容易に想像がつく。ほんの短い期間、ともに生活した日々は、新婚生活などというしろものではなかった。父を失った彼女の傷は癒《い》えないまま、ついに追っ手がかかり、逃亡を試みたが失敗し、結局離れ離れになってしまった。彼女がどうやって日本に戻ったのかはわからないが、帰国したあと、はたして彼女の心にどのような変化が起きたのか。少なくともわたしへの愛は消え去ったのだろう。それは手紙の返事が来なかったことで証明されたともいえる。だが、それでもわたしは許しを請いたい。許されるものなら、許してほしいのだ。

いまさらではある。それはよくわかっている。わたしはわたし自身が逃げ回るので精一杯だった。第二次世界大戦が終わり、冷戦が終わり、そして二十世紀ももう終わった。それでもわたしは命を狙われているという恐怖から、逃れられなかった。いまこうして死が近づいているのを自覚して、やっとその恐怖から解放されつつあるのだ。同時に、彼女から許しの言葉を、たったひとことでいいから、ほしいと願っているのだ。

わたしの手元にある一枚の写真とブローチ。これだけが彼女につながる記憶だ。ほかにはなにもない。

オーバーザルツベルク。考えてみれば、あの数日こそが、ふたりのそれからを決してしまったのだ。できることなら、この写真が撮られた瞬間まで戻ってやり直したい。あのままなにもせずにスイスに亡命してしまうのだ。そうすれば父親は射殺されず、わたしたちの結婚を祝福してくれただろう。戦争が終わり、平和が戻ってくるころにはこどももでき……

＊　＊　＊

手記は、そこで中断されていた。

心臓の発作が、クルトを襲ったのだ。

わたしたちは老夫婦からあらかた話を聞いたあと、クルトの墓がどこにあるのかを教えてもらい、そこへ向かった。

午後の陽射しがそそぐ牧草地帯を横切ってしばらく行くと、細い川に行き着く。そのほとりに、周辺住民の墓地があった。

五十基ほどしか墓石がなく、すぐにクルトの墓は見つけられた。地面に埋め込まれた黒い墓石には、名前と没年だけしか彫《ほ》られていない。ピエール・ヴァネルとして後半生を生きたが、彫られている名前はクルト・シュピーゲルだった。

「さて、これからどうするつもりなの、トモコ」

メラニーがため息まじりに尋ねた。

母は、じっとうつむきがちになってクルトの墓石に目を注いでいる。

手記は最後の最後になって、それらしき核心に触れていた。クルトが祖母とその父である久能範義をなにごとかに巻き込み、交通事故で死亡したとされていた久能範義は、じつは撃ち殺されたという。しかも、その場に祖母がいて目の当たりにしていたのだ。スーツにこびりついていた血は、おそらく曾祖父のものだ。これが外務省が隠そうとしていた出来事であるのは間違いない。そして写真の裏面にあるサインの「E・B」だ。

「なにがあったのよ」

母が困惑した調子で低くつぶやいた。

メラニーが手にしていたノートを軽く振ってみせた。

「手がかりはあるわ。写真の裏にあるサインのE・B。あれは文章の中に一ヶ所だけ出てくるエヴァ・ブラウンのことよ。それが誰なのか、トモコにはわかっているはずよ」

母が振り返った。表情が引き締まっている。

「でも、別人かもしれない」

メラニーは首を振った。

「間違いないわ。オーバーザルツベルクという地名は、ヒトラーの別荘があった場所だし。そこにエヴァ・ブラウンはいた。トモコのお母さんは、エヴァの友達だったのよ」

わたしはその名前の記憶を手繰り寄せた。エヴァ・ブラウンといえば、たしかヒトラーの愛人だったとされる女性だ。最後にはヒトラーと自殺したはずである。

「なぜそんな人と友達だったのかしら」

わたしの問いに、メラニーが肩をすくめてみせた。いまの段階ではこれ以上はわからないと言いたげだった。さらに探るためには、ドイツに行く必要がある。だが、メラニーはそれを口にしない。むろん、わたしも口にするつもりはない。ここに来さえすれば祖母の過去がわかり、それで母が納得して帰国する。そういう心づもりだった。それなのに、かえって疑問が増えてしまったのだ。末期癌の母にドイツへ行くことを勧めるのは、無茶だ。これ以上肉体的な負担が増えるのを許すわけにはいかない。

沈黙が続き、川のせせらぎがいやに耳についた。

やがて母はクルトの墓前にかがむと、クルトの持っていた写真と祖母に宛てた手紙を置き、鉤十字の胸章と縞瑪瑙のブローチを重石《おもし》代わりに載せた。それから立ち上がると、相変わらずうつむきがちに、みぞおちのあたりを片手で押さえつつ、わたしの方に歩いてきた。

「真理」

「なによ」

「行ってきてちょうだい、ドイツに」

「え」

わたしは母の顔に目をやった。うつむいていた顔が、真っ直ぐわたしに向けられて、目の前にある。

「わたしは病院に入って待ってるわ。メラニーとふたりで行って探ってきてほしい」

「でも」

「お願いするわ」

頭を下げてみせたのには驚いた。いままで母がわたしにこんな態度を示したことはなかった。いや、簡単な頼みごとすら、されたことはない。

メラニーに視線をやると、うなずいた。たしかに、ここで打ち切ってしまったら、母は悔やんでも悔やみきれないだろう。わたしとメラニーにあとを託すということなら、引き受けざるをえない。

「わかったわ。やってみる」

果たすべき任務とは別に、そのときわたしは嬉しかったのを覚えている。

一九四一年八月　約束の記憶

座席に腰をおろしたココの頭に、三年前の記憶がいっせいに押し寄せてきた。

夕暮れの中で声をかけた日本人の少女、たしかチサという名前だった。父親と一緒にスーツを作ってほしいとやってきたのだった。

その少女をこんなところで見かけるとは思ってもみなかった。外交官の娘だという話だったが、日本に戻らず、まだパリにいたとは。いや、もちろんスーツを作るという約束を忘れたことはない。一年待ってもらえば、かならず作るつもりだった。しかし、戦争が始まり、店を閉じてしまった。そうなると作る機会はない。遊びに来るようにと声をかけておいたけれど、結局店には現われなかったようだ。

さっき一瞬だけ目が合ったと思う。あちらも恋人ができたらしく、若い将校と一緒のようだった。日本人なのだから、ドイツに擦り寄っていく必要はないはずだし、媚《こび》を売ることもない。たぶん純粋に恋をしているのだろう。わたしみたいに。

そう思うと、ココは微笑んだ。その調子よ。戦争が永遠に続くはずはない。いつか戦争が終わったら、あなたにスーツを作ってあげる。

音楽とともに幕があがり、本を読むコッペリアにスポットライトがあたった。

報告

サンジェルマン病院への緊急搬送の記録より、結城智子の病状を問い合わせた結果、末期の膵臓癌であることがわかった。

また、クルト・シュピーゲルの関係者を結城母子に通知することを控えるようマリー・ハイアムに要請してあったが、聞き入れられなかった。結果としてクルト・シュピーゲルの遺族と結城母子は接触した。そのときクルトが残していた手記を入手した模様である。それにより久能範義の情報をどこまで把握したかは未確認。

しかし目下、娘の真理がメラニー・ロアとともにドイツに向かおうとしている。これを考えれば、ある程度核心に近づいたとみられる。ドイツでの目的地は不明。行動を阻止すべきか否《いな》か、パリの大使館より打診があった。対応の指示を願う。

なお、その他のパリにおける結城母子の行動および接触人物については別紙の通り。

11　連邦公文書館

二日後、わたしとメラニーはドイツへ向かった。

昼前の便に乗り、一時間ほどでベルリンのテーゲル空港に到着する。

三日間と日時を限ってのドイツ行きだった。母が納得しようがしまいが、それ以上時間をかけるつもりは、わたしにはなかった。それについては、母もわたしの考えを受け入れてくれた。

その母は、ジャンとアンジェラ夫妻のところから帰ってきた翌日、サンジェルマン病院に連絡を入れ、ひとまず一週間の予定で入院加療の手続きを取った。

メラニーのアパルトマンに近い病院はほかにもあったが、母の事情を知っているボーム医師がいるし、力になってくれるに違いないと考えたからだ。また、日本語が話せるスタッフがいないので、日本人会に連絡し、テレサの姪の娘である永野美紀に事情を説明し、二、三度様子を見に行ってもらえないかと頼んだ。一度しか顔を合わせていないにもかかわらず、こころよく引き受けてくれたのは、幸いだった。大使館などに駆け込んでも、こうはうまく運ばないだろう。

母に関する問題はそれで解決したのだが、ドイツへ行くとひとことで言っても、どこへなにを調べに行けばいいのか、それを考えなくてはならないのが問題だった。母の入院手続きを済ませたあと、わたしとメラニーはセーヌ河畔《かはん》のカフェで、しばし頭を悩ませた。

クルトの手記によれば、時期は定かでないが、祖母とその父の範義、それにクルトの三人はオーバーザルツベルクに行き、そこで範義が射殺され、ふたりは逃げ出したということになる。また、その時祖母とエヴァの友情も破綻《はたん》した。

「でも、手記のエヴァが本当にあのエヴァ・ブラウンなのかどうか、証拠はないですよね。クルトが書き間違えたかもしれないですし」

「その点は確実だと思うけれど、ふたりのつながりを見つけるのが第一ね。エヴァの方からつながりがあるかどうか、たしかめましょう。友達だったのなら、なにか手がかりになるようなものが残っているかもしれないわ」

メラニーは方針を決定すると、すぐさま携帯電話を取り出した。天気のよい午後だったから周囲の席には客があふれていたが、メラニーはそんなことなど気にせず、てきぱき話をしていた。

「今夜のうちには連絡してくれるそうよ」

通話を終えると、メラニーは残っていたコーヒーを飲み干した。

「誰に電話したんですか」

「マリーよ。彼女ならドイツ政府に紹介してもらえるもの」

案の定だった。今回の一件では、ことごとくマリー・ハイアムの力に頼っている。それだけ政治的な力を持っているのだ。わたしは自分ひとりでできることが限られているのが、もどかしく感じられた。とはいえ、母の病状を考えれば、いまはいらぬ無駄足を踏まずに済ますことができるのはありがたかった。

その晩、当のマリー・ハイアムがメラニーのアパルトマンにやってきた。

電話ではなく、直接話すべきだと考えたのは、その内容からして納得がいった。

外務省が大使館を通じてクルトの消息を知らせないよう依頼したのをマリーは断わってくれたのだが、そのあとも、わたしたち母子がこれからどうするつもりなのかしつこく探りを入れてきているのだという。

「あなたたちの調べようとしていることは、日本の外務省にはかなり迷惑なようね」

そう前置きしてから、マリーは厳しい表情で事態を説明した。大使館は、わたしたちがドイツへ行くことはわかっている、どこへ行くのか、なにを目的としているのか、知っているなら教えてもらいたいとマリーに迫った。わたしたちの手助けをするようなら、正式な抗議も辞さないとまで言ったらしい。

「もちろん、そんなことは知らないし、力を貸すつもりもないととぼけたわ」

わたしは気味悪さより怒りを覚えた。都合の悪いことを知られるのを阻止するのは当然だといわんばかりの態度が、気にいらない。

そこまでひと息に話すと、マリーはちょっと力を抜き、赤縁《ふち》の眼鏡に手をやって、ふっくらと微笑んだ。

「でも、大丈夫。こっそりパリを抜け出せるように手配しておくわ。それより、外務省がここまで敏感になっているのは、やはりエヴァ・ブラウンとのかかわりのせいかもしれないわね」

マリーによれば、エヴァ・ブラウンについての資料というのはそもそもあまり残されておらず、その大半がベルリンの連邦公文書館にあるのだという。むろん非公開であり、許可を得た者だけしか閲覧できないらしい。

「公文書館に訊いてみたわ。そうしたら、当時のことを知っている人物がひとりいるらしいの。エヴァの小間使いをやっていた老婆よ」

わたしは耳を疑った。ナチスにかかわった者がまだ生き残っているということが、実感できなかったのだ。しかし、考えてみればナチスは滅《ほろ》んでも、ドイツ国民が滅んだわけではない。

「とにかく、行ってみることね。ナチスにかかわりがあるなら、それは糾明すべきことだもの」

マリーは力を込めて言い、明日いったん内務省に車で来るようにとわたしたちに告げた。監視がついているなら、それを欺《あざむ》く必要がある。いったん内務省のビルに入り、別の出入り口から公用車を出してくれるというのだ。

そこで翌朝、わたしとメラニーはその通りに実行し、ド・ゴール空港から飛び立ち、ベルリンに到着したのである。監視はついていないようだった。

テーゲル空港では、公文書館員のひとりがわたしたちを出迎えてくれた。

マルティナ・エデルと名乗った五十代なかばの女性は、公文書館ベルリン本部で資料の整理を担当しているという。黒っぽいスーツに身をつつんだ小柄な女性だった。黒い髪は短くしてぴっちりとパーマをかけ、銀縁の眼鏡がやや近寄りがたい雰囲気をかもし出していた。こちらの素性はマリーから聞いているとしても、やたらと閲覧させない資料を見せろと突然やってきたのだから、警戒しているのかもしれない。

黒塗りのオペルに乗り込み、空港を離れる。

パリは晴れていたが、ベルリンは雲が空をおおい、気温も真冬とは言わないが、かなり低いようだった。

運転は運転手にまかせ、マルティナは助手席から後ろに半分顔を向け、座っているわたしたちにしきりと甲高い声で話しかけてくる。応対はメラニーが受け持ってくれ、ひとしきりやりとりがあったあと、説明してくれた。

「まだエヴァについての資料は整理の途中らしいんだけど、できるだけ要求にこたえたいって」

「え。まだって、戦争が終わってから七十年近くも過ぎてるのに」

「複雑なのよ。ドイツは一九九〇年まで、東と西に分かれていたでしょ。統一されたあと、東ドイツが持っていた資料が出てきたわけ。そのあと、アメリカが持っていた資料を返却してきたの。フランスとイギリスも返却は統一のあとなの」

あらためて世界史の記憶を呼び戻すと、たしか第二次世界大戦では、連合国軍より先にソビエト軍がベルリンを陥落させた。ヒトラーとエヴァ・ブラウンの自殺したあとに焼かれた死体もソビエト軍が持ち去ったと聞いている。その後東西冷戦によってドイツが分断され、ナチスに関する資料も分散してしまったというわけだ。ベルリンの壁が崩れ、冷戦が終結し、ソビエトが崩壊したあとになって、やっと資料の収集と統合が始まったらしい。アメリカやイギリスにしても、ドイツが統一される以前の冷戦状況下で資料を返却する意思はなかったに違いない。

「ドイツの戦後は、まだ終わっていないのよ」

「なるほど。気の長い話ね」

「でも、その長い時間こそが歴史というものを把握するためには必要なのかもしれないわ。同じ愚かなことを繰り返さないようにってね」

「そうか。日本は終わったことなんか水に流してすぐ忘れるのが良いことだと思っているから、同じ愚かなことを繰り返したりするわけか」

変なところで納得してしまったが、メラニーはそうそうとうなずいていた。

オペルはベルリンの中心部に向かわず、左手に見るような形で進んでいく。南へ向かっているようだった。やがて郊外に出かかったあたりで、公文書館の敷地に入り込んでいった。ここがどのあたりなのか、まるでわからない。観光に来たわけではないが、どこがかつての西ベルリンなのか東ベルリンなのかも、見分けられなかった。車を降りて周囲を見回すと、敷地の外にあった標識には、フィンケンシュタインアレーとある。読み方は、たぶんこれでいいはずだ。市街地からは離れているようだった。

公文書館は茶色い壁の四階建てで、奥行きがどれほどあるのか、正面からは見当がつかない。

車寄せから玄関を入ると、そこでパスポートを見せて身分を確認されたあと、廊下を進む。昼過ぎにもかかわらず、人の気配がほとんどない。おそらく左右に並んでいるドアの向こう側で、資料の整理や修復といった作業がなされているのだろう。役所というより研究室のようだった。三人の靴音が灰色のスレートに響く。

何度か角を曲がったあと、マルティナはわたしたちを並んでいる部屋のひとつに導きいれた。小さな会議室といった部屋で、中央に縦に二列、テーブルが並んでいる。その片隅にわたしとメラニーは座り、マルティナが向き合った。

「エヴァの小間使いだった人物に引き合わせる前に、いくつか資料をお見せしたいと思いますが、なにか特別にご覧になりたいものはありますか」

それに対して、メラニーはこれまでの事情を説明した。

マルティナは銀縁の眼鏡を片手で押さえながら、わたしとメラニーに交互に目を向け、うなずきながら聞いていた。必要な事項を記憶に留めようとするように、その灰色の瞳がちらちらと揺れる。

「クルトのノートと写真を見せてあげて」

わたしはそれを取り出してマルティナの前にすべらせた。スーツも持ってきていたが、いまそれは必要ではないようだ。やたらに見せるつもりもない。

マルティナは写真を手にした。裏面のサインを見ると、すぐにうなずいた。

「これはオーバーザルツベルクです。この写真のふたりは、ヒトラーの山荘に行っています。裏にある文字は筆跡からしてエヴァのものでしょう」

わたしはうなずいた。やはり祖母はエヴァ・ブラウンと友人関係にあったのだ。

「エヴァ・ブラウンという女性の存在は、戦後になるまでドイツ国民には隠されていました。その存在を知っていたのはかぎられた人間だけで、たとえ外国の首脳が訪れても、ヒトラーは彼女を表に出すということはしなかったようです」

そう前置きをして、マルティナはエヴァ・ブラウンの素性を簡単に説明してくれた。

それによると、エヴァ・アンナ・パウラ・ブラウンは一九一二年にミュンヘンで生まれている。職業学校教師の家の次女だった。十歳前後に両親が不和でいったん離婚しているが、すぐに復縁したりという複雑な家庭に育っている。

ヒトラーと知り合ったのは一九二九年、学校を卒業して就職した写真館においてで、エヴァが脚立に乗っていたところにヒトラーが店を訪れ、その脚をずっと見ていたという逸話もあるらしい。エヴァが十七歳のときで、ヒトラーは四十歳だった。

ただし、すぐに親密な関係になったわけではない。当時ヒトラーは姪のゲリ・ラウバルに熱をあげており、そのゲリが亡くなったのが一九三一年。それ以後にエヴァと親密になったという。

「ヒトラーは何人もの女性と関係を持っていたようです。そのあたりの経緯も、ある程度は明らかになってきていますが、資料じたいが少ないのです」

エヴァという女性はかなり精神不安定なところがあったらしく、ヒトラーと恋愛関係になってから、二度も自殺未遂を起こしている。両親の不和を見ていたせいかもしれない。

やがてヒトラーが政権を取り、総統へと成り上がっていくにつれ、エヴァの存在は隠されるようになる。

「ヒトラーは自分は大ドイツと結婚したのだと発言しており、現実の女性とは関係を持たないのだという印象を国民に与えたかったようです」

そのため、現実にはエヴァという愛人がありながら、それをひた隠しにせざるをえなかったらしい。

オーバーザルツベルク一帯がナチスによって買い上げられるのは、ヒトラーが政権獲得をしたあとで、エヴァがそこに移り住むのは、一九三六年からである。ちなみにオーバーザルツベルクというのは、オーストリアとの国境に近く、ミュンヘンから東に行ったあたりにある場所で、ヒトラーはそこにベルクホーフ山荘を造らせていた。

「この写真がいつ撮られたものかわかりませんが、ふたりはベルクホーフ山荘でエヴァ・ブラウンと会っています。この写真はエヴァが写したものに違いありません」

エヴァはカメラや八ミリが趣味で、ヒトラーやその側近のプライベートな場面を遊び半分に撮影したものが残されている。これはよく知られている話だ。テレビなどでヒトラーが山荘のテラスでにこやかに映っている映像を見たことがある。あれらはエヴァの手によるものなのだ。

「ですが、わたしが整理したものに関していえば、このふたりの人物はほかの写真や八ミリには写り込んでいません。初めて見る顔です」

マルティナが考えつつ、こたえた。そしてさらにつけ加えた。

「とりあえず、手がかりになりそうなものをご覧に入れることにしましょう。その前にまず、これにサインをお願いできますか」

わたしとメラニーの前に、一枚の紙がそれぞれ差し出された。

「誓約書ね。これから見せる資料の中には未整理のものもあるから、勝手に発表などするなってことみたいよ」

ドイツ語の文面を、メラニーがざっと説明してくれた。

むろん、わたしはサインをした。

一九四二年四月　山荘

昨年の十二月七日。

ついに日本はアメリカと戦争に突入した。

日本を離れてすでに四年半が過ぎていた。それでも自分の生まれ育った国が戦争を始めたとなれば、千沙の気持ちも穏やかではなかった。

ハワイ真珠湾《しんじゅわん》への攻撃は日本では奇襲として喝采《かっさい》をあびている。しかし、アメリカは宣戦布告をする前に攻撃した「卑怯《ひきょう》者のジャップ」に憤慨しているらしい。

父の範義は相変わらず仕事のことについてはなにも口にしないが、このときばかりは激した口調で吐き捨てたものだった。

「外交官が交渉によって事態を収拾しようとしているというのに、軍部の連中はそれをまったく意に介さない。それどころか、おれたちをこどもの使いのように見ている。銃を突きつければなんでも通ると思っているのは間違いだ。政府も尻馬に乗って、軍部の言うことをきくばかりではもはや話にならん。国民もそうだ。日本こそ世界の一等国だなどという甘言《かんげん》に乗せられて、戦争を支持する。軍や政府は、そういう雰囲気を作り上げ、自分たちのやることを邪魔する連中は脅《おど》す、それでも駄目なら拳で懲《こ》らしめようとする。そうやって反対する者を排除していき、あげくに戦争だ」

べつにひとりごとを口にしたのではない。屋敷にやってきた早川雪洲を相手に話しているのをたまたま立ち聞きしたのだ。挨拶に出ようとしてドアをノックしかかると、父の激しい口吻《こうふん》が届き、そこに立ちすくんでしまったのである。

不意に訪問してきた早川も日米開戦には心を痛めているらしく、この現状をどうにかしなくてはならないと漏らした。

「とにかく、いまのところは日本政府の意向を見守るしかないでしょう。独ソ戦が始まって、日本がソビエトの動静を気にするのは無理もない。ソビエトとは中立条約を維持したまま、ドイツと同盟を結ぶというのは、いかにもねじれているわけですし」

「ドイツの大島《おおしま》大使は、もとは陸軍武官だ。外相のリッベントロップとも懇意《こんい》だし、あちらではもてはやされている。独ソ戦開始の情報もいち早くヒトラー本人から聞いているほどだ。となれば軍部の意向を受けて動くことははっきりしている。おれは、それを黙って見ているわけにはいかない」

「以前はあなたもドイツにおられた。面識がおありなら説得もできるのではありませんか」

「たしかに知らない顔ではない。だが、話してわかる相手じゃないんだ。三六年の日独防共協定の締結に、わたしは反対した。彼はそんなわたしを非国民とののしった。その結果、彼は大使になり、反対したわたしは日本にいったん戻され、パリに回された」

「なるほど。だとしても、あまり無茶なことは」

「いや。無茶をしないとならない。このままではまずい。なんとか伝手をたよって極秘に」

そこで言葉が切れて、千沙は立ち聞きがばれたのかと息をつめた。父がソファを立って応接間の中を動く気配がして、自分のいるのと反対側にあるドアが開かれる音が聞こえた。

「お茶をお持ちしました」

ジャンヌの声がした。どうやらジャンヌも茶を持ってきたまま、ドアの外側で立ち聞きをしていたらしい。

千沙は深入りせず、そのまま静かにその場を立ち去った。

ふだん立ち聞きなどしないせいか、このときのことは千沙の記憶に長く留まった。それが呼び戻されたのは、年が明けて四月になってからである。

パリの寒かった冬が終わり、やっと春めいてきた夜、夕食の席で父が急にベルリンにいる松尾邦之助に会いに行かないかと言い出した。松尾はパリが占領されてからもしばらく留まっていたが、昨年讀賣新聞のパリ支局を閉鎖し、ベルリンに移っていた。なんとか帰国しようとしたが、独ソ戦が開始されて帰国できなくなったらしい。

「近いうちにイスタンブールのほうへ特派されるらしいから、なかなか会えなくなる」

日本人會で開いていたフランス語教室の苦い記憶が、千沙の脳裏《のうり》によみがえってきた。だが、松尾には久しぶりに会ってもみたい。

「どうだ、行ってみないか。パリにいても息苦しいだけだろう」

たしかに占領されてからというもの、食料は窮乏しているし、出歩いてもドイツ軍の監視が気になってゆったりとした気分になれない。それになにより、パリ市民のなかに、ユダヤ人を蔑視し、ことあるごとに差別する姿勢が浸透してきているのが耐えられなかった。それまで親密に行き来していた友人知人だったものが、ナチスとヴィシー政権の政策によって、引き裂かれている。ときたま思いついたようにユダヤ人を検挙したりもしており、そういう話を耳にするのもつらかった。

「なにか約束でもしているのか」

　先回りして父が苦笑ぎみに尋ねる。クルトのことを言っているのだ。ちかごろクルトは仕事が忙しいらしく、あまり顔を見せなくなっている。たとえやってきたとしても、会うのは気が重い。クルトもまたユダヤ人に対する政策をおこなっているドイツ軍将校なのだ。

「いえ。約束はしていませんけれど」

「残りたいなら、それでもいい。わたしは仕事で行かなくてはならないんだ。ついでに松尾さんにも会おうかと思ってね」

「仕事」という言葉が、千沙に昨年十二月の立ち聞きを思い出させた。父は極秘になにかをしようとしているのかもしれない。それも「無茶をしないとならない」ような。それがはっきりわからないせいで、急に不安が湧き起こってきた。

「わかりました。一緒に行きます。松尾さんには、教室をやらせていただいたお礼もろくに言えなかったし」

　父はうなずいた。

「おまえをひとり残していくのは心配だしな。そうしてくれるとありがたい」

　これは父の本音だったろう。身近に娘を伴っていないと、なにか起きたときにどうしようもないという思いがあるようだ。二十歳を過ぎても、娘のことは心配なのだ。千沙にしても、父は唯一の家族である。

三日後、ふたりは日本大使館の専用車でベルリンに向かった。

空路もドイツ軍は確保していたが、範義はその点、慎重に陸路を選んだ。ドルトムントまでその日のうちに行き、そこで一泊し、翌日の夕刻に小雪のちらつくベルリンに着いた。

「やあ、お久しぶりです」

宿泊先のアルブレヒツホテルにやってきた松尾は、ふたりの姿を目にして、懐かしそうに握手を求めてきた。多少やつれたようには見えたが、松尾は相変わらずチャップリン髭をたくわえ、にこやかな表情をたたえていた。

「フランス語教室ではお世話になりました」

千沙があらためて頭を下げると、松尾はくるくるの髪の毛をかきながら、苦笑した。

「いや、わたしこそ、いろいろと嫌な思いをさせたかもしれません。あれだけお世話になっておきながら」

最後にはフランス語教室に来ていた面々が仲間割れをするような形で解散になってしまったことを、松尾は言っているのだ。気にしていないと言えば嘘になるが、いまさらどうしようもない。千沙は黙って微笑み、首を振ってみせた。

「久能さん、ちょっと寒いですが、少し散歩でもしましょう」

松尾が周囲に目を走らせた。監視がいるとでも言いたげだった。

「娘も一緒でよろしいでしょうか」

「え。ああ、久能さんがよろしいのであれば」

「いままではわたしがなにをやっているのか、千沙には話さないようにしてきましたが、もう千沙も大人ですし。それに今回の件には、千沙の恋人にも力を貸してもらっているので、事情を知っておいてもらいたいのです」

その言葉に、千沙は身構えた。こちらを向いて、父が軽く詫びるように頭を下げた。

「黙っていて悪かった。パリにいるあいだは、彼が協力していることは、あまり知られたくなかったものでね」

「そうだったんですか」

千沙はかろうじて、それだけこたえた。クルトがどういう協力をしているのか、それはわからない。ただ、いままで恋人としてしか見ていなかったクルトの知らない一面を見た思いがした。

三人は口を閉ざしたままホテルを出ると、通りを左へ向かった。まだ時刻は四時を回ったばかりだが、曇っている上に雪がちらついているから薄暗い。すでに街灯がともされている。

「ヒトラーは今朝、オーバーザルツベルクへ向かいました」

松尾が口火を切ると、父が息をつめた気配が伝わってきた。

「そうでしたか。行き違いか」

その声は落胆をあらわにしていた。

「ドイツの日本大使館はこのことを知っているのでしょうか」

「いや。今回の一件はわたし個人の考えですから。大使館は一切関わっていません」

「なるほど。久能さんらしい。勢いづいている軍部を牽制《けんせい》しよう、と」

「まあ、そんなところです」

松尾の言い方に、範義が苦笑を漏らした。

「しかし、久能さんの話が事実なら、おおごとですよ」

「まだ正式に外務省に話が来ているわけではないようですが、どうも東条《とうじよう》がそんな考えを側近に漏らしたらしい」

「一国の首相たるものが、なんとも」

松尾はあきれた声をあげた。

「捨て石になる覚悟はできています」

「そんな。あなたのような外交官こそ、いまは必要とされているというのに」

「東条が陸軍を投入して大規模に地上戦をやりたがっているのは、事実でしょうからね。まったくの虚報とも思えない」

「だとしても、南方《なんぽう》に戦線を伸ばしているいま、さらに北というのは」

一歩前を進んでいる松尾がそこで言葉を切り、千沙に目を向けた。これ以上は口にできないという顔をしている。すると横を歩いていた父が、声をかけてきた。

「ドイツ軍がモスクワの攻略に失敗したことは知っているだろう」

知っていた。昨年の十二月、日本が戦争に突入する前後のことだ。

「日本は、ソ連との中立条約を破棄し、ドイツとともにソビエトを西と東から挟み撃ちにしてもよいと考えている」

「まさか」

思わず千沙は声をあげていた。無茶としか言いようがないのは、千沙にもわかる。アメリカを相手に戦っている状況で、さらにソビエトを相手にするなどとは。勘ぐれば、ドイツに恩を売っておこうという下心もうかがえる。あきれた話だった。

「これは日本が戦争を始めた直後から検討されていたそうだ」

「でも」

「おまえが考えても無謀だとわかるだろう。外交官は戦争を起こさないようにするのが役目でもある。だから、わたしはヒトラーに直接会って、日本はソビエトとは戦わない、もしそれを実行すれば日本ががたがたになるということをはっきり伝えるつもりだ。軍部の精神論だけでは、いかんともしがたいのはわかりきっていることだからな」

「なにも久能さんがしなくてもと、わたしは申し上げたんですがね」

松尾が困惑した調子でつぶやいた。

「外交官を拝命している以上、できるだけのことはする。ともかく会うだけ会わなくてはならない」

そのためにベルリンまでやってきたということらしい。

千沙は黙ってうなずいた。父がそうすると言うなら、素人《しろうと》の自分が反対をするべきことではない。

「松尾さんは新聞記者だ。軍部がこういうことを考えていると知っておいてもらい、場合によってはソビエトとの開戦を阻止する記事を書いてもらえればと思って、打ち明けた」

「記事にならないことを祈っています」

気遣わしげな口調で、松尾が肩をすくめた。

「明日、ミュンヘンへ向かう民間機があれば、乗せてもらえるように頼んでもらえませんか」

「はあ。それはあたってみますが」

そこで父は、千沙に目をやってきた。

「どうする。一緒に来るか。ベルリンで待っていてもいいが」

「一緒に行きます」

千沙は間髪《かんはつ》いれずにこたえた。ここまで話を打ち明けられたのだ。交渉の行方をこの目でたしかめずにはいられなかった。

「わかりました。では、手配します」

松尾は大きくうなずいてみせた。それから、ふいに右手にあった建物を見上げ、立ち止まって声をあらためた。

「千沙さん、ここがなんだか、ご存じですか」

暗くなりかけた空を背景にした建物は、どことい って変哲のないものだった。

「ベルリンを見て回る時間もないようですから、ここくらいは紹介させてください。ここは森鷗外《もりおうがい》が留学したときに下宿したところなんです」

「あら、そうなんですか」

千沙と父もその建物を見上げた。

「普請中《ふしん》、か」

父が放心したようにぼそりとつぶやいた。

その建物は、べつに普請中ではなかった。鷗外の短編小説「普請中《ふしんちゅう》」のことを父は思い浮かべたのだ。

「まだまだ普請中ですよ、日本は」

松尾がため息をつく。

「完成する前にぶち壊されては、たまらん」

父の言葉に、千沙も深くうなずいたものだった。

翌日のベルリンは晴れ渡った。物資を輸送する小型機がミュンヘンに飛ぶということで、松尾の斡旋《あっせん》でふたりはそれに乗せてもらうことになった。

ミュンヘンまで約二時間、居心地《いごこち》がよいとは決して言えなかったが、なんとか無事に到着した。そこで父は空港の警備をしていたドイツ軍の将校に誰かからの紹介状を示し、身分と用件を申し出て、これからオーバーザルツベルクへ向かいたいのだと告げた。相手は身分の照会をし、ほかにもいくつか電話をかけ、一時間ほど待たされた。それでも紹介状が効いたようで、すんなりオーバーザルツベルクへ向かう許可がおりた。用意された軍用車に乗ると、すぐに左右から山がせり出してきた。道路は整備されていたが、徐々に傾斜と高度を増して山奥に入っていっているのがわかった。

三時間近く走っただろうか。やがて空気の澄みきった山間部に、点々と建物があるのが見えてきた。監視の兵士の姿もちらちらと見え隠れする。

軍用車は検問を三つ通り抜けて住居の集まっている平地に入り、一軒のホテルらしき建物の前で停止した。いまは周辺に民間人は住んでいないようだった。昼を過ぎた頃合いにもかかわらず、兵士の姿しか見えない。

「ここが今夜の宿泊場所のようだ」

父が運転手とやりとりした言葉を、千沙に伝えた。

「このあたりは五年ほど前から、ナチスが買い上げて総統のお気に入りになっているんだ」

父が車を降りつつ、そう教えてくれた。ヒトラーとは呼ばず「総統」と言ったのは、ヒトラーについて話していることを知られないようにするためだろう。

あらためて周囲を見渡すと、同じドイツといっても南の端まで来たせいで、ベルリンとは違ってここはすでに春めいていた。空気は冷たいが緑の濃淡と空の青さがあたりを輝かせている。見上げるほどの山々が笑っていた。ヒトラーでなくとも、保養地に最適だと考えておかしくはない。

手荷物は警備をしていた兵士が運んでくれて、千沙は父と並んでそのホテルの玄関に向かった。入り口に看板が小さく掲げられている。「ツルケン」という名前らしい。

玄関の階段をあがろうとしたとき、自分たちがやってきたのとは反対方向から道を駆けてくる馬の姿が目に入った。青毛の馬で、乗っているのは若い女性だった。金髪が赤い乗馬服に映えている。

こちらに気づいたらしく、ちょっと手綱《たづな》を引き、馬を止めた。五〇メートルほどの距離で、美しい面立《おもだ》ちが見て取れた。一瞬目が合ったような気がした。行く手を阻《はば》むようにして立つ兵士に近づいていき、なにごとか声をかけ、兵士が千沙たちを見てから、馬上の彼女に返答をしたようだった。すると、彼女はもう一度千沙たちに目を向けたあと、馬首を返して去っていった。

「誰だろう。村人のようでもないが」

千沙の背後から父が不思議そうにつぶやいた。たしかに、この付近はナチスの保養地として警戒が厳しいはずだ。そうそう好き勝手に民間人が出歩ける様子でもない。ましてや馬を駆《か》ってなど、なおさらだ。

「軍関係のご家族かもしれないわね」

「まあ、そんなところだろうな」

玄関の奥から警備兵のひとりが声をかけてきて、ふたりはホテルに入った。千沙の脳裏には、いまさっき目にした女性の姿が、春の陽射しとともに残った。

ホテルには宿泊客が数人いた。みな軍関係者らしく、一般人は父と千沙のふたりだけだった。部屋はロッジ風のもので、三階に隣り合ってふた部屋用意され、まずはそこへ落ち着いた。本来は共同寝室があてがわれるのだが、千沙がいるためもあり、ふだんはヒトラーの警備を担当する者たちが使う寝室を空けてくれたのだ。ベッドも部屋のつくりもアルペン風のかなり瀟洒《しようしや》なものだった。食事は共同で、一階に食堂があった。

夕食まではまだ間があった。しかし付近を散歩するわけにもいかない。仕方なく千沙は窓辺に椅子を持っていき、そこから周辺の風景を眺めて時間をやりすごした。山から降りてくる冷気が伝わってくる。緩やかに流れる雲を背景に連なる山は、どれがなんという山なのかわかるはずもない。だが、その稜線《りょうせん》にぼんやり目をやっているだけで心地よかった。パリにいては、味わえなかったものだ。

しばらくして、内扉がノックされ、父が顔をのぞかせた。

「思ったよりもいいところだな。もっとひなびた場所を想像していたよ」

父もここが気に入ったようだ。さきほどまで引き締まっていた表情が、どことなく緩んでいる。

「面会はできそうなんですか」

わずかに笑みに翳《かげ》がさした。父も椅子を引き寄せて千沙の横に腰を落とす。

「どうかな。勝手に押しかけてきただけだ。忙しいと言われてしまえば、それまでだ。まあ、カナリス提督《ていとく》の紹介状がどこまでものを言うかだが」

「カナリス提督の紹介状だったんですか」

千沙は得心がいった。カナリス提督といえば、ドイツ国防軍防諜部の長官だった。つまりクルトを通じて紹介状を書いてもらったわけだ。

「ドイツ軍も一枚岩ではない。日本が独ソ戦に加勢することに否定的な立場を取る者もいる」

つまり、それが防諜部、ひいてはカナリス提督だということらしい。

そもそもドイツ国防軍はドイツの軍隊として、以前から組織されていた。ナチスはヒトラーの組織する党であり、ナチスが政権を取ったために、国防軍がその指揮下に置かれた。そのくらいのことなら、千沙にもわかっていた。ただ、さらに細かいドイツ軍とナチス内部の組織の実態までは、わからない。パリ市民の中にはドイツ軍はすべてゲシュタポだと思っている者もいるくらいだ。ゲシュタポや親衛隊といった組織は、すべてナチスの組織であり、ドイツ国防軍とは一線を画していて、一部には競合したりいがみ合ったりしている部署もあるようだった。

鈍いエンジン音が伝わってきて、目をやると小型の飛行機が旋回しつつ、少し離れた場所に着陸するのが見えた。

「飛行場が造られているみたいだな。ここまで乗せてきてもらえばよかった」

父が苦笑する。日常の物資を運び込むために造られたのだろう。車で来るには、やはり多少不便な場所ということだ。

「ところで、総統はここのどこにいるんですか」

ふと千沙は気になって、父に尋ねた。すると、父は椅子から腰をあげ、窓辺から少し身を乗り出した。

「あそこだ。ベルクホーフと呼ばれているらしい」

見上げた視線の先には、山の中腹に山荘があった。さらにそこから上の崖《がけ》の突端にも、三角屋根の建物がある。

「あれはケールシュタインハウス。誰かが鷲の巣と名づけたと聞いている。総統はあそこにはめったに行かず、もっぱら下のベルクホーフで執務しているそうだ」

「面会できるといいですね」

「ここまで来たんだ。なんとしてでも会わないとならない」

父の声には、強い決意が感じられた。

そのベルクホーフへ行く機会は、思っていたより早く訪れた。

野菜ばかりの夕食をとって部屋に戻り、あとは寝るだけとなった時刻に、突然ベルクホーフへ来るようにという連絡が入ったのだ。

「お嬢さん《フロイライン》もご一緒にとのことです」

迎えにやってきた士官がそう言っていると、父が教えてくれた。

「わたしもって、どういうことかしら」

「さあ。よくはわからないが、とにかく一緒に行ってみるしかあるまい」

千沙を連れて行くことに不安があるようだったが、この機会を逃しては、父がヒトラーと面会できないのも事実だった。

ふたりは身支度を整え、オーバーコートをはおり、迎えの車に乗り込んだ。すでに周囲は闇にのみ込まれ、気温もかなり下がってきていた。ライトの光だけが前方の道を照らし、あとはなにも見えない。エンジンのうなりが、やたらと耳についた。

十分ほども傾斜のある道をあがっただろうか。やがてひとつの建物の前に、車は横づけされ、ふたりはそこで降ろされた。

石段をあがって右手にある玄関の前に立つと、待ち構えていた士官が踵《かかと》を鳴らし、それからふたりを内部に導いた。玄関の中は、外よりも冷気がきついような気がした。オーバーはそのままで構わないと士官が手で制したところを見ると、暖房を入れていないようだった。

扉の開いた音を聞きつけて、小間使いらしき少女がひとり、奥から飛び出してくる。

「おまえのことはこの少女が案内するそうだ」

士官の説明を父が教えてくれ、そのままふたりは階段を上がっていく。その場に留められた千沙は、メイド服をきっちりとつけた少女に目をやった。薄暗い電灯のもとで、少女が小首をかしげるようにうなずき、微笑む。

「フランス語はできるの」

そう尋ねると、首を振った。そして、片手をすっと左手につづく廊下のほうに向けた。そちらへ一緒に来てくれという意味らしい。

千沙がうなずいて見せると、少女は背中を向けて歩き出した。

点々と灯る明かりをいくつか通り過ぎ、いちばん奥まった部屋のドアの前にたどり着いた。少女はドアを開き、身体を横に引いた。入れというのだ。千沙はオーバーの襟を両手で合わせつつ、中に入った。

　応接室といった趣の部屋で、暖炉《だんろ》はあったが、火は入っていなかった。少女は一礼してドアを閉じると、去っていった。ここで待っていろということらしい。当然のことだが、千沙がヒトラーに会えるはずもない。父の用件についてきただけの一般人にすぎないのだ。しかし、それなら自分も一緒に来いと言われたのはどうしたわけだろう。

　ソファに腰をおろしてそんなことを考えかかったとき、ドアがノックされ、開いた。

「ボン・ゾワー」

　ひどく聞き取りにくかったが、それはフランス語だった。そこに立っていたのは、昼間目にした金髪の女性にほかならなかった。むろん乗馬服ではなく、いまは黒っぽいセーターに同じ色の厚手のスカートをはいていた。だが、その顔は見間違いはしない。

「わたしは、エヴァと言います。エヴァ・ブラウン」

　笑みとともにフランス語で言うと、右手を差し出してきた。千沙も手を伸ばして握手をする。

「シサです。シサ・クノウ」

「シ、サ」

　エヴァが発言しづらそうにするので、チサでいいとこたえた。

「座ってください、チサ」

うながされて座り直すと、エヴァと名乗った女性は向かいに腰をおろした。三十前後といった様子で、運動でもしているらしく、歳よりも若々しく感じられた。

「あなたは、フランスの人ですね」

「フランス人ではありませんが、五年ほどパリに住んでいます」

千沙の返事を耳にして、エヴァは身体を乗り出した。

「昼間、あなたを見かけました。警備兵に尋ねると、パリから来たと知りました。パリのことをぜひ聞きたいのです。わたしはずっとここにいて毎日退屈しています。いろいろと教えてください」

なるほど、そうだったかと納得がいった。だが、さらにつづいた言葉に、千沙は困惑した。

「あなただけをお招きするわけにいかないので、お父上のご希望もかなえました。カナリスの手紙は、あまり役に立ちません。わたしが総統にお願いして、三十分だけ時間をもらいました」

「それは、ありがとうございました。父も大変助かると思います」

とっさに礼を述べはしたが、内心不思議に思っていた。いったいこのエヴァという女性は何者なのか。ヒトラーに時間を割かせるほどの力があるとは。

しかし、詮索《せんさく》する間はなかった。エヴァは立てつづけにパリの様子を千沙に質問し始めたのである。街並みのこと、料理のこと、服のこと、映画のことなどなど。脈絡もなく、思いついた質問がつぎつぎに飛んできた。途中、さきほどの小間使いがコーヒーと菓子を運んできたが、そのあいだも質問は途絶えなかった。

中でも印象に残ったのは、服について尋ねられたときのやりとりだった。

「パリにはたくさんのクチュリエがいますが、あなたは、いつもどこで作りますか」

千沙はあわてて手を振った。

「わたしにはオートクチュールなんて、とても作れません」

エヴァは千沙が外交官の娘にすぎないのだと思い出したらしく、ちょっと申し訳なさそうにおどけた顔をして見せた。とっさに、千沙は口を開いていた。

「でも、作ってもらうとしたら、あのクチュリエですね」

「誰ですか」

乗り出してきたエヴァに、千沙はきっぱりとこたえた。

「ココ・シャネル」

両手を叩いて、エヴァがソファの上で身体を揺すった。

「やっぱり、そうですか。彼女はパリでいちばんだと思います。わたしも、シャネルに作ってもらいたいのです」

千沙は四年ほど前のシャネルとの邂逅《かいこう》をよみがえらせつつ、こたえた。

「わたし、一度作ってもらう約束をしたんです。でも、この戦争でお店を閉めてしまったから」

「ああ、そうでしたね。残念です。わたしもパリに行って作ってもらいたかったです」

「でも、いつか戦争は終わりますよ。そうしたらきっと」

千沙の声に、エヴァもうなずいた。

「そのときは、一緒に作りましょう。あなたと知り合えて、とてもうれしいです」

そんなやりとりが千沙の記憶に強く残ったが、ほかにもあれこれと話しているうちに、すぐさま時間は過ぎ去った。

ドアがまたもやノックされ、今度は士官とともに父が姿を現わした。それがエヴァとの会話が終了する時間がきたことを意味していた。

父は立ち上がったエヴァに歩み寄り、握手をしつつ何度も礼を口にした。エヴァの口利きでヒトラーと会えたことを聞いたのだろう。エヴァはどうということはないといった風に軽くうなずいただけだった。それから千沙に別れを告げた。

「もっともっとお話をお聞きしたいです。また来てください。ここでは知り合いが少ないのです。どうかわたしのお友達になってください」

そう口にするエヴァの気持ちに嘘はないようだった。

「よろこんで、お友達になります」

「今度来るときには、フランス語も、もっとうまくなっていますから」

千沙たちは部屋の前でエヴァに見送られ、来たときと同じ廊下を抜けて玄関に出た。車はエンジンをかけて待ち構えていた。それに乗り込むと、闇に向かって走り出す。同時に、父が大きく息を吐き出した。

「いかがでしたか」

父はふっと苦笑を漏らした。

「案ずるより産むが易《やす》しだ。はなから日本の協力など期待していないということでね」

それを聞いて、千沙も安堵のため息を漏らした。

「よかったわ」

「あの女性のおかげだ。たしか、エヴァ・ブラウンだったか」

運転手と士官がともに、ちらりと背後に耳を傾けたような気配があった。

「ええ。パリがお好きみたいで、ずっと質問責めだったの」

「なるほど。おまえを連れてきてよかったよ」

「たまには、わたしもお役に立つってことね」

父が千沙の肩を軽く叩いた。

「そういうことらしいな」

「でも、あのかたは、総統とどういうご関係なの。時間を割かせるなんて、ずいぶんすごいわ」

父がちょっと困惑ぎみに押し黙った。だが、すぐに小声で前のふたりの耳を気にしながら、千沙に囁《ささや》いた。

「内密になっているらしいが、総統の恋人というところらしい」

千沙はそれを聞いて、大きくうなずいた。恋人なら、無理を聞き入れてくれてもおかしくはない。

エヴァ・ブラウン。

華《はな》やかな様子ではあったが、どことなく寂しげな色も感じられる女性であった。知り合いが少ないと言ったのは、本当なのだろう。総統の恋人ともなれば、社交上での知り合いも多いに違いない。ただ、本当に信じられる友人知人はいないのかもしれなかった。

わずか三十分たらずの出会いにもかかわらず、エヴァが千沙をひどく信頼してくれたのが、実感としてわかった。

また、ここに来られるだろうか。

千沙はそんなことを思いながら、疾走《しっそう》する闇にエヴァの顔を浮かべていた。

12　遺品

オーバーザルツベルクへの空爆は一九四五年四月二十五日午前九時より、イギリス空軍のランカスター爆撃機によっておこなわれた。出撃したのは全部で三百十八機だったという。

これによってオーバーザルツベルクにあったナチスの施設は、あらかた破壊されたらしい。

このときすでにエヴァ・ブラウンはオーバーザルツベルクを離れ、ヒトラーとともにベルリンで最期《さいご》のときを待っていた。ベルリンに向かうとき、二度とオーバーザルツベルクに戻れないことを知っていたのかどうか、わたしには判断できない。

「エヴァはベルリンの防空壕《ぼうくうごう》の中で、オーバーザルツベルクにいた妹のマルガレーテに、自分の所持品を家族や友人知人に分配するようにと指示した手紙を書いています。死を覚悟したわけですね」

マルティナ・エデルは映写機をセットしながらそう説明し、それから部屋のブラインドを閉じた。ぼんやりした薄暗がりで、映写機のスイッチが入れられる。

かたかたと機械音がして、灰色の壁に画像が映し出される。

「これは複製したフィルムです。コマ数は現在のものに合わせてあります。実物は傷んでいるので映写はできませんが、目下あらたにデジタル処理をほどこしている最中です。いちおう参考までに」

マルティナの言葉が終わらぬうちに、唐突に映写が始まった。

いささかハレーションを起こしぎみの画像は、最初不安定に揺れていたが、すぐに青々とした山の風景を映し出した。カラーフィルムは当時では珍しいだろう。カメラはすぐ手前にいた軍服姿の人物に向けられる。それが誰なのかは知らないが、ナチスドイツの軍服であることはわかる。将校だろう。どこかの屋上のようだ。薄くなった髪の毛に片手をやりながら、どう振舞っていいのか困ったようにカメラにはにかんだ表情を向けている。すると画面の右側から手が伸びてきて、その将校の袖《そで》を引っ張った。カメラがわずかに右に動くと、もうひとりの姿がフレームに入ってくる。

ヒトラーだった。なにか笑いながら口にして、カメラを撮影している相手に人差し指を立てて見せた。

「ここはベルクホーフのテラスです。ここで撮影された八ミリはかなり残されています。背景を見てください。あなたがたが持ってきた写真と同じドイツアルプスの山々が連なっているはずです」

　言われてみれば、たしかにクルトと祖母が写っている写真と同じ風景だった。ヒトラーが画像にすべり込んできたのと同様、祖母やクルトが画面の中に立ち現われても、おかしくない。

　画像の中のヒトラーと将校はなにか話しながら、カメラに背を向けて奥に向かっていく。そこで画面は切れた。

「エヴァが妹のマルガレーテに指示した物品の配分がどれほど実行されたかわかりませんが、空爆ののち、連合国軍のアイゼンハワーが指揮する部隊がオーバーザルツベルクに入り、そこでかなり略奪をおこなっています。そのときに遺品と思われる物品もアメリカに持ち去られました。それらはドイツ統合ののち返却され、いま整理をしているところです。もっとも、金目のものについてはアメリカ側は知らないふりをしています」

　フィルムを取り換えつつ、不満げに口をとがらせ、マルティナは肩をそびやかした。

「もう一本ご覧に入れます」

　ふたたびスイッチが入る。

「これも同じテラスですが、エヴァが映っています。つまり撮影者は別の人間で、このときだけ八ミリカメラを誰かに預けたわけです」

　背を見せ、奥へ向かってゆっくりと歩いている女性の全身像が映し出された。グリーンのブラウスに黒のスカート。しなを作って歩いていたが、急にくるりと振り返り、身構える。とたんにおどけて笑いころげた。ずいぶんと茶目っ気のある女性だった。

そこでいったんフィルムは切れ、今度は同じテラスでエヴァは山並みを指差し、フレームの外にいる誰かに話しかけている。カメラがそちらに振れようとして、ふたたびエヴァに戻された。エヴァがなにか言ったようだ。見えない相手との会話がしばしつづき、ふたたびエヴァが口を開こうとした瞬間、フィルムは切れた。

マルティナはほかにも五本ほど八ミリを映してくれた。そのどれにもエヴァやヒトラーの姿が映っていた。だが、祖母につながるような手がかりはない。

映写を終えると、マルティナは人差し指を立てた。

「エヴァの洋服が何着か、残されています。それもご覧に入れましょう」

わたしたちは部屋を出て、地下の保管室らしき大きな扉のある場所に導かれた。鍵を開けると、防虫剤の臭いがかすかに漏れてきた。

蛍光灯が三列、奥へ向かって白々《しらじら》と部屋を照らし出すと、そこにはビニールをかぶせた服がびっしりと並んでいた。

「このすべてがエヴァのものではありません。ナチス関係の資料となる衣服がここに集まっているのです。エヴァの服は、ここの一列です」

服を掻き分けるように奥に歩いていきながら、マルティナは両手を広げて一列ぶんの服を示した。

「アメリカから返却されたものは、ここにある二百着ほどになります。大半のものはオーバーザルツベルクで略奪されてしまいました。ただし、本当にエヴァの持ち物だったのかどうか、まだ確認の途中です」

「もともとエヴァは何着くらい持っていたんですか」

「それは不明です。何人もの証言によれば、エヴァは一日に三度も着替えをしたようです。しかも、二度と同じ服は着なかったといいます。ヒトラーに洋服代の請求書を見られるのは困ると言っていたという話も残っています」

ヒトラーと親密だった時期がほぼ十年として、単純に計算すれば一万着になる。それだけの服を保管しておく場所があったのだろうか。

「エヴァは自分の服をよく周囲の者にやっていたという証言もあります。お気に入りは残し、あとは手放していたのでしょう」

「この中にシャネルのスーツはあるのかしら」

わたしはふと思いついて訊いてみた。

メラニーが通訳すると、マルティナは一瞬きょとんとしたように口をすぼめたが、戸惑いがちに首を振ってきた。

「返却されたものの中に、シャネルはありません。そもそもエヴァはベルリンの服飾デザイナーであるアンネマリー・ハイゼの顧客でしたし、フランスに行ったこともありません」

とすれば、戦前にはオートクチュールのみだったシャネルの服があるとは思えない。

その後、ふたたびもとの部屋に戻って、こまごまとした遺品や発見された手紙なども見せてもらったが、祖母につながる証拠となるものは見出せなかった。

もはやご覧に入れるものはないといった様子のマルティナが、どうするか迷うような顔になり、やがてなにごとかを口にした。

「エヴァの小間使いをやっていた老婆と面会をするにあたっては、前もってご注意しておきたいことがあります。フランスからの依頼がわたしたちのところに来たのは、その人物がいることを知っていたからでしょうが、彼女の証言内容に関しては、その信憑《しんぴょう》性がかなり疑問視されています。だから会見にはわたしも立ち会います。彼女からの証言はいままでも録音してきたので、今回もそうしたいと思います。本来なら会見させるべきではないのかもしれませんが、フランス内務省の依頼ということなので、特例だと考えてください」

ずいぶんと警戒する調子だったが、わたしたちに自由に質問をさせてくれるのであれば、立ち会ったところで、べつにかまわない。明日の午前九時に、玄関で待ち合わせることとなった。

だが、わたしの中では一抹《いちまつ》の疑問がよぎっていたのだ。

はたして、いま探っている過去に、祖母は本当に存在しているのだろうか、と。

一九四二年七月　レジスタンス

オーバーザルツベルクから戻ってきて、三ヶ月近くが過ぎた。

ときおり思いついたようにエヴァ・ブラウンから、パリの様子を知らせてほしい、どんなモードが流行《はや》っているのか知りたい、などといった内容の手紙が来て、千沙はそのたびに手紙とともに手に入ったモード雑誌などを送っていた。物資が窮乏しているため、革《かわ》の靴がなくなってしまい、代わりに木製の靴を多くの者が履いている。女性たちはそれに装飾をほどこし、一種のモードにまでしている。服そのものも不足し、男性用のものをうまく着こなしていたりもする。そんなことを書き送ってやっていた。

むろん食料は不足しているし、ドイツ軍の規制や監視もつづいている。パリの人々は占領当初よりは平然とし、落ち着いた様子であるが、それは言い方を変えれば、諦《あきら》めとも、慣れともいえた。日々の生活を繰り返していく中で、今日はなかった規制が明日になるとおこなわれ、そのことにいったん違和感を感じても、すぐに慣れる。それがいい形で表われると、食料がなければ、ないことを前提に生活が変わっていくし、モードの工夫にもつながったりする。だが、悪い形で表われると、人心の荒廃《こうはい》にもつながってしまう。そして、千沙の見るところ、人心の荒廃につながることのほうが多いような気がしていた。

その典型的なものが、ユダヤ人に対する仕打ちであった。

ナチスドイツがユダヤ人を迫害していたのは戦争が始まる前からのことで、これはさして驚くべきことではない。むろん肯定できる話ではないが、ナチスという存在がそういうものであったわけだ。しかし、パリが占領され、居住していたユダヤ人に対してナチスが迫害をおこなうことで、パリの住民までがその行為を容認してしまっている。五月には占領地区のユダヤ人に対し、ナチスはユダヤの象徴たる黄色い星のマークを胸につけるよう命じた。識別のためである。それによって人々は胸のマークの有無を常に目にすることになり、それが当然のこととして通用してしまう。散発的に起きていたユダヤ人の検挙にも鈍感になり、果ては迫害に協力する者まで現われる。

ついおとといの十六日には、フランス警察によってユダヤ人狩りが大がかりにおこなわれた。発表では一万三千人近くのユダヤ人が十五区にあるヴェル・ディヴと呼ばれる競輪場に連行されたあと、パリ北東部にあるドランシー強制収容所へ送られたという。以前からナチスはユダヤ人を強制収容所に送り込んでいたが、それにフランス警察が手を貸したのだ。パリばかりでなく、フランス各地で同様の迫害は当然のように起きているだろう。

しかも、ナチスが各地に設置した強制収容所では、ユダヤ人を大量に殺戮していると噂されている。おそらくドランシーも例外ではないはずだった。

目下フランスは占領されている、それがいいことだとは思わないが、そこで生きていくためには、ドイツ軍の方針に従わなくてはならない、自分が悪いのではない、時代が悪いのだ。

占領を容認し、諦めている者たちの理屈は、そうなるのだろう。しかし、それがみずからの精神をむしばむことには気づかない。

日本では、千沙がフランスにやってくる前、「転向」という言葉が流行っていた。共産党の非合法化により検挙された者たちが、拷問《ごうもん》などによってその思想を放棄したことを、そう呼んでいた。もっと古い話なら、江戸時代の切支丹《キリシタン》が踏み絵を強制されることによってみずからの信仰を放棄させられるといったこともあった。一般の者は、そういう状況の中に放り込まれただけなのだが、それが知らぬ間に容認に、さらには協力になっていく。

ユダヤ人をかばえば占領軍に反抗する者として処罰されるので、人々はおのずとユダヤ人を避けるようになる。やがてそれが忌避《きひ》になり、嫌悪となる。

想像でしかないが、いまの日本もまた、同じような状況なのではなかろうか。政府の方針に反する者はすべて「アカ」「非国民」と呼ばれ、そう呼ばれないようにびくびくしつつ政府の方針に従う。やがて従うことが当たり前となり、知らぬ間に精神がむしばまれる。

千沙は冷徹に、そこまで見抜いていた。とはいえ、なにができるでもない自分が一方にはいて、それがもどかしい思いにもつながっている。同時に、自分がドイツと同盟を結んでいる日本人であることも、心苦しいものを抱かせていた。

クルトとはパリに戻ってから会っていない。何回か電話があり、屋敷までやってきたが、そのつど家政婦のジャンヌに断わるように頼んだ。気持ちが変わったわけではない。以前よりもいとしいという思いが強くなったともいえる。だからこそ、クルトの顔を見るのがつらかった。クルトと面と向かったとき、自分の感情が真っ二つに引き裂かれ、どちらを信じていいのかわからなくなってしまうのが怖かったのかもしれない。

そんなとき、珍しく早く帰宅した父と夕食をともにしていると、さりげない風を装って、父が切り出した。

「きょうクルトと会ったんだがね。おまえが会ってくれないと言って寂しがっていたぞ」

千沙は手にしていたスプーンをスープ皿の横に置き、うつむいた。

「このところ気分がよくないんです」

これが嘘であることは父にはお見通しだった。父は低くうなずいてから、ひと息の間を持たせ、口を開いた。

「わたしはクルトを素晴らしい青年だと思っている。カナリス提督の紹介状を世話してもらったから言うのではない。仕事上であれこれと顔をつき合わせていると、たいていの人物の内実はわかる。わたしは軍人は好きではない。彼はいかにもドイツ軍の将校ではあるが、軍人だからといって軍人のすべてが怪《け》しからんわけではない。同様に彼はドイツ人だが、ドイツ人だからといってすべてのドイツ人がひどいことをしているわけではない。彼は心を痛めているよ。自分の軍隊、ひいてはドイツがおこなっていることに対してね。わたしたちだとて日本人だ。だが、だからといって日本や日本軍がやっていることを認めているわけではない。違うか」

　たしかに、言われればそうだった。

　ちょうどそこへ、ジャンヌが配給された牛肉をステーキにしたものを持って、台所から現われた。

「ジャンヌ。あなたはどう思う」

　父はフランス語に切り替え、ジャンヌにそれまで話した内容を告げて質問した。

「そうですねえ。たしかに、それはその通りだと思います。でも、反対にドイツ人でもフランス人でも、嫌なやつというのがおりますから」

　ジャンヌはちょっと鼻息を荒くした。

「なるほどな。好き嫌いがあるのは仕方がない。ただ、その理由がドイツ人だからとかフランス人だからというのであれば、それは間違っている」

「わかります。そういう考えだったら、わたしはとっくにこちらのお屋敷からいなくなっておりますよ」

すました調子でこたえ、父が声を立てて笑った。

「まあ、ともかくだ。国とその国民の考えや行動がすべて同じだと見なすのは、どうにも悪い癖《くせ》のようなものでな。外交官をやっていると、その欠陥がよくわかる。わけもわからず国の方針に無批判に従う者がいる。だが一方で、そうではない者もいるのだ」

ジャンヌは大きくうなずいた。

千沙もまた、それまでの悩みが一掃《いっそう》されたような気持ちになった。偏見にとらわれてはいけないと考えていた自分こそが、偏見にとらわれていたのかもしれない。国家に恋愛を阻む権利などないのだ。

「もっとも、国がやっていることを黙認してしまっているという重い責任があることも事実なのだがな」

苦々しげに薄く笑って、父はつけ加えた。

「明日にでも、連絡をしてみます」

少し意気込むようにこたえ、千沙はふたたびスプーンを取り上げた。

翌日クルトに連絡を入れると、夕刻には開襟《かいきん》シャツに着替えて飛ぶように屋敷に現われた。ジャンヌは当然断わるのだろうと玄関に出たが、千沙はそれを留めた。

「昨日の話、忘れたの」

ジャンヌは苦笑しつつ肩をすくめ、千沙にドアの前を空けた。

「元気そうでよかった」

それまで不安げな表情だったクルトは、扉の奥から千沙が出迎えたので安堵とともに笑顔を浮かべた。

「ありがとう。あなたも元気そうね。会わずにいて、ごめんなさい」

千沙は素直にあやまった。それだけでいままでの行き違いは解消した。それ以上の言葉は、ふたりには不要だった。

散歩に出ようというクルトに千沙は応じ、ブルーのワンピースに着替えて屋敷を出た。気を利かせたのか、父は出張が入ったから今夜は帰らないと言い置いて、朝出ていった。だから夜の散歩も気を使わずに済む。

七時を回っても、パリの夏は明るい。昼間の熱気が、まだわだかまっている。

ふたりはセーヌに引き寄せられるように並んで歩いていった。

「オーバーザルツベルクはどうだった」

「とても素敵な場所だったわ。あなた、行ったことあるの」

「いや。ぼくはハンブルクの出身だし、南のほうには行ったことがないんだ」

「こんど一緒に行きましょうよ。冬は寒いかもしれないけれど、いまの季節なら、とてもいいところだと思うわ」

「とにかく、提督の紹介状が役に立ってくれたわけだし、ぼくとしてもお父上の力になれてうれしいよ」

千沙はうなずくに留めた。エヴァ・ブラウンの口利きがなければ、ヒトラーは父に会うことはなかっただろう。だが、それを言ってしまってはクルトの立場がない。

するとクルトは急に声を低めた。

「しかしやはり、ソビエトを相手にするべきじゃなかった。いまだに膠着《こうちゃく》状態だけれど、ドイツ軍はじわじわと押されている。それに」

わずかに言いよどんだが、諦めたようにつけ加えた。

「そんなときにユダヤ人を絶滅させる計画まで実行に移してしまったんだ。もう、取り返しがつかない」

クルトは視線を夕空に向けたまま、声を絞り出した。横顔がこわばっている。そこには苦悩とも悔恨《かいこん》ともとれる気配があった。

千沙は、その表情に言葉を封じられてしまった。なにを言っても、そらぞらしく聞こえてしまいそうだったのだ。だいいち、相手が千沙だから油断しているのかもしれないが、防諜部の将校が口にすべき事柄ではない。

ふたりは沈黙したままシャン・ド・マルス公園を横切り、アルマ橋へとさしかかった。

橋を渡っていくと川風が顔にあたり、それまでの暑さがやわらいだ。ほかにも涼みに出ている者がかなりいる。足元のあたりには闇がまとわりつき出しているが、まだ上空には陽の名残《なごり》が漂っている。

「わたしは、国とその国民を一緒のものとは見なさないわ」

橋を渡りつつ、やっと千沙は口を開いた。そして、あとは歩調と合わせるように、少し早口になった。

「たとえドイツという国がどんなことをしていたとしても、それとあなたとを同じものとは考えないわ。あなたがドイツ人であっても、わたしの気持ちに変わりはない」

「チサ」

ちょっと遅れたクルトが、小走りに追いついた。

「だから、わたしのことも、そう考えて」

「もちろんだ」

クルトの声に生気がよみがえった。千沙はそこで立ち止まり、クルトを見上げた。

「でも、あなたもわたしも、そういう国の方針を黙認している責任がある」

父の受け売りだったが、昨夜聞いたこの言葉は、千沙の胸に重く響いていたのだ。

クルトが、はっとしたように目を見張り、それから深々とうなずいた。

「たしかに、その通りだと思う。責任がないなどと言い逃れはできない」

「いつか、その責任を果たさなくちゃならないわ」

「あるいは、その責任の報《むく》いを受けるか、だ」

悲しげな声で、つぶやいた。

千沙はさりげなくクルトの胸に、みずからの頬をあてた。

「それでも、あなたのことを愛しているわ」

「ありがとう」

背中にクルトの腕が回されるのが感じられた。

にわかに周囲から怒声が湧き起こったのは、そのときだった。

それまで涼みに出歩いていたとしか見えなかった人々が、なにかに引きつけられるように橋の中央へ走りつつ、いっせいに声をあげていた。車が前方を塞《ふさ》がれ、クラクションが響く。だが、人々はそんなことなど気にも止めず、互いに腕を組み始める。ばらばらだった叫びが、すぐにひとつにまとまった。

「ドイツ軍は出て行け、ユダヤ迫害をやめろ」

百人はいる。薄闇に浮かぶ顔は、怒りに満ちていた。腕を突き上げ、繰り返し怒声をあげる。どこにでもいる普通の老若男女《ろうにゃくなんにょ》だ。さらに付近にいた人々もその群れに合流しようとして橋の中央に走り寄ってくる。

「レジスタンスだ」

「レジスタンス」

千沙はクルトの言葉を繰り返していた。

「ドイツ軍への抵抗運動だ。ここは危ない」

腕を取って群集から離れようとするクルトを、千沙は押し留めて目を見張っていた。諦めきっていると思っていたパリの住民の中にも、抵抗を試みる者がいるのを、初めてこの目で見たのだ。

群集は数を増し、二百人ほどになっている。

「食い物をよこせ、ドイツ軍に食わせるものなどない」

叫びをあげつつ、橋からシャンゼリゼ通りの方角に進み始めようとした。とたんに警笛《けいてき》が響き、ドイツ兵が突撃銃を手に駆けつけた。だが、手出しをせずに、見守っている。すると、兵士たちの背後からフランス警察の制服姿が群集の前後に飛び出し、警棒で蹴《け》散《ち》らし始めた。そうはさせまいと群集はうねって前に進もうとする。と見たとき、ついに乱闘が始まった。服を引き破り、殴《なぐ》りかかり、蹴る。警察の力に圧倒されたレジスタンスは、つぎつぎと引きずられ、検挙されていく。

「きさまたちもか」

警棒を振りかざして、警官のひとりが千沙とクルトの前に飛び出してきた。怒りの形《ぎょう》相《そう》が、千沙をすくませた。

「待て。違う」

かばうようにクルトが前に出て、警官にドイツ軍の身分証をかざした。とたんに警官の顔に怯えが走ったのを、千沙は見逃さなかった。

「失礼しました。ここは危険なので、下がってください」

敬礼をして引き下がっていこうとするのを、千沙は引き止めた。

「どうしてこんなことをするの」

「マドモアゼル。やつらはボルシェビキです。独ソ戦が始まってから、地下にもぐっていた共産党の連中が抵抗運動を活発化させておりまして」

そう手短に言うと、もう一度敬礼をしてそそくさと走り去ってしまった。

「さあ、ここを離れよう」

クルトが叱咤《しった》するように言い、千沙の腕を取った。引きずられるようにして橋から離れつつ、それでも千沙は振り返り振り返りして、夕闇の中でつづいている乱闘を目に焼きつけようとした。浅ましい光景だった。ドイツ兵は銃を構えたまま、フランス人のことはフランス人にやらせようとばかり、じっと乱闘に目を向けているだけだ。警官たちはみずからがなにをやっているのか、まるで理解しないまま群集を蹴散らしつづける。血が流されることなど、気にもかけていない。

「どこかで夕食でもと思っていたけれど」

クルトがため息とともに口を開く。千沙は首を振った。もはやそんな気分ではない。

「さっきの人たち、ボルシェビキなんかじゃないわ」

引っかかっていた警官の言葉を、千沙は声を高めて否定した。

「そう。たぶん、違うと思うよ」

クルトが肯《がえ》んじた。ついさきほど目にした人々は、共産党だの革命だのとはまったく無縁の普通の人々にしか見えなかった。ドイツ軍に出て行けと言い、ユダヤ人の迫害をするなと言い、食べ物をよこせと言っていただけにすぎない。あるいは組織的なレジスタンスですらないかもしれない。

「だったらなぜ、あんな風に言うの」

「そう言っておけば、検挙の名目が立つからだ。支配する側は、邪魔者が変な思想に毒されていることにしたいのさ」

憂鬱《ゆううつ》そうな声が返ってきた。

それはもしかすると、ナチスドイツだけの話ではないのではないか。

千沙はそう考えた。これはもっと根源的な問題のような気がしたのだ。もっとよく、考えてみなくてはならない。

橋からかなり離れたが、逃げ出した者がかなりいるらしく、警官たちが周辺を走り回っている。ドイツ兵の数も、いつもより多く感じられた。

「とにかく、帰りましょう」

そうして、ふたりは重々しい気分のまま、屋敷の前まで戻りついた。すでにあたりは闇に包まれている。

「父は今夜は仕事で泊まりになるって言って出たけれど、お茶でもどう」

玄関を照らし出している軒灯《けんとう》に目をやりつつ、千沙はクルトを誘った。

「いや、今夜はやめておくよ。また近いうちに会えるかな」

「もちろんよ」

ふたりはしばし互いをたしかめ合って、別れた。

クルトの姿が角を曲がるのを見送ってから、千沙は門を入り、玄関に立った。

呼び鈴を鳴らそうとして、そこで気づいた。

血だった。踏み石に、点々と黒い血の跡がある。まだ新しい。

動悸を抑え、息を整えた。

屋敷でいったいなにが起こっているのか、不用意に中に入るわけにいかなかった。クルトを呼び戻しに行こうかとも考えたが、まず自分の目で事態を把握するのが先決だと判断した。

血は点々と庭の方に向かって落ちていた。

闇に目を凝《こ》らしつつ、そのあとをたどっていく。

音を立てないように庭木をかき分けると、藪蚊《やぶか》が湧きあがった。息をつめて堪え、居間の窓までたどり着いた。明かりがついていて、中で人の気配がする。窓が中途半端に開いていた。手をかけると、慎重に窓を開き、居間にすべり込んだ。

すぐ目の前の床に金髪の男が倒れていた。その身体を抱え起こそうとしていたジャンヌが、千沙に気づいて目を見張った。あきらかにそこには怯えの色があった。口を動かしているが声が出ないのか、たるんだ頰だけがぴくぴくと震えている。

すぐさま、千沙は理解した。倒れている男は、きっとさきほどの騒ぎに加わっていたのだ。かろうじて逃げ延びて、ここに飛び込んだに違いない。灰色の瞳がこちらをじっと睨みつけている。

「大丈夫。誰にも言わないわ。とにかく傷の手当てをしないと」

千沙は走り寄って男を抱え起こすのを手伝おうとした。一瞬ジャンヌが男をかばうようにしたが、すぐに警戒を解いた。

男はまだ若かった。少年と言ってもいい。額《ひたい》と唇がかなりひどく切れていた。台所へ行って救急箱を持ってくると、千沙はおろおろしているジャンヌに、手当てをしやすいように男の姿勢を変えさせた。止血剤を塗って絆創膏《ばんそうこう》を張るくらいしかできないが、応急手当にはなる。包帯を頭に巻き、クッションを枕にして床にそのまま横たわらせた。息は荒かったが、命に別状はないだろう。また台所へ行って、今度はタオルを水に湿らせ、それを持ってきて男の額にあててやった。少しずつ、息がやわらいできた。

「ありがとう」

そう言った男の目から、すでに警戒の色は消えていた。

「落ち着くまで少し休んでいくといいわ」

「いいんですか、そんなことしたら」

ジャンヌが戸惑いの色を浮かべ、声を途切れさせた。

「平気よ。怪我の手当てをしてあげただけ。そうでしょ」

千沙はきっぱりとこたえた。自分にできることがあるなら、それをやるまでだった。

わずかでも「黙認している責任」を果たすつもりだった。

13　逡巡《しゅんじゅん》

ベルリンの中心部に取ったホテルで、わたしとメラニーは一泊することにした。素泊まりに近いホテルで、ティーアガルテン公園を挟んで街の西側にあるホテルだった。公文書館ベルリン本部を出たのが五時で、途中で夕食をとっていたから、ホテルに着いたときにはすでに夜になっていた。

メラニーはホテルに落ち着くとさっそく携帯電話でサンジェルマン病院に電話を入れ、母の容態《ようだい》を問い合わせてくれた。特に問題はないようで、よく眠っているという返事だった。

わたしたちはメラニーの部屋で、買い込んできたハイネケンをちびちびとやりながら、きょうの成果について検討した。わたしの部屋同様、簡易ベッドに小さなテーブルセットがあるだけの小さな部屋だ。

写真がオーバーザルツベルクで撮られたものなのは、ほぼ確実だった。しかし、はっきりしたのは、まだそれだけだ。わたしは少しばかり焦《あせ》りを感じていた。

「このままなにもわからずに終わってしまったらと思うと、それが心配だな」

わたしのつぶやきに、メラニーがうなずいた。

「トモコは、それも承知してるんじゃないかしら」

「そうでしょうか」

メラニーが向き合っていたテーブルから身体を乗り出してきた。

「時間が経ちすぎているし、結局なにもはっきりしなかったという結果が出ることも、トモコは覚悟しているはずよ。ただ、自分の命が消える前に、母親のことを知りたいという思いを形にしたいのね」

わかるかというように、わたしの目を見つめてきた。わたしはうなずいた。

たった一度会ったことのある祖母の実像を知りたいというわたしの思いも、似ている気がした。

「親兄弟にしたところで、結局は他人なのよ。他人の本当の姿をわかることができると考えるのは、錯覚だわ。その人を知りたいという気持ちの問題だと思う。最初から知りたいと思っていなければ話にならないけれど、知りたいという気持ちを持てば、なにかが見えてくる」

「なにかって、なにかしら」

メラニーは肩をすくめてソファに身体をもたせかけた。

「それはその人によるわね。こういうものが見えるんだ、なんて決められないと思う」

　一見すると母は祖母を嫌っていたように思える。だが、祖母を知りたいという気持ちはあったのだ。だからこそ、ついに過去を口にしないままだった祖母に反発を覚えたのに違いない。わたしもいままで母から目をそむけていたが、もしかするといつか、いま母が立っている場所にわたしも立つことになるような気がした。

　ビールをひと口飲むと、瓶を手にしたまま、メラニーがまた身体を起こした。

「ちょっとむずかしい話をすると、過去は現在とともにあるわけね。過去をイマジネするのは、現在なのよ。ここにいるわたしたちなの。そうすると、記憶違いもあったりするし、記録も絶対正しいとは言い切れない。形として唯一絶対の過去があるわけじゃないってこと。現在の中に、イマジネされた過去がある。未来も同じ」

　少しろれつが回らなくなってきているようだ。

「なにごとも本人がその気にならなければ始まらない。そういうことかしら」

　わたしはまとめるつもりで、そう尋ねた。メラニーがうなずく。

「真実がどうだったのか、結局はわかりませんでしたってこともあるわ。でも、どうやってもわからないところがあるのは当たり前よ。人にはそういうところを補《おぎな》える力がある。イマジナスィオン」

　メラニーはビールの瓶を持った右手で、自分のこめかみをつついてみせた。

「なるほど」

わたしは二本目を飲み干し、三本目に手を伸ばしつつ、話題を変えた。

「それはともかく、あのスーツはエヴァとなにかかかわりがあるんじゃないかしら」

メラニーが目を見開いた。公文書館でマルティナにエヴァの服を見せてもらったとき、わたしが質問したことを思い出したようだ。

「もしかしたらエヴァからもらったのかなと思ったんだけれど、エヴァはパリに行ったことはないらしいし」

メラニーが人差し指を立てた。

「でも、あのスーツがシャネルのものじゃないなら、ありえるわよ」

わたしはため息をついて、伸ばしていた背筋から力を抜いた。

「そこなのよ。わたしには、あのスーツが贋物とは、どうしても思えないの」

メラニーが首を振った。むろん、わたしとしてもシャネル本店でなされた鑑定が間違っていると言いたいわけではない。ただ、あのスーツには、なにかが感じられるのだ。重大な機密をあばく証拠として残されたこととは別に、気高《けだか》い品格のようなものとでも言えばいいか。

あさってまでにそのあたりのことを突き止められるかどうか、自信はない。わからない部分は、メラニーの言うように「イマジナスィオン」で埋めていくしかなさそうだった。

ただ、それで母が納得するかどうかは、わたしにもわからない。

一九四二年十一月　諜報部の男

この丸二年、「リッツ」の小部屋に客が来たことなどなかった。

ずっとココとスパッツがふたりだけでひっそり生活する場だったのだ。ミシア・セールや、どうしても会う必要のある者とは、外で会った。ココが出向いていけばいいだけの話だ。それだけふたりの生活を、ココは大事にしていた。クチュリエの仕事はやめてしまったし、なにをしなくてはならないというわけでもない。男に溺《おぼ》れていると吹聴《ふいちよう》する下司《げす》もいるが、ただ人並みの家庭生活を送っているだけのつもりだった。

振り返ってみれば、幸せな家庭というものが、自分にはなかった。幼いときは言うまでもないし、それからあとの人生でも、ココに家庭があったためしはない。愛人は、たしかにいくたりもあった。でも、彼らとの生活に家庭的なものはなかったのだ。

こうして周囲と一定の距離を置いてひっそりとふたりだけで生活していると、そこにはなにかしら家庭的な雰囲気がかもし出されてくる気が、ココにはしていた。こどもがいないのは仕方がないにしても、二年が過ぎてスパッツとココのあいだには、愛人同士でもなく夫婦でもない緩やかな時間が流れていた。戦争はつづいているし、パリは占領されたままだが、ココはそういう周囲をできるだけ遮断《しやだん》した。パリ、ひいてはフランスの置かれた状況を考えないわけではない。それどころか、ココは占領にも戦争にもうんざりしていた。ちかごろ動き出してきているレジスタンスに加わってやろうかと思ったことすらある。

しかし、それを周囲は認めてくれないことを、ココは知っていた。一緒に生活している男がドイツ人というだけで、狭量《きようりよう》な者はすぐに「コラボ」よばわりをする。その馬鹿さ加減がよくわかっていたからこそ、周囲とのかかわりをできるかぎり絶ったのだ。愛している男がたまたまドイツ人であっただけであり、戦争にも占領にも協力などしないという消極的な立場を取ったままでなのだ。もっとも、そういったことをあらゆる人にわかってもらおうなどとは、最初から思っていない。身近な者だけにわかっていてもらえれば、それで結構。

そうやって二年が過ぎた。

だが、ここへ来て、ひとりの男がココとスパッツの部屋をふいに訪れた。いや、おそらくスパッツとは話がついていたに違いない。非公式とはいえ、突然やってくるということはありえない。そもそもパリに来ていたことすらおおやけにはなっていないが、大使館員のスパッツがそれを知らないはずはなかった。

しかしともかく、ココにとっては不意の出来事だった。

昼日中に姿をさらすのを避けるように、その日ヴァルター・シェレンベルクは夕刻になってココの部屋に姿を現わした。むろん制服など着ていない。背広にネクタイを締めた姿だった。

ナチス親衛隊であったシェレンベルクは、このとき親衛隊の諜報部門として作られた保安局という部署に属していた。いわゆる情報将校というわけだが、そういうことはあとから知った。ココはシェレンベルクという人物のことなど、まるで知らなかった。だから、スパッツにうながされて部屋に入ってきたとき、同じ大使館員だと思ったものだった。三十代なかばで、身長はスパッツと同じくらい。顔のつくり全体がやや中心に寄っているのか、小顔に見えた。それが目の鋭さを隠し、常に微笑を浮かべたような表情を作っていた。

「はじめまして、マドモアゼル」

ココの手を取りつつ、なめらかなフランス語を口にした。これもあとで知ったが、シェレンベルクは六ヶ国語を話せた。

「これはどうも。親衛隊のかたが、こんなところになんの御用かしら」

ココは皮肉めかし、それから横に立っていたスパッツに睨みを向けた。なぜこの部屋にこんなやつを招いたのか、その事情を説明してもらわなくてはならない。

「まずは、居間に行きましょう」

二人で暮らすうちには、喧嘩もした。だから、ココの機嫌が悪いのは、すぐに見て取ったらしい。スパッツの声はうわずっていた。

「おっと、忘れていた」

居間に向かいかけていたシェレンベルクは、ココに顔を戻した。手にしていた紙包みを差し出す。

「ドイツから持ってきたワインです。おみやげといってもこれくらいしかないので申し訳ないのですが」

「あら、ありがとう」

ココは素直に受け取った。

「ワインといえばフランスでしょうが、ドイツのものもお試しになってください」

「それじゃ、これで乾杯でもしましょうか」

ココは言い捨てて台所へ向かった。紙包みから取り出すと、トラミーナーという銘柄のマイセン・ワインだった。マイセンといえば陶磁器だとばかり思っていたが、ワインもあるようだ。でも、ヒトラーによって「併合」されたオーストリアのワインを「ドイツのもの」だなんて。

ココはボトルとグラスを三つ、居間に運んでいった。

ふたりは椅子に身体をもたせかけ、向き合ってくつろいでいる。かなり以前から顔を見

りつく。

知っているようだった。

グラスにワインを注いで、ひとまず乾杯をする。鼻先をかすめた香りが、一瞬ココを陶《とう》然《ぜん》とさせた。これが香水なら誰もが振り返るかもしれない。口にふくむと、香りがいっそう濃くなって鼻へ抜ける。舌にころがる甘味には苦味がちらりと覗き、ねっとりとまとわりつく。

上等なワインだった。かなり値が張るとココは見た。そんなワインを皺くちゃの紙袋に無造作に突っ込み、それをさりげなく差し出したシェレンベルクという男に、興味が湧いた。恋愛の相手としてではない。どこか自分と同じ臭いを持った人間としてである。社会通念といったくだらないことにはこだわらないが、自分の中にきっちりとした独自の信念を抱えている者。そういう人間は本物なのだ。人を見る目には、自信がある。

「いかがですか。なかなかのものでしょう」

「そうね。フランスのワインとはちょっと違ってるわ」

「喜んでいただけて光栄です。あなたのところにうかがうのに、なにをお持ちしようかと悩みましたよ」

シェレンベルクは顔の左半分をしかめるようにして笑った。いたずら小僧のような憎めないところがある笑いだ。

「パリに別の用件でいらっしゃったんだが、あなたにぜひ会いたいというもので」

　スパッツが言い訳めいた口をきいた。立場はシェレンベルクのほうが上なのだろう。拒否しきれなかったということか。だが、いったいなんの用だろう。ココはグラスからワインを口にふくみつつ、シェレンベルクの様子を盗み見た。だが、相手はそんなことを気にもせず、ちょっと肩を前に出してきた。

「ところで、マドモアゼルは店を閉められたとお聞きしましたが」

「そうね。この戦争が始まってすぐ、閉めたわ」

「ほう。それはまたなぜ」

　親指を口に持っていって、爪《つめ》を噛む仕草をした。癖なのか。

「戦争が始まってもオートクチュールを注文する女性なんて、いるかしら」

　親指が口から離れ、大きくうなずいた。

「なるほど。では、戦争が終わったら、また店を開こう、と」

　ココは両手を開いてみせた。

「それはどうかしら。そのときになってみないとね」

　シェレンベルクの目がそらされた。

「あなたの服は、多くの女性の憧《あこが》れになっていますよ。一度でいいから着てみたい。そういう声を何度も聞きました。わたしも、あなたの服には感服しています。それまでの服の概念をひっくり返したわけですし、なにより機能的で美しい」

やや饒舌《じょうぜつ》な気はしたが、正確に見抜いているとココは思った。

「わたしが着たいものを作っただけよ」

「それは、そうでしょうな。クチュリエが自分が着たいと思わないような服を作っていたら、それはまずい。ぜひ店の再開をお願いしておきます」

そこでおもむろに立ち上がり、ココの前に来ると手を取った。

「お会いできてうれしかったです。あまり時間がないもので、これで失礼します」

一杯目のワインがまだ半分も残っていたが、シェレンベルクはそのまま部屋を出て行く。あわてたスパッツがあとを追って見送りに向かった。

面接試験か。そうココは思った。自分がどんな人物なのか、直接様子を見に来たというところだろう。合格か不合格か、そんなことはどうでもいいが、くどくどと細かいことを聞き出そうともせず、あっさりと引き下がったあたり、只者とは思えなかった。

「どういうことなの」

見送りから戻ってきたスパッツを睨むと、肩をすくめた。

「さあね。さっぱりだ。夕方になって大使館にふらっと現われて、あなたに会いたいから、連れて行ってくれ。それだけだ。いったん断わったんだが、どうしてもと言うから仕方なしに連れてきた。どんな用か、もちろん尋ねたが、ただ会ってみたいと言うだけでね」

もとの席に戻ると、ため息とともにグラスを手にする。

「でも、なかなかの人物みたいね」

「そうかな。とらえどころがないという噂だよ。なにせ親衛隊の情報将校、言ってみればスパイだからね」

そう。社会の通念で見れば、そうなるに違いない。なにを考えているのかわからない、なにをしようとしているのかもはっきりしない。そんなところがシェレンベルクに対する見方だろう。だが、あの男は仕事とは別に、確固たる信念を秘めていたように思う。それがどんなことなのかわかれば、一気にシェレンベルクという男がわかるだろう。

「きっとまた来るわ」

「断わるよ、こんどは」

「その必要はないわ。ちょっと面白い男だもの」

「おいおい」

スパッツが困惑のまじった笑いを浮かべた。

「なによ。嫉妬《しっと》してるの。そんなのじゃないから安心しなさいな。わたしが愛しているのは、あなただけ」

伸ばしてきた手を握ってやった。

思惑《おもわく》があって、ここに来たことは間違いがない。まずはココがどんな人間か様子をうかがったということだ。だから、ココが面接に合格したなら、必ずまたやってくる。いったいなんの用件だろう。店を再開してほしいと口にしたが、それに関わりのあることなのかどうか。

そこで考えるのをやめた。いくら考えても無駄だった。面接に不合格なら、これで終わりのはずだし。

「夕食、なんにする」

頭を切り替えて尋ねると、スパッツはちらりとワインのボトルに目をやった。

「高価なワインもあることだし、それに見合うものがいいね」

「それじゃ配給の、ゴムみたいなお肉にしましょう」

スパッツが天をあおいだ。

「考えられる中で最高の組み合わせだ」

14 証言

翌日、ベルリンは雨だった。

メラニーは少し早めにホテルを出てベルリンの街を案内してくれると言っていたが、結局公文書館ベルリン本部へ向かうタクシーの中からざっと眺めるだけになった。

「冷戦時代には、ドイツが東と西に分かれていたわけだけど、地理的にベルリンは東ドイツにふくまれていたの。で、ベルリンは首都だったから連合国軍が分割統治していて、そこにソビエトが壁を造り出した。それがベルリンの壁ということね」

「つまりベルリンそのものが西と東に分けられたということかしら」

「そういうこと。ほら、この道路に一本筋がついているでしょ。あれが壁のあったところを示しているのよ」

走っていくタクシーの前方に目をやると、進んでいく道路の左端のあたりにタイヤ痕のような筋が道に沿ってつけられている。そのことを言っているらしい。

「つまり、西ベルリンは飛び地だったってことかしら」

「飛び地。ああそう、それよ。突然行き来を禁止されたから家族が離れ離れになったりしたこともずいぶんあったみたい」

そう言うと、メラニーは運転手になにやら指示を出した。タクシーが右折する。

「このあたりがチェックポイント・チャーリーって呼ばれた検問所のあとね」

タクシーが速度を落としたが、メモリアルはあっても、それ以外の名残がどこにあるのか、わたしにはよくわからなかった。どこにでもある街が雨に濡れて広がっているだけだ。そもそも境界線などないところにあえて境界を造ったのだということが、逆によくわかった。

「あとの観光名所は省略。そろそろ行かないと」

メラニーがまた運転手に指示を出し、ふたたび速度を増したタクシーは三十分ほどで見覚えのある郊外へたどり着いた。

公文書館の受付で名乗ると、すぐにマルティナ・エデルがジーンズ姿の若い男性を引き連れて現われた。

「こちらはきょう録音を引き受けるオスカー・ベレントです。こんな格好をしていますが、れっきとした、公文書館員ですので」

機材を肩から担いでいたオスカーが軽くうなずいてみせた。金髪に緑の瞳で、肌はかなり白い。

わたしたちはオスカーの運転するオペルで、公文書館を出発した。

「あなたがたに会わせる人物はポツダムにいます。ここから二十分ほどですが、面会の前にいくつか説明をしておきたいことがあります」

昨日と同じような黒っぽいスーツをぴっちり身につけたマルティナが、助手席から後部にいるわたしとメラニーに声をかけてきた。

これから会う女性は、かつてエヴァ・ブラウンの小間使いをやっていた女性で、カタリーナ・アイヒンガーという。今年で八十六になり、身寄りはパレスチナへ行って行方不明になっている息子以外はいない。いまは介護施設に入っており、かなり認知症が進み、言動に不安定なものがある。敗戦後、非ナチ化委員会にかけられ、それ以後も尋問を繰り返されたが、少女だったことを加味して、特に罰を受けたわけではない。以後、ヒトラーの近くにいた人物でもあり、しばしば証言を取ってきた。

マルティナの説明は、以上のようなものだった。非ナチ化委員会というのは、ドイツにおけるナチスの影響を払拭《ふっしょく》するために取られた連合軍軍政期の政策で、ドイツが東西に分裂する一九四九年までつづいた。それ以後もナチス的なファシズムの台頭《たいとう》を未然に防ぐ政策がドイツでは取られている。

「もっとも、カタリーナは、ヒトラーの側近や秘書といった立場ではなく、エヴァ・ブラウンの小間使いだったにすぎません。ですから、その証言はあまり重要視されていないのです」

そうマルティナはつけ加えた。

オペルはひどくなり出した雨の中を西の方角に進み、やがて湖らしきものが右手に見えてくると、ここがポツダムだとマルティナが教えてくれた。「ポツダム宣言」というのを歴史の授業で聞いた記憶があった。たしか日本が降伏したのは、連合国のポツダム宣言を受諾したからだったはずだ。そういう歴史的な場所なのだ。しかし、いざ来てみると、やはりわたしにはどこにでもある街としか思えなかった。街中を抜け、森林公園らしき場所へ入ってしばらく行くと、白い壁にオレンジ色の屋根をした三階建ての山荘風に造られた建物が見えてきた。一見するとホテルのようだが、そこが施設だった。

玄関にオペルをつけると、白衣を着た男の職員がわたしたちを出迎えてくれた。前もって連絡をしていたので、カタリーナはベッドから起きて待っているという。

外は雨のせいでかなり寒かったが、施設の中は室温が一定に保たれていた。電動車椅子の老婆が、ホールを元気に横切っていった。

「応接室で待たせてあるそうよ。きょうは調子がいいみたいだって」

職員に導かれて廊下を進み出すと、メラニーがそう教えてくれた。看護服の男女が、書類ファイルらしきものを持って行き来する廊下を、わたしたちは真っ直ぐに進んだ。

やがて別棟の通路に出て、そこを入ったところが応接室の一画になっていた。木製のドアが並び、職員がそのひとつをノックして、わたしたちをうながした。

三坪ほどの狭い部屋に、車椅子に乗った白髪の女性がいた。それがカタリーナ・アイヒンガーだった。鼻に酸素吸入器をつけ、あまり具合はよさそうではない。ぶくぶくと厚着をして、首には襟巻きを巻いている。

マルティナが進み出て握手をしつつ、わたしたちのことを紹介する。カタリーナの表情はいぶかしげで、緑色の目は警戒しているように思われた。わたしとメラニーとも握手をしたが、力はほとんどなく、こちらが手を握っただけに近かった。

そうするうちにもジーンズ姿のオスカー・ベレントは録音の準備を整え、わたしたちはカタリーナと向かい合わせに低いテーブルを挟んで腰をおろした。マルティナはノートを取り出してメモを取る姿勢になる。オスカーが録音機のスイッチを入れた。

メラニーが自然と会話の相手になった。

流暢なドイツ語でメラニーはいままでの経緯をざっと説明したようだ。ときたまわたしに目を向け、カタリーナもつられて視線をあててくる。最初のうち警戒の色があらわだったカタリーナの表情に、目を大きく見開いたり、うなずいたりする表情が出てきた。ひとしきりメラニーの説明が終わり、やっとカタリーナが口を開くころには、わたしたちへの警戒心はあらかたなくなったようだった。

「わたしの出身地はベルヒテスガーデンです。父と母は炭焼きをやっていました。五人きょうだいのいちばん上で、下には弟がふたりと妹がふたりです。小学校を出てすぐ、近くのホテルで賄《まかな》い仕事を手伝っていたのですが、ナチスがオーバーザルツベルクの土地を買い占めて山荘を造り始めて、そのときわたしはベルクホーフに、やはり賄い仕事をするために雇われたのです。最初のうちは外との出入りはさほど厳しく検問されませんでしたが、すぐに総統封鎖区域という名目でオーバーザルツベルク全体が封鎖されました。中に入るには検問を三つ通過しなくてはなりませんでした」

カタリーナの声は震えがちで、くぐもっていた。しかも覚えている言葉を羅列《られつ》しているように感じられた。メラニーに訳してもらった内容を聞いて、どうしてそう感じたのか、納得できた。自分の出生については、何度もおこなわれた聞き取りで、嫌でも繰り返してきたのだろう。

当初賄いとして雇われたカタリーナだったが、そのときにはまだエヴァ・ブラウンはベルクホーフにいなかった。ヒトラーの姪であるゲリ・ラウバルが自殺したあと、すぐにベルクホーフに乗り込んできたわけではないのだ。これはヒトラーの異母姉であり、ゲリの母親にあたるアンゲラ・ラウバルや閣僚の妻たちがエヴァの存在を認めようとしなかったためで、アンゲラが再婚と同時にベルクホーフを立ち去ったあと、エヴァがやってきた。

カタリーナは、エヴァに気に入られて賄いから専属の小間使いになったという。

「ある日、ボルマンがわたしのところへやってきて、きょうからおまえはフロイラインの身の回りの世話をするようにと命じられたのです」

エヴァのことをカタリーナはフロイラインと呼んだ。

ボルマンとは、マルチン・ボルマンのことだとメラニーが教えてくれた。ヒトラーにはむろん独裁者の常で取り巻きがかなりいた。ヘルマン・ゲーリング、ハインリヒ・ヒムラー、ヨゼフ・ゲッベルス、アルベルト・シュペーア。そしてその家族。それらの多くがオーバーザルツベルクに別荘を構え、ヒトラーが滞在しているときには常にいたと言っていい。その中でも、ボルマンはヒトラーとほかの側近たちとの取次ぎ役のような存在になっていた。つまり、ボルマンを通さなければヒトラーに会うこともできないし、嫌われて睨まれればヒトラーに告げ口をされるかもしれない。そういう立場の人物だったというわけである。

だから、あとからベルクホーフに乗り込んできたエヴァとしては、うまくやっていくためにもボルマンに頼る。ボルマンの方はヒトラーの愛人と気まずくなってしまえばヒトラーに告げ口をされるかもしれないから丁重にもてなし、多少のわがままや要求を受け入れる。そういうつながりができていったようだ。

「みなさん、表向きは仲良くなさっていましたが、裏ではまわりにいるかたがたに互いに疑いの目を向けていました」

いわゆる権力闘争だ。ゲーリングやヒムラーなどは側近ではあっても、ベルクホーフには必要最小限しか出入りできなかったとも言われていて、かなり限定された人物だけがヒトラーの周辺に集まっていたらしい。これもボルマンの差配かもしれない。

「オーバーザルツベルクでの生活は、ヒトラーがいるときには彼の生活習慣に合わせられていました。たいていヒトラーは午後の一時ころに起きてきます。側近や客たちと食事をしてから散歩。あるいはテラスでみなさんと歓談。午後七時か八時に夕食となり、そのあと作戦会議をします。この会議のあいだ、フロイラインは地下室にあったボーリング場でみなさんと映画を鑑賞していました。会議が終わると、全員居間に集まってお茶の時間になります。これが真夜中くらいに始まり、夜明け近くまでみなさんはヒトラーの相手をつとめたあと、やっと就寝することになるのです。ヒトラーがベルクホーフにいないときは、もう少し健康的な生活でした。フロイラインはスポーツがお好きでしたから、朝から起きて、冬はスケート、夏はテニスや乗馬などをおやりになっていました」

「どんな性格の女性でしたか」

メラニーの問いに、やはりいままで話してきたことの繰り返しのような調子でカタリーナはこたえる。

「ちょっと気まぐれなところもありましたが、いつも陽気でほかのかたがたがいらっしゃるときにはずいぶんと気を遣っていらっしゃいましたね。ヒトラーと対等に口をきける唯一の人でしたし。ただ、政治には一切興味はお持ちではありませんでした。ヒトラーもフロイラインに政治状況を説明するようなことはなかったと思います。フロイラインは音楽や映画、スポーツやファッション、それに写真や八ミリといったことにしか興味がなかったようです。ああ、それからフランス語ですね。こっそりひとりで勉強をしていました。誰にも言うなと口止めをされました。あとになってわたしも少し一緒に勉強しました」

「あなた以外にエヴァ・ブラウンの周囲にいたのは、どういった人たちでしょう」

「妹のマルガレーテ、友人のヘルタ・シュナイダーとそのこども、マリアンネ・シェーンマン。そのあたりが親密だったと言えるでしょう。ほかにはヒトラーの側近やその夫人、主治医といった人々がいました。それと二匹のスコッチテリアですか」

「わたしたちはある女性とエヴァとのつながりについてお聞きしたいと思って、ここまでやってきました」

メラニーが本題に入ると、カタリーナの顔に興味ありげな色が浮かんだ。

わたしは例の写真をバッグから取り出し、カタリーナの膝の上に置いた。

驚いたのが、見て取れた。カタリーナは写真を手にすると、顔の前に持っていって、まじまじと写真に目を注いだ。

「このふたりを、知っているんですね」

「もちろんです。男性の名前は忘れましたが、女性のほうはチサという日本人でした」

通訳されるまでもなく、わたしの耳は「チサ」という言葉を聞き取っていた。

「チサ様が最初にやってきたときは、お父上と一緒でした。一九四二年の四月か五月だったはずです。そのときは夜で、三十分ほどしかいませんでしたが、わたしは出迎えに出て応接間に案内したのを覚えています。なぜよく覚えているかというと、パリからやってきたということで、フロイラインがヒトラーにチサ様のお父上と面会する時間を取ってあげてくれと頼んだからです。パリのことをいろいろ聞けたと言って、わたしに話してくれたし、あとになって手紙も何通か来ていました」

写真の裏にあったサインも、エヴァの筆跡だと断言した。

カタリーナの言葉は、祖母がオーバーザルツベルクに行ったことを証明し、さらにエヴァ・ブラウンとも知り合いだったことをはっきり示していた。カタリーナが認知症であるとは考えられなかった。彼女の発言に対して予防線を張ったに違いない。

そのマルティナはノートに顔をうつむけたまま、

「このチサについて、わたしたちは調べているんです。知っていることを、教えてください」

「二度目にいらっしゃったのは、ヒトラーがいないときでした」

カタリーナは大きくうなずき、過去に戻ろうとして目を宙に向けた。

一九四三年九月　招待

オーバーザルツベルクへ行ってから、一年半が過ぎた。

そのうち間遠になって絶えてしまうかと思われたエヴァ・ブラウンからの手紙は、かえってその数が増えていた。オーバーザルツベルクはたしかに保養地としてはいい場所だが、ずっといれば飽きもくるだろう。ミュンヘンやベルリンあたりにはたまに出ても、いまの政治状況ではパリまでは来られない。だからエヴァがパリに憧れるのも無理はなかった。行こうと思えば行ける場所にもかかわらず、周囲の状況がそれを許さない。その気持ちが千沙宛ての手紙にはにじみ出ていた。噂が本当なら、エヴァはヒトラーの恋人という立場である。そういう立場にあっては、思い通りにならないことが多いのも理解できた。

もっとも、頻繁《ひんぱん》に手紙をもらっても、そうそう書き送るような話題があるわけではなかった。パリがモードの都だとしても、いまは占領された状態なのだ。人々はモードよりも食料をいかに調達するかに気を回している。乏《とぼ》しい生活用品を工夫して使いこなし、その結果としてモードらしきものがたまたまできあがるといったところだ。

クルトとの関係も、相変わらず進展しそうでなかなかしなかった。二月にソビエトのススターリングラードにおいてドイツ軍が降伏したあと、国防軍防諜部もあわただしくなり、近ごろはめったに顔も見せない。そろそろ「結婚」の言葉が出てもよさそうなものだったが、それは平時の場合であり、軍務に服しているクルトにすれば、慎重にならざるをえないのも当然だった。

父の範義も日本軍が昨年六月のミッドウェー海戦を境に劣勢になってからは、大使館に泊まり込みが多くなっていた。

そして一週間前の九月八日には、ついに同盟国だったイタリアが降伏した。

イタリアの降伏が、ドイツにとっても日本にとっても、ひとつの兆候《ちょうこう》だととらえることはできた。ただ、その兆候がどのような展開を見せ、どう決着がつくのか、それは千沙にも見当はつかない。

エヴァ・ブラウンからまた一通の手紙が送られてきたのは、そんなときだった。

だが、それはいままでとは違っていた。パリの様子を聞きたいとは書いてあったが、ぜひオーバーザルツベルクにやってきて聞かせてほしいというものだった。つまり招待状というわけである。なぜこの時期に千沙をオーバーザルツベルクに招くのか、その理由がはっきりしなかったが、すべての費用は自分が持つから心配いらないとまで書かれては、断わるわけにもいかない。

父に相談すると、しばし考え込む顔になり、それから、ひとりで行かせるのは不安だが、まあいいだろうと許しが出た。そして、わたしの代理で、ついでに様子もうかがってきてくれと笑いながらつけ加えた。

千沙は招待に応じる旨の返事を書き送った。

またお会いできるのを楽しみにしている、十月のなかばにはそちらにうかがいたい、と。

一九四三年十月　親書の依頼

一緒にドイツへ行ってみないかとスパッツが言い出したときには、ちょっと意外な思いがした。

それまで旅行をしようなどと提案されたことがなかったせいもある。ココがイタリアに行きたいと言ったときにも乗り気ではなかったし、じっさいに行きもしなかった。それなのに急にドイツ行きを持ち出してきたのだ。

「じつはベルリンに派遣されることになってね。それなら一緒にと思ったんだが」

夕食を終えて居間でくつろいでいたときに、そう切り出したのである。ココは吸っていた煙草を深く吸い込みつつ、理由を打ち明けたスパッツの口調に、なにかあると見て取った。それくらいのことは常に一緒にいればわかる。すぐさま、しかし渋々といった調子でスパッツは白状した。

「あなたに会いたいと言っているんだ、彼が」

最初、「彼」とは誰かと首をかしげたが、すぐに以前部屋までやってきたシェレンベルクのことだと理解した。親衛隊がいったいなんの用なのか。最初に会ったときにも、同じ疑問が浮かんだのを思い出した。そう、初めのときは「面接」だった。それに「合格」したからこそ、いまになって会いたいと言ってきたのだ。だが、一年も経っている。いまさらという思いもあったが、それはこちらの考えで、あちらにはあちらの考えがあるのだろう。

「用件は、聞いていない。直接あなたに話したいらしい」

スパッツは自分が仲間外れにされたのが気に食わないらしく、それが顔に出た。受け口の顎が突き出される。

ココはシェレンベルクの顔を思い浮かべようとしたが、はっきりと浮かんでこない。ただ造作《ぞうさく》が中央に寄っていて、少年がいたずらをしたときのような笑いの気配だけがよみがえる。

「どうする。嫌なら断わってもいいけれど」

スパッツの困惑した顔が首をかしげた。

煙草の灰を落としながら、ココはゆっくりと唇を舐めた。

「そうだわね。ベルリンまで来いというのが気に入らないけれど、どんな用件なのか、聞くだけは聞いてあげるくらいの寛大さはあるつもりよ」

するると今度はほっとしたようにスパッツは息をついた。

「旅行許可証は、すでに申請して受け取っているんだ。あとは出発するだけでね」

「おやまあ、手回しのいいこと」

ついついあきれた調子になってしまった。シェレンベルクは自分が呼び出しに応じることを確信していたのだ。悔しいが、その一方で感服もした。やはり只者ではないようだ。どんな話を持ち出すのか、とっくりと聞いてみようではないか。

そして翌々日の朝には、ふたりは「リッツ」の小部屋をこっそりと出て、シェレンベルクの用意した輸送機に乗っていた。

曇り空の中を輸送機は一気に飛んで、昼近くにはベルリンのテンペルホーフ空港に到着した。まだ冬になるには早かったが、かなり北に移動したため、肌寒い。

空港には、親衛隊から迎えの車が来ていた。

ココはオーバーコートの襟を立て、サングラスをしたまま乗り込んだ。パリを、というか「リッツ」を出たときから、ココは自分であることをできるだけ知られないよう無意識に顔を隠そうとしていた。

「観光する時間は、あるのかしらね」

隣に乗り込んできたスパッツに皮肉めかして尋ねると、彼は肩をすくめて見せただけだった。

だが、空港を出て道路を走り出すと、親衛隊の制服を身につけた運転手がちょっと反《そ》り返るようにして、後部座席のココにフランス語で声をかけてきた。

「どちらを観光なさりたいのですか」

煙草をくわえて火をつけようとしていたココは、顔をあげた。

「あら、行ってくれるの」

「さほど時間はありませんが、少しなら」

「まあ、うれしい。わたし、ドイツは初めてなの」

「で、どちらへ」

火をつけて一服。それから煙とともに吐き出した。

「そりゃもちろん、スターリングラードよ」

からかわれたことに気づいた運転手はあきれたように首を振った。後頭部しか見せていないが、苦虫《にがむし》を嚙み潰しているに違いない。スターリングラードでドイツ第六軍が降伏したことによって、この半年で一気に敗色が濃くなってきているのだから、効き目がありすぎたくらいだ。

車はいささか速度を増して、ベルリンの街中を走り抜けていく。空襲からは免れているようだったが、街そのものがくすんで見えた。行きかう女たちの姿も、なにやらぱっとしない。やはり戦局のせいだろうか。自信に満ちているとは到底思えないし、どの女も少し肥りぎみに見えた。

やがて鉤十字の大きな旗がさしかけてある以外は何の変哲もない建物の前に、車は停止した。そこが親衛隊の本部らしかったが、言われなければちょっと羽振りのいい貿易会社のビルといった様子だ。

運転手が玄関ドアを開けて先に立って入っていく。それにつづこうとすると、スパッツがドアの前で一瞬立ち止まった。

「何度来ても、あまりいい気分じゃないね」

すっと顔をココの耳に寄せてつぶやいた。

だが、オーバーコートを脱いで一歩内部に入ると、そこではタイプの音や電話のやりとりがあちこちから響く中、書類を手にしたスーツ姿の男女が早足に廊下を行き来しており、やはり一般の会社といった気配しか感じられなかった。ひとつだけ違和感があるとすれば、どこからか見られている気配がそこにまじっていることだった。

「こちらです」

人いきれの中を抜けて、ココとスパッツはシェレンベルクの名前がついているドアの前に立った。運転手がノックしてドアを開くと、入るようにうながす。

「やあ、ようこそ。はるばるお越しいただいて恐縮です」

デスクの向こうから立ち上がって、見覚えのある顔が少年のような笑みを浮かべて近づいてきた。制服ではなく、きょうはグレイのクレリックシャツに茶色のタイを緩く結び、こげ茶のジャケット姿だった。なかなかのしゃれ者だ。

ココの手を取り、軽く唇をつけた。

「お元気でしたか、マドモアゼル」

「おかげさまで、病気ひとつしないわ」

「それは結構」

シェレンベルクは案内してきた運転手に下がるようにと手を振り、それからココとスパッツをソファに座らせた。保安局の将校というのがどの程度の待遇をされているのかわからないが、部屋はこぢんまりとしている。「リッツ」の小部屋にある居間程度のものだ。調度品もさほどなく、単に仕事をこなす部屋という様子である。

「さっそくですが、きょう来ていただいたのは、マドモアゼルにお願いがあったからです」

向き合って腰をおろしたシェレンベルクが、身体を乗り出してきた。

「あら、困ったわね。男の服は専門外よ」

話の腰を折られて、シェレンベルクは苦笑しつつちょっと顔をうつむけた。

「そうでしたな。忘れていました。では服はつぎの機会にお願いするとして、これもやはり専門外でしょうが、別のお願いをしたいのです」

ココはシガレットケースから一本取り出し、火をつけた。

「この前のワイン、とてもおいしかったわ」

とぼけるようにあらぬ方角へ顔を向け、煙を吐いた。

「それはよかった。よろしければ、またお送りしましょう」

困惑しているスパッツと目を見合わせて、ふたりが同時に肩をすくめた。ココは脚を組み、そのふたりを目の端に入れつつ、だが知らぬ風を装い、煙草をふかす。

シェレンベルクは、ココが聞く姿勢を取らずにいるのを無視して、話を進め出した。

「ドイツに協力する者のことを、たしかフランスでは『コラボ』と呼んでいましたね。しかし、わたしのお願いはそんな人間に成り下がってくれというようなものではありません。率直な言い方をすれば、あなたにこの戦争を終わらせていただきたいのです」

ココは思わずシェレンベルクの顔に目をやっていた。おそらく口をなかば開けていただろう。なにを言い出すのだ、この若造は。

「いつかあなたにお願いすることになるだろうとは思っていたのですが、いまこそ戦争は終わらせなくてはなりません。あなたの力で終わらせていただきたい」

ふざけているわけではなさそうだ。しかし、そんなことが自分にできるはずがない。するとシェレンベルクは口もとに笑みを浮かべた。

「一種の和平工作です。まあ、戦争などというものは始まると同時に裏で和平工作を進行させているものでしてね。総統は和平工作を嫌っていて、そういった動きを見せるだけで裏切りと決めつけます。つまり、ここでの話を口外されると、わたしは銃殺になります。そういうつもりでわたしもご説明します」

顔に笑みはない。ヒトラーに内密で和平工作をするということらしい。

「もちろんドイツの側からの和平打診になるわけですから、それもまた『コラボ』だと言われてしまえば、そうかもしれませんがね」

和平工作。ココは口の中で、その言葉を繰り返した。冗談ではない。なぜそんなことを自分がしなくてはならないのか。男たちが勝手に始めた戦争ではないか。どこの国が勝っても、残るのは廃墟にすぎないことは、わかりきっている。それを承知で始めたのなら、世界を滅亡させるまでやってみろ。

そう思いはしたが、自然と顔はシェレンベルクの方に向き、話を聞く姿勢になっていた。なによりヒトラーを出し抜くという点に興味が湧いた。

「目下、ドイツはユダヤ人やロマ、それにスラブ系などの人間を強制収容所に入れていますが、それについてはご存じと思います。最終的解決という名目で、彼らを毒ガスによって大量処分している。わたしは親衛隊だが、これについては大変な危惧《きぐ》を抱いています。戦争は政治的な交渉のひとつの手段ではあるが、だからといって人を好き勝手に殺していいとは考えていません。ましてや人種によって隔離《かくり》し、大量処分をするなどということは、まずい。これだけは、総統の意見をくみ取った何者かが早まったことをやってくれたと思っています」

その言い方には、強制収容所での虐殺はヒトラーの指示ではなく、側近の誰かが発案してやらせたのだという含みがあった。

「だからこれ以上の被害を出さないためにも、和平によって戦争を終結させたいのです」

「それはつまり、和平交渉をすれば、虐殺はなくなるということかしら」

そんなことはあるまいと思いつつも、ココは尋ねた。シェレンベルクは大きくうなずいた。

「その通りです」

違う。それは嘘だと、ココは見抜いた。

「いったん虐殺をおこなった事実があれば、和平交渉をするどころか、相手はきっとドイツを滅ぼすまで攻撃してくるわ。違うかしら」

シェレンベルクの頬が、かすかにこわばった。そしてため息をついた。

「あなたにきれいごとを申し上げても仕方がないようだ。つまり、わたし個人としては、大量処分には反対している。それを食い止めたい。その唯一の方法は和平による終結であるのはたしかです。ただしそのためには、いままでおこなわれた大量処分についての事実は隠し通さなくてはならない。それでも和平にこぎつけることの方が、わたしにはより重要だと感じられるのです」

ココは黙って短くなった煙草を吸い込んだ。いままでの大量虐殺を隠し通せるとは思えないが、和平を望んでいるというシェレンベルクの気持ちに嘘はないようだった。

「ボーイ・カペルという人をご存じかしら」

「いえ。誰です、それは」

ココはスパッツに目をやった。つられてシェレンベルクの視線もそちらに向く。スパッツは仕方なさそうにこたえた。

「彼女のかつての恋人のひとりですよ」

「彼の母親はユダヤ人だったの。わたしは彼を愛していたわ」

煙草を灰皿に押しつけて、ココはあらためてシェレンベルクに目をやった。

「ユダヤ人であろうがなかろうが、過失もない人を殺すのは、わたしも許せないわよ。でも、わたしになにができるのかしらね」

シェレンベルクが、大きく息を吸い込んだ。

「ウィンストン・チャーチル」

その言葉は、またもやココの口をなかば開けさせた。

「あなたはウェストミンスター公ともかつて恋仲だった。その関係で、チャーチルとも顔見知りのはずです」

「そうかもしれないわね」

シガレットケースからまた一本取り出して火をつけた。そのあたりを調べ上げた上で一年前に自分に接触を試みてきたのかと、納得がいった。

「まずはイギリスと単独講和を結びたいのです。そうすれば、アメリカも話に乗ってくる」

とはいえ、あのチャーチルが和平交渉の席につくとは思えなかった。単独講和だなんて。むろんウェストミンスター公とのつながりで、ココはチャーチルとも友人ではある。だからこそ、チャーチルがそんな交渉に乗ってくるような相手ではないのがわかるのだ。哀れなシェレンベルク。そこまでドイツは追い込まれているということか。

「わたしになにができるというの」

できることなどない、というつもりで口にしたのだが、シェレンベルクはそうは受け取らなかった。

「親書を書いていただき、その上で使者としてチャーチルに会い、交渉の端緒《たんしょ》を作ってほしいのです」

しごく真面目な顔で、そう言ってきた。すでに計画ができているらしい。ココの手紙に色よい返事をくれたら、スペインのマドリードまで出向き、そこでイギリス大使に会い、そこからチャーチルへつなぐというのだ。「帽子作戦」などという作戦名まで勝手につけていた。ココが最初に開いた店が帽子の店だったからだろうが、馬鹿にしている。スパイごっこもいい加減にしてほしい。

だが、ココは席を蹴ったりしなかった。

「手紙を書くくらいなら、いいわ」

そう、それでシェレンベルクの気が済むのなら、そのくらいどうということはない。ちょっとした挨拶状の最後に、またお会いできることを願っていますとつけ加え、投函《とうかん》するだけだ。返事が来るはずもない。

「ありがとうございます、マドモアゼル」

シェレンベルクの顔に安堵の色とともに笑みが戻った。

「でも、手紙一通書くだけのためにベルリンまで呼ぶのは、ちょっと大げさよ」

ほんのわずか、ためらったような様子を見せてから、シェレンベルクが口を開いた。

「じつは、もう一ヶ所、あなたおひとりで行っていただきたい場所があるのです」

一九四三年十月　再会

前回はベルリンを回ってから行ったせいか、ひどく遠い場所のように感じたが、今回はパリからミュンヘンへ直行したので、すぐにオーバーザルツベルクの山間《やまあい》に到着できたような気がした。

招待への返事を出したあと、折り返しエヴァから手続きや行程を説明した手紙が届き、それに従ってパリを離れたのが、十月の十日だった。一ヶ月くらい滞在する予定で来てほしいとも書かれていて、そのぶん荷物が多くなったが、なんとかひとりでたどり着いた。

一年半前と変わらず、オーバーザルツベルクは静かで秋の深まる中にあった。ところどころ紅葉らしきものが見えたが、大半の山々はまだ青々として、ひんやりとした空気だけが秋めいている。

ただ少し違うのは、かなり頻繁に空襲警報のサイレンが鳴り渡ることだった。運転手に尋ねると、鳴るだけでじっさいに空襲があったことはないという。さらにそれに対処するための高射砲が点々と設置されているのも、前回とは違った様相であった。

検問を三つ通り抜け、前回宿泊した「ツルケン」というホテルを素通りし、傾斜のある道を車は登っていく。時刻は昼を過ぎたばかりで、陽光に照らし出されたドイツアルプスの雄姿《ゆうし》が目の前に広がり、千沙はつい見とれてしまった。

以前は夜だったからはっきりわからなかったベルクホーフは、いざ車で横づけされてみると、かなり巨大な建物だった。山荘というより、ビルディングというほどの巨大さである。

「ようこそ。お待ちしておりました」

玄関に出てきたのは、かつて千沙を案内したメイド姿の少女だった。今回はみずからカタリーナと名乗った。フランス語がある程度できるようになったらしい。

ホールを抜けて、いったん部屋に案内された。玄関から入って二階に上がり、そこから廊下をしばらく左右に折れた奥まった場所である。荷物を運び込んでもらい、やっとひと息つく。

「フロイラインをお呼びしてまいりますので、しばらくここでお待ちください」

カタリーナが出て行き、コートを脱いだ千沙は部屋をあらためて見回した。素朴《そぼく》な山小屋風の部屋で窓も広く切り取ってあった。天井から下がっているシャンデリアをはじめ、壁にかかった静物画や暖炉、ベッド、それに椅子やテーブルといった調度品には贅《ぜい》を尽くしている。中世風の重量感とでも言えばいいか、いわゆるゲルマン風で統一されていた。

それはこの部屋ばかりではないだろう。玄関の左側の壁一面には、騎士が戦闘を始めようとしている絵がかかっていたし、通り抜けてきたホールには巨大な地球儀が置かれていた。偉大なるドイツがそこここから主張をしてやまない、そんな山荘だった。

ドアがノックされた。返事をする間もなく、二匹の黒いスコッチテリアが走り込んできた。息を荒らげて千沙の足にまとわりつく。

「チサ、よく来てくれました。うれしいわ」

視線をあげると、エヴァが駆け寄ってくるところだった。

千沙も歩み寄り、互いに手を取った。エヴァは手を大きく振ってくる。かつてたった一度、それも三十分ほどしか顔を合わせていなかったにもかかわらず、千沙は懐かしく感じた。

「こちらこそお招きいただいて、ありがとう。久しぶりですね」

「そう、一年半ぶりです。お元気でしたか」

「ええ、とても。あなたもお元気そうで、なによりです」

エヴァはかがむと、スコッチテリアを追い立てた。素直に二匹とも部屋から走り出て行く。

それを見送ってから、エヴァはあらためて千沙に向き合った。袖口がつまった紺のベルベットらしき上着に揃いのタイトスカートを身につけていた。黒のボウ・タイがアクセントだ。

「とても素敵ね。お似合いです」

「あら、本当ですか。ありがとう」

エヴァは無邪気そうに顔をほころばせ、くるりと一回転してみせた。かなり歳下の千沙から見ても、天真爛漫《てんしんらんまん》だ。

「あなたも素敵ね」

すっと身体を引いて、千沙の全身を眺める。千沙は白いニットのタートルセーターにモスグリーンのフレア姿だった。

「これがいまのパリでは流行っているのかしら」

尋ねられて、千沙は苦笑した。

「パリでは、男物の服を着こなすのが流行です。わたしはそういうのが駄目だから、いつもこんな感じなんです」

一語一語を頭に刻みつけるような顔になり、エヴァはうなずいた。

「ああ、そうだわ。ちょっと待ってください」

千沙は持ってきた鞄《かばん》のひとつを解きにかかった。すぐ取り出せるところに入れておいた畳紙《たとうがみ》を両手で捧《ささ》げ持つと、エヴァに手渡す。

「おみやげです。開いてみてください」

エヴァの目が興味ありげに輝いた。ベッドの上に畳紙をのべて結び目を解き始める。少し手間取ったが、エヴァはそれを開くと同時に短く声をあげた。

「キモノです。日本人の伝統的な装束《しょうぞく》です」

千沙が日本を離れるときに持ってきた新潟十日町《とおかまち》の越後縮《えちごちぢみ》だった。白地に桔梗《ききょう》をあしらってある振袖《ふりそで》で、袋帯《ふくろおび》は鴇《とき》色で合わせてある。

「写真では見たことがあったけれど」

エヴァの声は、そこで途切れた。畳まれていた着物を両手で取り上げ、掲げる。

「一度日本で着ただけですから、傷んではいません。ただ、わたしの身体に合わせて作られているので、仕立て直さないとなりません。滞在中にわたしが直しますわ」

千沙の言葉が聞こえているのかどうか、エヴァは興奮ぎみに帯も手にして、その表面を撫でている。

「ありがとう。とてもうれしいわ」

エヴァはやっと顔をあげて、そうこたえた。

「パリのものではなくて申し訳ないですけれど」

「そんなことありません。キモノは、パリのものとはまた別の素晴らしさがあります」

丁寧に着物を畳み直そうとしながら、エヴァはこたえた。千沙はそれを手伝い、畳紙にしまった。それをあらためてエヴァに手渡す。両手で受け取って日本式に頭を下げてみせると、エヴァは緑色の瞳に微笑をたたえた。

「わたしもチサに贈り物があります。ここに来てもらったのは、そのためです」

意外な言葉に首をかしげていると、エヴァはベッドの横にあった電話に歩み寄った。内線電話らしく、ドイツ語でなにごとか命じた。

「一緒に来てください」

楽しそうにエヴァは千沙をうながした。

入り組んだ廊下をふたりは進んでいく。階段で三階まで上がり、さらに廊下を歩いていくと、エヴァはひとつの扉の前で止まった。

「素敵な人をご紹介するわ」

そうささやいて、エヴァが扉を開く。

そこは百坪ほどの広間だった。椅子やテーブルといったものは隅に片付けられ、深紅《しんく》の絨毯が広がっている。天井近くまである窓からは陽が斜めに射し込んで、その光が筋になっていた。

「お呼び立てして申し訳ありません」

エヴァが広間の奥に声を投げた。視線をやると、片隅にぽつんとソファとテーブルがしつらえてあるのがわかった。

そこに先ほど案内してくれたカタリーナが控え、ソファからは紫煙がゆらゆらと立ち昇っている。

「別にかまわないわよ。暇なんだから」

ソファにもたれてこちらに背中を向けている女が、かすれたフランス語でこたえた。手にした煙草をひと振りする。

「さきほど、わたしの友達がパリから到着したのです。ご紹介したいと思います」

エヴァは千沙の腕を取りつつ、広間を横切っていく。

「あら、捕虜はわたしだけじゃないのね。心強いわ」

皮肉めかして大げさに両手を開いたあと、煙草を揉み消して立ち上がるのと同時に振り返った。

「どう、一緒に脱走計画を立てましょうよ」

ちょうど千沙とエヴァがたどり着き、女と向き合った。黒いスーツを着たその姿を目にして、千沙は息をつめた。

＊　＊　＊

「それが、ココ・シャネルだったのですか」

メラニーが用心深くカタリーナに確認をした。

「そうです。わたしはおふたりのお世話をしたんですから、間違いありません」

マルティナ・エデルに視線をやると、やれやれといった表情をして、わたしを見た。昨日エヴァの遺品の中にシャネルの服はないかと尋ねたときに、戸惑ったような気配を見せたのは、このせいだったようだ。

「あなたは、シャネルの顔を知っていたのですか」

「そのときは知りませんでした。なにせ、わたしはブランドなどとは縁がなかったですから。シャネルというかたがお見えになるとだけ、聞いていました。でも、戦後になって写真やテレビでお顔を拝見して、あのときのかたに間違いないとわかったのです」

わたしは逸《はや》る気持ちを抑え込み、さらに訊いてもらった。

「なぜシャネルはオーバーザルツベルクに来たのですか」

「それはもちろんフロイラインがご招待したのです。もっとも、当初は騙《だま》されたとか誘拐《ゆうかい》されたなどとぼやいていらっしゃいましたから、無理やり連れてこられたのかもしれません」

「しかし、なんのために招待したのです」

カタリーナはこれまた当然のごとくにこたえた。

「シャネル様をお招きしたんですから、服を仕立ててもらうために決まっていますよ。戦争中とはいっても、あそこは平和でしたしね。ヒトラーがいないときには、フロイラインは好きなことをいくらでもできたのです」

「だとしても、当時シャネルをパリから呼び寄せることなどできたのでしょうか」

メラニーの問いに、今度はしばし考え込む様子を見せていたが、やがてどうということはないといった顔でうなずいた。

「ベルリンになにかの用件があって来たのだけれど、その帰り道に立ち寄ってほしいと言われたようです。そんなことをシャネル様がぶつぶつおっしゃっていたのを覚えています」

メラニーがわたしの方に顔を向け、日本語になった。

「シャネルにはドイツ人の愛人がいた。それでドイツのスパイだったのではないかという噂があったという話をしたの覚えてるかしら」

そういえば、そんなことを話した記憶がある。たしかメラニーの意見では、「コラボ」とみなされずにすんだのはヴェルテメール兄弟の力があったからだということだった。

「シャネルがベルリンに用事があるとしたら、そのあたりの線かもしれないわね」

「やっぱり協力者だったのかしら」

わたしのつぶやきに、メラニーは首をかしげた。

「どうかしら。シャネルはそもそもナチスを支持していなかったと思うわ。フランス人だって馬鹿じゃないもの。すすんで協力していたなら、有名人だって非難は免れなかったと思うの」

「でも、当時のことについては本人も口を閉ざしていたわけよね。戦後十年もスイスに行ってしまったわけだし、そもそも黙っているっていうのは、都合が悪いことがあったからじゃないのかしら」

メラニーが首を振った。

「少なくとも、ユダヤ人の迫害を認めていたとは思えないわ」

「なぜ」

「だって、恋人の中にユダヤ系の人がいたみたいだし、一緒に商売をしていたヴェルテメール兄弟もユダヤ系なわけだもの」

咳払いが聞こえ、マルティナ・エデルがなにごとかを口にした。

「お話の途中で申し訳ないのですが、聞き取りを進めてもらえませんか、だって」

メラニーから通訳され、わたしはマルティナにうなずいた。日本語でやりとりされても、彼女にはわからないから、なにを話しているのか不安なのだろう。

わたしたちはふたたびカタリーナの話に耳を傾けることになった。

＊　＊　＊

フロイラインはよくおっしゃっていました。

いまのわたしにはあのふたりがパリそのものなのだ、と。

つまり、シャネル様とチサ様のことです。

オーバーザルツベルクは保養地としては大変素晴らしいところですが、若い女性がずっと生活するには退屈な場所です。ですから、いつも友人知人を招いてスポーツをしたり映画を見たりしていらっしゃいました。楽しみといえば、あとは八ミリや写真ですね。それでも、やっぱりそれだけでは飽きてくるのでしょう。

わたしなどはベルヒテスガーデンで生まれ育っていましたから、そういうなにもないことが当たり前でしたが、やはりフロイラインには耐えられなかったと思います。フランス語の勉強もしていたわけですし、いつかきっとパリに行って流行の服を買ったりカフェでのんびりしたり、そういうことをしたかったのだと思います。

でも、戦局はそれを許しませんでした。だからせめて、オーバーザルツベルクにいながらにしてパリを満喫したいと、そう考えたのかもしれません。チサ様は唯一のパリのお友達だともおっしゃっていました。いろいろとお話を聞かせてもらうんだと、もう三十一になるのに、はしゃいでいらっしゃいましたよ。

ただ、なぜシャネル様をオーバーザルツベルクにまでお呼びしたのか、そちらの事情はよくわかりません。いえ、服を仕立ててもらうためにお呼びしたことに間違いはありません。でも、なぜそんなことを思いついたのか、その理由がわからないという意味です。

一度だけでしたが、きっとチサ様も喜んでくれるだろうとおっしゃっていたのを覚えていますから、おふたりのあいだで服を仕立ててもらうといったお話が以前にあったのかもしれません。

でも、シャネル様のご機嫌はよくありませんでした。なぜこんなところに閉じ込められて服を仕立てなくてはならないのか、わたしはもう店を閉めたんだ、なんて。

ところが、それがチサ様が見えられてから、急に態度が変わったのです。ええ、わたしが見ていてもはっきりわかるくらいに。三人が最初に顔を合わせたとき、チサ様とシャネル様は以前顔を合わせていたということをフロイラインに話していました。フロイラインもチサ様からその話は聞いていたらしく、だからシャネル様をここにお呼びしたのですと、こたえていました。そして、あらためてぜひふたりに服を仕立ててほしいとお願いしたのです。チサ様は服を仕立ててもらうというフロイラインの考えを聞かされていなかったらしく、戸惑っていましたが、それでも嬉しそうでした。

その翌日、シャネル様はふたりに服を仕立てることにする、とはっきりおっしゃいました。チサ様と知り合いだったから、それでそんな風に気持ちが変わったのかもしれません。

服を仕立てるための道具は使用人の宿舎にありましたし、それを運び込んで、すぐに始められました。

わたしはシャネル様の指示に従って布地をベルリンに注文したり、仮縫いの手伝いもしました。特注の生地は手に入らず、あまり上等でない生地になってしまいました。鋏にもなにかこだわりがあるらしくて、用意したものをこれは駄目あれも駄目と、なかなかお気に入りのものが見つからずに苦労しました。

そうです、およそひと月ほどもかかりました。そのあいだ、おふたりはオーバーザルツベルクに滞在されていました。

シャネル様は仕立てにかかりきりになりましたが、チサ様はフロイラインとご一緒にテニスや馬の遠乗りもなさっていたようです。わたしはベルクホーフと使用人の宿舎以外、勝手に出歩けませんでしたから、この目では見ていません。

ああ、そういえばチサ様がフロイラインにプレゼントしたキモノのサイズを直したりもしていましたわ。そのときはシャネル様もチサ様のすることを感心してご覧になっていたのを覚えています。

夜はみなさんで映画を鑑賞されていました。フロイラインの大好きな『風と共に去りぬ』やフランス映画などです。こちらの方は、わたしもたまにご一緒させていただきました。

ベルクホーフにはいつもフロイラインの友人や知人、それに側近の妻子なども出入りしていましたが、フロイラインはシャネル様が来ていることを隠していました。たぶん、それを明かすと、わたしもわたしもと服を仕立ててほしがる女性が出てくるのを避けたのだと思います。

シャネル様が来ていることを知っていたのは、わたしたち以外ではフロイラインの妹のマルガレーテと、ヒトラーの側近ボルマンだけだと思います。ボルマンが連れてくるように指示を出したのですからね。いらっしゃったシャネル様のことを、周囲にはベルリンのタイピストと言っていたようです。シャネルというブランドは知っていても、それを作り上げた女性の顔まで知っている人は少なかったですし、たとえ写真で見たことがあっても、実物は見たことなどありませんもの。

ええ、仕立てた代金については、シャネル様は受け取りませんでした。その代わりドイツワインの高級なものを二ダースくらいほしいというので、お帰りになられるときに別送しました。

ひと月過ぎて、おふたりの服は仕上がりました。

フロイラインは黒のドレス、チサ様はベージュのスーツでした。おふたりともとても似合っておいででしたよ。

＊　＊　＊

「そのスーツとは、これでしょうか」

メラニーが通訳するあいだに、わたしは持っていたバッグから、あのスーツを取り出して広げた。

カタリーナが車椅子から少し乗り出し、目を凝らす。酸素吸入器を鼻につけたカタリーナは、喉をごろごろと鳴らし、高ぶったように震える右手でスーツを指さした。

「それはチサ様が作ってもらったものです。間違いありません」

けたたましい音とともにマルティナ・エデルが座っていたパイプ椅子から立ち上がり、なにかをわめいた。銀縁眼鏡の奥から怒りに満ちた目をカタリーナに向けて怒鳴った。

「嘘を言ってはいけません。服を見ただけで誰が仕立てたのかわかるはずがないでしょう」

それからわたしたちに顔を向けてきた。

「なぜスーツを持ってきていることをいままで黙っていたのです。だいたいあなたがたはなにをしたいのですか」

「かつてなにがあったのか、本当のことを知りたいだけです。それとも、都合の悪いことでもあるのでしょうか」

メラニーが落ち着いた口調でマルティナに向かってそう言うと、肩を怒らせたマルティナも少し落ち着いたようだった。

「べつに都合が悪いことなどありません。カタリーナの証言は、何度も聞いています。しかし、いま話したようなことは、ほかの関係者からは一切出てきていません。単独証言を事実とみなすわけにはいきません。スーツなど証拠になりません」

つまり、厳格な公文書館員のマルティナとしてはカタリーナの証言を、嘘あるいは妄想と決めつけたいのだ。

カタリーナがマルティナを睨みつけた。

「信じないなら、それでもかまいませんよ。いままでだって、何度もそう言ってきているじゃありませんか。わたしは歴史の資料のために証言しているつもりはありません。ただ、わたしが見聞きしたことをそのまま思い出して言っているだけです」

「とにかく、わたしたちは彼女の話を最後まで聞きたいと思います」

ふたりのやりとりを説明してもらったあと、メラニーを通じてそう告げると、どうにでもしろというように両手を顔の前で振りつつ、マルティナは椅子に腰を落とした。

わたしはカタリーナに目を向けた。

「このスーツはシャネル本人が仕立てたものだと、わたしは信じます。ただ、これはご覧のように汚れています。おそらく血だと思うのですが、なぜこのスーツが血まみれになったのか、その事情を知っていたら、教えてください」

メラニーが伝え終わると、カタリーナはため息とともに身体を車椅子の背もたれに預け、しばし目をつぶってしまった。眉間に皺を寄せて、首をかすかに振る。

「わかりません」

ひとこと、こたえた。

「なんでもかまいません。覚えていることを教えてください」

それでもカタリーナは首を振る。

「なにがあったのか、わたしにはわかりません。見ていないのです。わたしが見たのは、なにかが起こったあとのことでした」

「というと」

「死体がふたつ、床に」

言葉を切ると、両手で顔をおおった。

そのあとぽつりぽつりとカタリーナが語ったところによると、それはスーツを仕立てた翌年、つまり一九四四年の六月に起きたという。

スーツを仕立てたあと、シャネルも千沙もそれぞれにパリへ戻っていき、シャネルの方は二度とオーバーザルツベルクに顔を見せなかった。だが、千沙の方は、翌年六月に父親と恋人らしき男とともに、また訪れたという。そのときは千沙の方からエヴァに会いたいからオーバーザルツベルクを訪問したい、父と恋人を一緒に連れて行くという連絡があったそうだ。

「いらっしゃったのは、六月一日でした。よく覚えています。六月三日に妹のマルガレーテが結婚式を挙げたのです。お相手は親衛隊のヘルマン・フェーゲラインという大隊指揮官でした。フロイラインは自分のことのように喜んで、どうせなら結婚式にも出てほしいと連絡したので、それに合わせていらっしゃったようです。それに、あのことがあった翌日には、ノルマンディーの上陸作戦があったのですから、その時期のことは嫌でも忘れられません」

戦局は終盤になっていた。もはやドイツに勝ち目はありそうに思われなかった。各前線は後退し、ドイツは追い詰められていた。そして、連合国軍がノルマンディーに上陸したのが、六月六日ということになる。

「お見えになられた三人を、フロイラインはこころよくおもてなししていました。あちこちを案内したりテラスで写真などを撮ったり。そのとき、チサ様はそのスーツをお召しになっていて、フロイラインはそれを見てとてもうれしがっていらっしゃいました」

わたしはさきほどの写真を取り上げ、カタリーナの前に掲げた。

「これは、そのとき撮った写真でしょうか」

カタリーナは、すぐにうなずいた。

「そう、これはそのときのものです。写っている男性は、そのときにしか来ていませんから」

マルティナがパイプ椅子の上で腕を組んだ。

「それに関しては、わたしも認めます。その写真は、オーバーザルツベルクで撮られたものです。ただし、いつのものなのかまでは特定できません」

「そのときのもので間違いありません」

カタリーナが、少しむっとしつつ言った。

「そのとき、なにがあったのでしょうか」

メラニーがマルティナを無視して、カタリーナに先をうながした。

「あの時期はヒトラーが滞在していましたから、深夜過ぎまでほかのかたがたは居間で談話なさっていて、それからみなさんお休みになられました。チサ様一行の三人はフロイラインのお客さまということで談話には加わらず、毎晩早めにお休みになられたようです。ただ、あのときはマルガレーテの婚礼がありましたから、その前日から四日間だけは、お決まりの深夜の談話会は取りやめになりました。ほかのかたがたも早めにお休みになられ、翌朝からの婚礼と祝宴に参加されたわけです」

　カタリーナはそこで大きく息を吐いた。

「あの晩は、祝宴がすべて終わった日でしたから、みなさんお疲れで、わたしもひどく疲れて宿舎に戻らず、アイロン部屋でつい眠ってしまったのです。ところが真夜中にふと目を覚ますと、部屋の前を何人かの人が通り過ぎる気配を感じました。早起きの誰かがうろうろしているのかなと思いましたけれど、時計を見るとまだ午前二時でした。そこでちょっと気になってドアを開いて覗いてみました。すると電灯が落ちて薄暗くなった廊下を、チサ様とお父上、それに写真の男性の三人が、無言のまま歩いていくのが見えました。お父上が先頭になって、どこかへ連れて行く様子でした。ひどく緊張した気配があって、なにかあったのかと思い、わたしはつい三人のあとをついて行ったのです。すると一階のヒトラーの執務室へ三人は入っていきました。執務室のドアが見える階段の中ほどに身体をかがめて、しばらく様子をうかがっていました。時間はどのくらいだったか、よく覚えていません。じれったくなって、近づいて聞き耳を立ててみようとしたそのときです、銃声が何度か起きたのは。わたしは執務室の前に駆け降りていって、ドアを開きました。すると奥の部屋にふたつの死体がころがっていたのです。ひとりはチサ様のお父上、もうひとりはベルクホーフに常駐している親衛隊の将校でした。チサ様と写真の男は、いなくなっていました。執務室から地下通路へ通じる別の扉から出ていったようでした」

「ベルクホーフの各施設は、極秘のうちに地下通路で結ばれていました。おそらくそのひとつでしょう」

マルティナがため息まじりに注釈を加えた。カタリーナがうやうやしく頭を下げてみせた。

「あら、ありがとう。たまには力になってくれるのね」

「事実を申し上げただけです」

眼鏡を押さえつつ、そっぽを向く。ふたたびカタリーナはつづけた。

「血だまりを目にして、わたしは助けを呼びました。いえ、それはただの悲鳴だったでしょう。そのころには銃声を聞きつけた兵士が何人もやってきて、わたしはなにがあったのか問い詰められました。でも、なにもわからない。そのうち、フロイラインがいない、チサ様と男もいないということになり、あわてて警戒態勢が敷かれたようでした。わたしはなかば失神して、そのまま眠り込んでしまったようです。目が覚めたときには、翌朝になっていました。その晩のことでわたしが知っているのは、それだけです」

カタリーナは疲れたらしく、また車椅子にもたれかかった。ひどく頰がたるんで見える。

「エヴァ・ブラウンもいなくなっていたのですか」

メラニーの問いに、カタリーナは面倒臭そうに口を開いた。

「ええ、そうですよ。あとから聞いた話では、三人は少し離れた場所に造られていた飛行場に向かったらしく、フロイラインはそこから歩いてすぐ戻ってきたそうです。チサ様と男は飛行場に待機していた飛行機で飛び去ったということでした。ただ、警備陣に対して、フロイラインはあまりはっきりと事情を口にしませんでした。執務室の一件も銃が暴発したための事故だったと、そう言っていました。ヒトラーにもそう説明したようです」

「ヒトラーはそれで納得したのでしょうか」

「納得したのだと思います。それ以降も、べつに変わったことはありませんでしたから。ノルマンディーの一件でそれどころではなかったはずですし」

「死体はどうなったのですか」

「見ていませんが、墓地に埋葬されたはずです。申し上げておきますが、この件は厳しく口止めをされました。特にボルマンに。チサ様のお父上は日本の外交官だったと聞いていますす。事故として処理するのが、あのときにはいちばんよい方法だと考えたのではないでしょうか」

「じっさい、なにが起きたのだと思いますか」

カタリーナが口を開きかけて、ちらりとマルティナの方に目をやった。

「そういうことは、わたしにはわかりません。たかが小間使いですから」

視線に気づいたマルティナが、ふんと鼻を鳴らして背筋を立て直した。

わたしはマルティナに目をやった。

「あなたはどうお考えですか。いったいなにがあったのか」

メラニーの言葉に、マルティナは肩をすくめてみせた。

「単独証言の信憑性はないに等しいと考えますが、あえて申し上げるなら、暴発事故があった、ということでしょう」

それこそが公式見解なのだと言わんばかりの調子だった。

だが、カタリーナの話した一連の出来事が事実だとすれば、そこからあるひとつの推測が、導き出せるのではないだろうか。

一九四四年五月　始動

昨年十月のオーバーザルツベルクでの日々は、まさに夢のようだった。

外交官の娘にしかすぎない千沙を友人としてもてなしてくれたエヴァはむろんだが、くわえてカンボン通りの女主人までが待ち構えていたのだから。

エヴァが千沙を招待してくれたのは、一緒に服を仕立ててもらうのが目的だったわけで、これには感謝してもしきれない。

女主人に引き合わされたときには、とにかく驚いたものだった。あんな場所で顔を合わせるなどとは思ってもみなかった。しかも、おそらくもう忘れているだろうと思っていた千沙のことを覚えていてくれて、以前約束したスーツまで仕立ててくれた。ふたりだけで話す機会はそう多くはなかったけれど、仮縫いのときだけはざっくばらんに話ができた。なぜ店を閉めてしまったのか尋ねると、オートクチュールを戦争のときに着る女性などいないとあっさりこたえ、やっと千沙との六年前の約束が果たせると嬉しそうに言ってくれた。いまは「リッツ」の小部屋にいるので気が向いたら連絡をしてほしいと言われ、恋人はできたのかとか、どこまで進んでいるのかといったきわどい質問もされたものだ。食事は部屋でとりたいからと食堂に顔は見せず、野菜ばかりの料理に文句をつけていたようだ。文句といえば、煙草を常にくわえていたが、フランスの煙草が切れてドイツ煙草しかないらしく、しきりにまずいまずいと言いながらも吸っていたのがおかしかった。

ついつい千沙の思いはオーバーザルツベルクでの出来事に戻っていき、うっかりするといまなにをやっていたのか忘れ、あわてて周囲を見回すようなことが何度もあった。それだけ印象深い日々だったのだ。そう、まるで戦争など嘘のように、あの時間は流れていたのだ。

だが、そんな甘ったるい思いをぶち壊す出来事が起きた。

「ちょっと買い物に行ってまいります。少し寄り道してきますので、帰りは遅くなりますけれど、あとはよろしくお願いいたしますね」

家政婦のジャンヌがそう言って出かけたのが、三月十日の夕刻だった。そして、二度とジャンヌが戻ってくることはなかった。

三日後、突然ゲシュタポだと名乗る男が父と千沙を訪ねてきた。

その男によると、ジャンヌがレジスタンスの一味として射殺されたというのだ。

ちょうど地下水道に作られていたアジトから印刷したビラを抱えて出てきたところを、仲間とともに射殺されたのだ。抵抗があったためやむなく射殺したということだったが、投石された程度のことにすぎなかったであろう。

身元が調べ上げられ、こうしてゲシュタポが訪問してきたわけだが、大使館員の屋敷で家政婦をやっていたこともあり、情報の漏洩《ろうえい》があったかどうか詳しく調べることにするというのに対し、父はその必要性を認めなかった。

「彼女はそういう人間ではない。ボルシェビキですらない。どこにでもいるパリの一般市民だ。彼女はただ、みずからが信じたことをやっていたまでだ」

ゲシュタポの男は、父のその言葉をいぶかしそうに聞いていたが、素直に引き下がった。遺体は親戚の者が引き取ったという。

ジャンヌが射殺されたと聞いたとき、千沙は耳を疑った。

彼女がレジスタンスに加わっていたことにではなく、射殺されたということにだ。以前怪我をした少年が屋敷に逃げ込んできたことがあったが、そのとき千沙は自分にできることをするまでだというつもりで手当てをして匿《かくま》ってやった。日本人の千沙でさえそうだったのだから、ジャンヌが自分のできる範囲で抵抗に力を貸そうとすることに違和感はない。千沙たちに迷惑をかけまいとこっそりやっていたのを知って、かえって自分たちが信頼されていなかったのかもしれないと心苦しかったものだ。

耳を疑ったのは、抵抗する者たちを問答無用に射殺するというゲシュタポのやり口である。命令への盲目的服従が、人から人間性をそこまで奪うのかと信じられない思いだった。無闇に怒りがこみあげてきた。ちょっとそこまで買い物に出てくると言って出て行ったら、射殺されてしまったのである。戦場で交戦しているわけではない。占領者ならなにをしてもよいと勘違いしているなら、ナチスは愚鈍な暴力集団にすぎない。あるいは支配的立場に立った者にありがちな怯えがそうさせたのかもしれなかったが、どのみち許されることではない。

結局千沙はジャンヌの死に顔も見られず、別れも告げられなかった。この七年、家政婦として立派に屋敷を切り盛りしてくれたのは、彼女にほかならない。千沙も父も、彼女を家族の一員と思っていたのに。

「ビラを撒くだけで屋台骨が傾くようなら、ドイツ軍の支配もたかが知れているというものだ」

父も悲しみと怒りのまじった声を震わせたものだった。

そして、あるいはこの一件が千沙と父にひとつの決断をもたらしたのだともいえる。

五月に入って最初の日曜日にクルトがやってきたのは、夕食が終わってからのことだ。

千沙に会いに来たのかと思ったのだが、どうやら父の範義に相談があって出向いてきたらしい。ふたりは応接室に籠り、一時間以上もひそひそと話をつづけた。

以前、早川雪洲が訪れたとき立ち聞きをしたようなはしたない真似をするつもりはなかったから、千沙は部屋でやっと手に入れたフィリップの『モンパルナスのビュビュ』を読んでいた。とはいえ、やはり階下の様子が気にかかる。本に集中できない。ひさしぶりにクルトの顔を見たいとは思う。だが、いまだにジャンヌを失った悲しみから立ち直ってはいないせいもあって、気持ちが削がれる。

そうするうち、ドアがノックされた。

「ちょっと来てくれ」

むろんジャンヌではなく、父だった。いまでもなにかあるとジャンヌがひょっこり顔をのぞかせるのではないかと思ったりするのだ。

父にはなにか重苦しい気配が感じられた。わざわざ父が部屋に呼びに来ることはちかごろではめったになかったのでちょっと意外だったが、本を閉じて階下に降りていった。

応接室には、背広姿のクルトが顔をしかめて座っていた。ひさしぶりで千沙に会ったというのに、立ち上がってキスもしてくれようとしない。それどころか、視線を合わせるのを避けている風にも感じられた。

「ここに座りなさい」

父の範義が千沙に命じ、その隣に腰をおろした。

「どうかしたんですか」

ふたりが押し黙っているのに耐えられず、千沙はクルトと父を交互に見ながら尋ねた。

「これから話すことは、他言無用だ。いいか」

父が日本語で脅すように言ってきた。とっさに千沙も身構えた。

「なにか起きたんですか」

「クルトがおまえに頼みたいことがあるというんだ」

向かいに座ってうつむいているクルトの肩がかすかに震えた。わざわざ父を通して頼むというのがわからなかった。頼みたいなら、直接言えばいい。千沙は問うようなつもりで、クルトに目を注いだ。だがいっこうに顔をあげない。

「オーバーザルツベルクに、連れていってもらえないかと言っている」

「オーバーザルツベルクへ、ですか」

千沙は首をかしげつつ、つぶやいた。なぜクルトはオーバーザルツベルクなどへ行きたいのか。まさか見物したいわけではあるまい。目の前にいるクルトの深刻そうな様子を見れば、それは明らかだった。

「おまえは、わたしがパリでどのような仕事をしていたのか、ある程度わかっているはずだ」

父の言葉に、千沙はうなずいた。パリへ来た当初はまだ十六の小娘だったからあまりそういったことに関心はなかったが、政治情勢は千沙に無関心を許しはしなかった。この七年、父が日本を戦争から回避させるためにいかに動き回っていたか、よく知っているつもりだった。以前、ヒトラーと直談判《じかだんぱん》しようとした父がオーバーザルツベルクへ出向いたとき、千沙も同行し、そのおかげでエヴァ・ブラウンとも知り合えたのだ。

「このところドイツ国防軍の中でも、いろいろと動きがあった」

そう前置きして父が話したところによると、ドイツ国防軍防諜部のトップだったカナリス提督が二月に解任されるという事態が起きていた。もともとドイツ軍とナチスは別物の存在であり、その中でもカナリスは反ナチスの考えを強く持っていたらしい。そのカナリスの後任になったのが、親衛隊保安局のヴァルター・シェレンベルクという人物だという。

国防軍防諜部と親衛隊保安局は、そもそも任務がだぶっており、互いに牽制し合う関係だった。その保安局のシェレンベルクが国防軍防諜部を吸収する形で就任したということは、つまり国防軍側の力が削がれたということである。

「じつは、そればかりではない。カナリスとシェレンベルクは互いに行き来もあり、信頼関係もあるようなのだが、決定的な考え方の違いがある」

それがヒトラーに対する考え方なのだそうだ。カナリスはヒトラーを危険視し、嫌悪しているが、シェレンベルクは崇拝に近い忠誠心を抱いていた。その一点をのぞけば、両者にはかなり共通点があった。特に強制収容所における虐殺を阻止するべきだという点と、連合国軍との講和を進めるべきだという点。シェレンベルクという人物は独自に講和の道を探っており、カナリスもまた連合国軍と密《ひそ》かに連絡を取っていた。

「わたしがカナリス提督下の防諜部とつながりを保っていたのも、その二点があったからだ。これはひいては日本のありようにもつながることだからな」

千沙はうなずいた。ドイツの身の振り方いかんによって、日本の講和にも影響があるという意味だ。イタリアが降伏したいま、日本とドイツが講和を結べば、戦争は終結する。

「問題はヒトラーなんだ」

父がソファに身体をうずめた。クルトがゆるゆると顔をあげ、フランス語でぼそりとつぶやいた。

いままでやってきたことが、すべて無駄になろうとしている」

「それはどういうこと」

千沙もフランス語で尋ね返した。クルトは堪えていたものがほとばしるように口を開いた。

「カナリス提督は、いままでずっとヒトラーの失脚を目論《もくろ》んでいた。ヒトラーが政権を取ろうとするころからだ。あの男に独裁を許せば、ドイツは滅びる。そう考えていた。国防軍防諜部は表向きは忠誠を誓いつつ、機会をとらえてはヒトラーを失脚させるためにあらゆることをやってきた。提督は解任されたあとも、われわれ防諜部員たちとは個別に連絡を取っている。どうにかして講和を実現しなくてはならないからだ」

息を継ぐと同時に頭を振った。

「だが、それも親衛隊に実権を握られてしまえばむずかしい。連中のヒトラーへの忠誠は本気だからだ。しかも連合国軍側は、ヒトラーがいるあいだは講和はないと断言している。そこで提督は、ついに決断した。もはやヒトラーの暗殺以外に道はない、と」

最後のところだけは、クルトも声をひそめた。

千沙は言葉を失っていた。ドイツ国防軍の中に、そういった人々がいたということを、いままで知らなかったからだ。クルトの発言にそれらしきものが感じられたことはあったが、それは個人的なものにすぎないと思っていたし、父もまた仕事として仕方なくドイツ軍とのつながりを保っているのだろうと考えていた。だが、組織的にヒトラーを打倒しようとする者たちが、たしかに存在したのだ。そもそもクルトの役割は、フランス駐留軍内部の反ヒトラー勢力との連絡役だったということも、初めて教えられた。

さらにそのときの話では、ヒトラーの暗殺は国防軍防諜部がかかわらないものもふくめ、いままで知られているだけでも四十回ほど、さまざまな立場の者によって試みられてきたという。だが、そのつど、ヒトラーは危機を免れていた。そういったことはなかなかおおやけにされないから、すべてが初耳のことだった。

「そして、つい最近もまた失敗をした」

クルトが拳を震わせる。

ロシアと対峙《たいじ》する東部戦線の視察に出向いたヒトラーを、その専用機ごと爆破してしまおうという計画があったというのだ。これには国防軍防諜部がかかわっていた。ところが、失敗した挙句《あげく》に防諜部の中から逮捕者まで出してしまったのである。

「提督とシェレンベルクは親子のような親愛の情を互いに抱いている関係だから、個人的に追い落としにかかるようなことはない。ただ、追い詰められるのは時間の問題だと思う。いま、もうひとつの計画がいくつかの組織をまとめる形で動き出しているんだが、提督としては防諜部が単独で暗殺を成功させられないかと考えている。きみにもわかるだろうが、それじたいは暗殺成功のあとに待ち構えている主導権争いにすぎない。提督はみずからの指揮下で暗殺をおこない、軍の主導権を握りたいんだ。しかし」

ここからが大事なのだというように、クルトは膝を乗り出してきた。

「しかし、そういったことは抜きにして、暗殺の機会があるなら、どのような形であれ、実行に移すべきだとぼくは考えている」

千沙はクルトの必死になっている顔から目を離せなかった。戦争をいち早く終わらせたいという思いは、誰にでもある。そして、じっさいにそれをおこなえる立場にいる者としての責任感が、クルトの表情にはにじんでいた。

千沙は横にいた父に目を向けた。

「わたしも、同じ考えだ」

範義は、重々しくうなずいてみせてきた。

「平和をもたらすために必要なら、ひとりの人間を殺してもいいというのは、許されるのでしょうか」

ぼんやりと宙に目を泳がせて、千沙はつぶやいた。決して非難しているわけではなかった。許されるのかどうなのか、自信がなかったのだ。

「許されないかもしれない。しかし、その責任は負う」

クルトの声は、断固としていた。千沙は父に目を移した。

「わたしは許されると信じる。他人の立場を尊重しない者の立場まで認める必要はない。

ジャンヌのような罪のない人々が、何万何十万、いや何百万と、ひとりのそういう考えを持った人間のために命を落としている。これはヒトラーひとりの話ではない。同じような考えを持っている者には、同じ処分をくだすしかあるまい」

これもまた断固とした口調だった。すべてを振り払ったというような。

千沙はふたりの言葉を聞いて、大きくうなずいた。たとえ責任を負わなければならなくなったとしても、負うだけの覚悟はできたと思った。平和のために、ひとりの男を殺す。

「わかりました。ご案内します」

クルトと父が、同時に息を吐き出した。

「成功したら、そのままスイスに亡命という手筈も整えてくれるそうだ。むろん、出発の前に大使館には辞表を提出せねばなるまいがな」

冗談めかそうとしたが、父の口髭はこわばっていた。

「ただし、お願いがあります。ほかの人には危害を加えないでほしいのです。特にエヴァには」

クルトがしばし考え込み、それからうなずいた。

「わかった。約束する」

そして計画が、動き出した。

一九四四年六月　友情の記念

夕刻が近づき西陽の射しかけているドイツアルプスを背に、ベルクホーフのテラスの上で千沙はクルトと並んだ。

「撮るわよ」

大振りのカメラを構えたエヴァが声をかけ、かちりとシャッターが下りた。一瞬、内面を見透《みす》かされたような気がしたが、写真にそれが写るはずもない。

「今度は、あなたがたおふたりね」

エヴァがフィルムを巻きながら、うらやましそうに微笑んだ。おといおこなわれた妹の結婚式のことを念頭に言っているのだ。つぎは千沙とクルトの番だ、と。

「そうだとうれしいわ」

千沙はそうこたえ、クルトを見上げた。

「できるだけ早く、そうしたいですね」

クルトも千沙に目を向けてくる。

「もう一枚、撮るわ」

エヴァがふたたびカメラを構えてファインダーを覗き込む。千沙はクルトと腕を組んだ。

結婚式は思った以上に盛大だった。五百人ほども客がいただろう。行きがかりだったとはいえ、式に出席できてよかったと千沙は思う。

近いうちに父と恋人とともにまたオーバーザルツベルクを訪れたいという手紙を書き送ると、エヴァは折り返し返事を寄越した。六月の三日に妹のマルガレーテが結婚をするから、その式に出てほしい、と。マルガレーテのことは以前の滞在中に紹介されて知っていたし、それがちょうどこちらの目的とする時期とも重なっていたので、こうして参加したのである。白い絹のドレスを着て参加した千沙は、他人の結婚式を目にすることで、自分も花嫁となりたいという思いが強くこみあげてきた。

式はすべての進行をエヴァが取り仕切り、立会人としてボルマンとヒムラーが出席していた。祝宴はベルクホーフからさらに山の上にあるケールシュタインハウスで三日間おこなわれ、ついさきほどやっとすべてが終わったところであった。それまではエヴァも手がなかなか離せず、千沙たちの相手をできなかったのだが、やっともてなせると考えたらしく、写真を撮ってくれるというのでテラスに上がったのだった。千沙はオーバーザルツベルクに乗り込んでくるときに例のスーツを着込んできた。いまもまた写真を撮るのだからそれに着替えてこいと言われ、ベージュのスーツを身につけていた。

「ほら、もっと笑って」

　エヴァがファインダーを覗いたままそう言い、かちりと音がした。

「すぐに現像してさしあげます。お父上もいればよかったのに、残念です」

　父の範義は、ケールシュタインハウスから戻ってくる途中でボルマンに呼び止められ、なにやら話をしに行ってしまい、テラスに来たのは千沙とクルトだけだった。

　山々に薄蒼く靄がかかり出した。まだ日没には間がありそうだったが、三人はテラスを離れ、それぞれの部屋に戻った。

　千沙は、ベッドに仰向けに横たわり、ため息をついた。

　ついさっきヒトラーの姿を初めて目にしたことが、思い出されてくる。

　ヒトラーは結婚式の場には姿を見せず、さきほどまでおこなわれていたケールシュタインハウスでの祝宴になってやっと姿を現わした。

　じつはヒトラーはここに滞在していないのではないかという疑念がそのときまで拭えていなかったのだが、じっさいにその姿を目にしたとき、千沙は肩すかしをくらったように感じた。どこにでもいる平凡な中年男というより、病みつかれて憔悴《しょうすい》した姿を目にし、この人物が戦争を終結させるためにそれほど大きな障害になっているとはどうしても思えなかった。むろん、今夜この男を暗殺するということも、いまひとつ実感が湧かなかった。

　すぐに会場からは姿を消してしまったが、クルトもヒトラーの姿を目にして愕然としたようだった。第三帝国を率《ひき》いている総統としての威厳はどこにもなく、ただ神経症ぎみの男がそこにはいたのだ。

千沙はバッグの中にしまってある化粧箱を取り出し、その底に拳銃がちゃんと隠されてあるのを確認した。手に取ってみようとして、頭を軽く振ると、またすぐに蓋を閉じた。

とにかく、ここまでは順調だった。いや、僥倖《ぎょうこう》だったと言うべきか。

この時期にヒトラーがオーバーザルツベルクに滞在していることは国防軍からの情報で確実であった。だが、この計画には、連合国軍のノルマンディー上陸作戦の決行と連携するという大前提がある。その日がいつなのか、それによって時機が左右されてしまうのだ。それがエヴァの妹の結婚式とほぼ重なったことで、外部からの訪問者へのチェックが甘くなり、さほど警戒もされずにオーバーザルツベルクに入ることができたのである。クルトは顔を知られていなかったが、それでも用心してフランスに駐在する商社員ということにして、名前も変えた身分証を偽造していた。もっとも、エヴァの友人である千沙の恋人なのだから、それだけで検問をあっさり通過できた。拳銃は千沙の化粧箱の底に隠し、こうして持ち込んである。

父はパリを飛行機で離れる直前に大使館に辞職届を送りつけていた。ただし、そのことをおくびにも出さず、いまだに一等書記官という立場で振舞っているのは、それが必要でもあったからだ。ノルマンディー上陸作戦の決行日時をカナリスを通じて伝えてもらうためで、その連絡は昨夜、符牒《ふちょう》で父のもとに入っていた。

そして、暗殺実行が今夜未明と決まったのである。

もっとも、本当に実行するのかどうか、千沙には実感が湧かない。ましてさきほどヒトラーの哀れな姿を目にして、殺すことはないのではないかとも感じられていた。このままさりげなくオーバーザルツベルクを離れてしまうという選択肢《し》も、まだ残されているような気がする。

それに、ヒトラーがどこで寝起きしているのか、いまだにはっきり特定できていない。たとえそれが判明して暗殺が成功したとしても、無事にスイスへ亡命できるかどうか問題だった。カナリスは反ヒトラー派の軍将校に手を回し、夜明けに小型飛行機をオーバーザルツベルクの南二キロほどの場所に造られている専用の飛行場へ迎えに寄越すことになっている。パリ駐留軍の参謀が緊急の用件で書記官の久能範義を迎えに来たという名目である。ただ、その飛行機が少しでも遅れれば、飛行場で捕らえられかねない。あるいはその場で殺されてしまう可能性もあった。天候はどうやら大丈夫なようだが、問題はそのあたりだった。

ここ数日、神経をすり減らしたせいか、いつの間にか千沙はうとうととしてしまい、食事の用意ができたのを告げにカタリーナが顔をのぞかせたときには、夜の闇が部屋をおおっていた。

「どうかなさったんですか」

「いえ、なんでもないの。ちょっと疲れたから横になっていたら眠ってしまって」

ベッドわきのスタンドをつけてこたえると、カタリーナは安心したらしい。戻っていこうとするところへ、千沙は声をかけた。

「あまり食欲がないので、今夜の夕食はご遠慮しますって伝えてほしいの。ほら、さっきまでの祝宴でおなかいっぱいなのよ」

なるほどという顔をしたカタリーナは、そう伝えると答えて顔を引っ込めた。

額に手をあててみると、少し熱があるようにも感じられる。やはり緊張しているせいだろうか。

ふたたび睡魔が襲ってきて、うとうととしたようだった。

どのくらいの時間が過ぎたのかわからなかったが、ノックの音に千沙は我を取り戻した。

顔を出したのは父だった。

「どうかしたのか」

千沙をのぞき込んで尋ね、すぐに苦笑を漏らした。

「まあ、普通でいろという方が無理か。しかし、いい知らせがある。ヒトラーの寝起きしている部屋がわかった。さっきボルマンに呼ばれて話をしていたんだが、そのとき少し探りを入れてみたんだ。一階にある執務室だそうだ」

力がみなぎると言いたげに拳を作った。それからベッドの縁に腰を落とした。

「とにかくここまで来てしまったんだからな。もう引き返せない。スイスへ行けば、新しい生活が待っている。おまえとクルトの結婚も考えなくちゃならん。しかし、それには今夜を切り抜けることが肝心だ。わかるか」

むろんわかっている。だが、頭で理解していても、心が追いついてきていない。いったんは計画に応じ、オーバーザルツベルクへ潜入するための道筋を引いたのはたしかだ。しかし、ここへ来て千沙の中に怯むものがめばえていた。みずからの手を血で汚すことによって、それ以後の自分がどうなってしまうのか、それが不安だった。

押し黙っている千沙に、父は立ち上がりつつ、つづけた。

「さっきパリ駐留軍から緊急の用件でパリに至急戻ってほしいと連絡があった。駐留軍がユンカース輸送機を寄越してくれる」

それは決行の合図だった。「輸送機が迎えに来る」とは、つまりそれに乗って脱出することを意味している。輸送機でそのままスイスへ亡命する手筈なのだ。三人は表向き勝手に亡命したこととされ、パリ駐留軍にも疑いはかからない。その輸送機が到着する予定時刻は午前二時。本来はヒトラーと側近たちが夜明けまで談話するため、早朝に決行という手筈だったのが、婚礼があったため、その日は深夜に決行が可能になったのだ。

千沙は深くうなずいた。

「ああ、それから食事のとき、エヴァがおまえたちに写真を渡すつもりで持ってきていた。クルトには渡したようだが、おまえにも直接渡したいからあとで部屋に来ると言っていたよ」

「わかりました」

立ち上がった父を見上げつつ、こたえた。部屋を出て行きかけた父が、ドアのところでゆっくりと振り返る。

「まさかとは思うが、くれぐれも気づかれないようにな」

返事を待たずに出て行ってしまった。

無謀だったのではないか。

あらためて千沙は、いま自分が泥沼にはまり込もうとしているのを感じていた。たとえ戦争を終結させるきっかけになるとしても、人を殺したなら、憎しみをこの身に受けることはわかりきっている。それでもいいのか、どうか。たしかに、その覚悟はできている。しかし、じっさいにそうなったとき、耐えられるのだろうか。

考えれば考えるほど、混乱してくる。

ジャンヌを殺された憎しみは、個人的なものだ。それを理由にヒトラーを殺すというのは、自分の中で納得がいかない。では、何十万何百万という戦争の犠牲者のためか。これも違うと思う。ドイツ軍にも戦死者はいるはずだ。

ふと、パリが占領されてからのことを思い浮かべる。いわれもなく迫害されるユダヤ人。生き延びるためにドイツ軍に協力をしようとする「コラボ」と呼ばれる人々。支配されるのに慣れていくことで、知らぬ間に考え方まで捩《ねじ》れていく人々。肉体的な暴力ではなく、精神的な暴力。それは人間性を損なわせる。資本主義であろうと共産主義であろうと、肉体的暴力はもちろん精神的暴力も否定されねばならない。

無性《むしょう》に喉が渇いた。枕頭台にある水差しからグラスに水を注ぎ、ひと息にそれを飲み干す。二杯目に口をつけて、やっと渇きがおさまった。

これ以上考えても、結論など導き出せそうにはなかった。ためらいの口実にしかならない。ならば、賭けるしかない。自分の行動に賭けるのだ。

そう決心したときドアがノックされ、エヴァの笑顔がのぞいた。

「元気そうね。ぐったりしているのかと思ったわ」

千沙はベッドから立ち上がり、エヴァを迎えた。

「大丈夫。ちょっと疲れただけですから」

「そう。それならよかった。はい、これ写真」

封筒を差し出されて受け取り、写真を取り出してみた。

「腕を組んで撮った方は、露光が悪くて失敗でした。これ一枚だけ」

そこにはクルトと自分が写っていた。なにも悩みなどなさそうに、あるいは幸せそうに。せめて写真の中の自分くらいは、そうあってほしかった。裏には「友情の記念にC・KへE・Bより」とフランス語でサインがしてあった。

「ありがとう。大切にします」

顔を上げると、つい目の前にエヴァの顔があった。じっと千沙の顔に緑の瞳が向けられる。

「わたしたち、どんなことがあってもずっと友達でいましょう」

唐突に言われて、千沙は戸惑った。

「もちろんです。今度はぜひパリに来てください」

取ってつけたような言葉になってしまったが、友達でいたいという思いは千沙も同じだった。

エヴァはまだなにか口にしたいように唇を舐める仕草をしたが、そのまま部屋を出て行った。

肩から力が抜けた。卓上時計は九時をさしていた。決行の時間は午前二時ということになっている。まだ五時間はあった。気持ちを落ち着けるためにも、少し眠っておきたかったが、まったく眠くはない。

するとまたノックが響いた。今度はクルトだった。いつもより落ち着いた物腰は、オーバーザルツベルクに入ったときから変わらない。千沙のように迷いを持っていないらしい。

「大丈夫かい」

「ええ、なんとか」

千沙の立っているところまで歩いてきながら、クルトが微笑んだ。腕組みをして立ち止まり、クルトはちょっと顔を引くようにして千沙を眺める。

「なるほど、シャネルか」

「それが、どうかした」

「いや。これは噂なんだが、親衛隊のシェレンベルクが彼女に協力をしてもらって講和を試みたことがあるらしいんだ」

初耳だった。あの人もまた、そういうことと無関係でいられなかったということか。

「それがちょうど去年の秋だそうでね。きみがここへ来てマドモアゼルに会ったころなんだ。もっとも、お粗末な作戦だったようで、手紙一通書いただけで終わったらしい」

「それがうまくいっていれば、わたしたち、ここにいなくてもよかったかもしれないわ」

「まったくだ」

低くうなって、クルトはベッドの縁に腰を落とした。ぽんとその横を叩いて、座るようにうながす。千沙は素直にそこに身体を寄せた。

「チサ、いまのぼくはどんな風に見える」

視線を遠くに向けたまま、尋ねてきた。

「フランスに駐在する商社員」

「そうじゃなくて」

ふたりは目を合わせて互いに短く笑った。つい口をついて出ただけだったが、千沙にもそれくらいの余裕があったようだ。

「ずいぶん落ち着いているみたいね」

「そんなことはない。怖くて仕方がないよ。本当に怖いときには、顔には出ないんだ。内心はがたがた震えている」

うつむいた横顔はいつものクルトだったが、両手を握ったり開いたりを無意識に繰り返していた。

「わたしだって怖いわ」

「ぼくはドイツ軍人だ。ドイツ軍人はヒトラーに忠誠を誓っているんだよ。わかるかい。その相手を暗殺するということは、神を殺すに等しい。日本なら、天皇を殺すようなものだ」

千沙はつとめて声を明るくした。

「ヒトラーになんか忠誠を誓う必要はないわ。あなたはわたしにだけ忠誠を誓って」

虚を衝《つ》かれたような表情が向けられた。それから苦笑が起きる。

「そうか。たしかにその通りだ」

腕が回され、千沙は抱き寄せられた。唇からぬくもりが伝わる。しばし互いに時間を忘れた。やがて離れると、クルトが千沙の頬を両手で包みながら微笑んだ。

「忠誠を誓うよ。結婚しよう」

初めてその言葉がクルトの口からこぼれた。嬉しかった。

「ありがとう。お受けするわ。でも」

千沙は同時に、声をあえがせた。

「わたしたち、今夜死ぬかもしれないわ」

クルトの目に、必死な色が浮かんだ。

「そんなことはない。かならず成功させて、スイスへ行くんだ。そして結婚する」

とっさに、千沙はさきほどの悩みから解き放たれたようにクルトの首に抱きつき、そのままふたりはベッドに倒れ込んだ。

＊　＊　＊

「暗殺計画は判明しているだけでも、ヒトラーが政権を取る前後から四十三回あったと言われています」

マルティナ・エデルが教科書を読み上げるように告げた。

「それが公式見解というわけですか」

メラニーに尋ねてもらうと、マルティナは嫌味と取ったのか、眼鏡の奥からわたしをちらりと睨んだ。

「その通り。それ以外にあったとしても、頭の中で想像しているだけなら、それは歴史とは言えません」

それはたしかにそうかもしれない。歴史とは現実に起こった出来事を記録するものなのだろう。マルティナの立場からすれば、それ以外は認められないのだ。

「しかし、カタリーナの証言は、それがじっさいに起きたことを示しているのではありませんか」

「何度も申し上げますが、単独証言では信憑性がありません。それに彼女の話では、肝心の部分を本人が目撃したわけでもない。銃の暴発事故があり、宿泊していた男女がそのあと立ち去った。それだけの話にすぎないのです」

「逆に考えてみてはどうでしょう。彼女はさきほどヒトラー側近のボルマンに口止めをされたと証言していました。じっさいに計画はあり、実行に移された。しかし、それを隠蔽《いんぺい》しなくてはならない事情があったとしたら、どうですか」

「どんな事情があったというのでしょうか」

言い返してくるマルティナに、わたしは頭をめぐらせた。

「ノリヨシ・クノウは日本の外交官だった。彼女も推測したように、そのような人物が暗殺に加担していたとしたら、当時の日独双方に都合が悪い。そこで表向きは銃の暴発事故にした。同時に、日本でもクノウを自動車事故で死亡したものとして処理し、辞表を受理して外務省とは無関係にする」

「可能性は認めます。しかし、それだけでは暗殺未遂があったという証明にはなりません。じっさいに単なる銃の暴発事故だったから、そういう処理をしただけかもしれません」

わたしはカタリーナに目を向けた。

「あなたはこの一件について、あとでエヴァ・ブラウンからなにか聞いていないのですか」

カタリーナは話し疲れたのか、目を閉じたまま首をわずかに振った。

「よく考えてみれば、あのときヒトラーは執務室になどいなかったのです。暗殺をするつもりなら、ヒトラーのいた私室に行くはずでしょう。執務室に行ったのはおかしいような気がします。なにか別の目的があったのかもしれません」

そんなはずはない。カタリーナの言葉に、マルティナが口もとを緩めた。話せば話すほど、証言があいまいになってきそうだった。

「では、こういうことは、考えられませんか」

わたしは頭に散らばる断片を整理しながら、自分の推測を話し出した。

＊　＊　＊

ヒトラーは夜明け近くまで起きている。

だが、それ以外の者は祝宴の疲れで眠りこけている。

つまり午前二時に決行できるのは、今夜にかぎったことで、周囲の警戒がいちばん手薄になる時間でもあり、ノルマンディー上陸作戦との連動にも最適だった。

千沙とクルトはその時間までベッドから離れようとしなかったが、それはしなくてはならないことを先延ばしにしたいという無意識の気持ちからだった。それを先に振り払ったのは、クルトだった。

「化粧箱から、拳銃を出して」

身形《みなり》を整えつつ、千沙に言った。千沙もあわててスーツを身につけ、化粧箱を取り出して渡した。

底から取り出した拳銃を、クルトは点検する。その様子に目をやっていると、ひとりごとのように説明をしてきた。

「ワルサーの軍用銃だ。一瞬で終わる。これで三発撃ち込めば、たぶん」

千沙はうなずき、クルトの胸に顔をうずめる。

輸送機が到着する午前二時に車を用意しておいてほしいと、父はすでに警備陣に要請しているはずだった。その車を奪い、飛行場まで突っ走る。そして輸送機に乗り込む。なんとも簡単な話ではないか。

ドアが小さくノックされた。

「用意はいいかね」

こわばった表情の父が、すべり込んできた。卓上時計はまさに午前二時になろうとするところだった。千沙とクルトはそれぞれにうなずいた。

あとは三人とも無言だった。明かりの低く落ちた廊下に出て、父の導きで、ヒトラーのいる場所へと進む。荷物は部屋に捨ててくることになっていたから、パリから大事なものはほとんど持ってきてはいなかった。ただ千沙は、いま着ているスーツを残していくつもりはなかった。だから身につけているのだ。

ふと思い出して、ポケットに手を入れてみた。角ばった紙の感触が手に触れる。エヴァからもらった写真は、そこに入っていた。

一階の執務室まで向かう途中、誰にも行き会わなかった。ドアの隙間から漏れてくる光もなく、大半の者が寝静まっているようだった。

だが、ヒトラーは起きていた。執務室のドアの隙間からは、光が漏れてきている。

薄闇の中で、父がふたりに目配せをして、ドアをノックした。

返事がないまま開き、父、クルト、千沙の順に入っていく。

シャンデリアが煌々《こうこう》とついている部屋には誰もいない。ソファが壁に沿って並んでいるだけだった。だが、もうひとつ奥まった部屋が左手にあった。そこから人の気配がする。

部屋を突っ切り、隣室との境に三人は立った。

「ボン・ゾワー」

執務机に座っていたのは、エヴァだった。その顔は淡々と千沙たち三人に向けられている。

千沙は事態の意味がわからなかった。クルトも父も、呆然としていた。

「クルト・シュピーゲル。それがあなたの本当の名前ね」

エヴァはクルトに向かって、そう問いただした。

クルトが愕然としたうめき声を漏らした。

「結婚式の出席者の中に、以前フランスの駐留軍に派遣されていた中佐が参加していました。その人があなたのことを覚えていました。あなたがたはわたしのご招待したお客さまですから、そっと耳打ちしてくれたんです」

ということは、おとといから正体が発覚していたということではないか。

「どうして偽名を名乗らなければならないのか、調べさせました。するといろいろなことがわかったのです。カナリス提督とのつながりもね。それでわたしは理解しました。あなたがここへやってきた理由を。ですから、夕方、ここで総統がお休みになるのだとボルマンに伝えさせて、来ていただいたのです」

今度は父が舌打ちをした。まんまとはめられたのだ。

「ですが、安心してください。このことは総統には伝えていません。わたしがここでお待ちしていたのは、みなさんにこのままパリへお帰り願いたいからです」

「そうはいかない」

いつの間にかクルトは拳銃を手にしていた。それをゆっくりとエヴァに向けた。

「総統のいるところへ案内してもらいます」

「わからないのですか」

エヴァの声がわずかに高くなった。そして千沙に視線をちらりと向けた。

「わたしとチサはお友達です。最初は、あなたがチサの恋人と偽って一緒にやってきたのかと思いました。それならあなただけを捕まえてボルマンに渡せばいい。チサとお父上はあなたに騙されたか脅されたかして、ここにあなたを連れてくるように強要されたということで済みます。ですが、あなたが本当にチサと恋人同士だということがわかったから、こうしてお願いしているのです」

さっき写真を渡しに来たとき、エヴァはこのことをほのめかしていったのだと、やっと気づいた。本来なら自分たち三人は問答無用で捕らえられているところだ。それをエヴァは、千沙が「友達」だというだけで、なにごともなかったことにすると言ってくれているのだ。この申し出を蹴ったとしたら、それは千沙がエヴァを「友達」とは見なしていないことになる。

「お断わりします」

クルトがきっぱりとこたえ、さらにつづけた。

「あなたはわたしが遊び半分でここへ来たと思っているのですか。いまドイツは存亡の機に立っている。ドイツを救うためには、総統を亡きものにしなくてはならない」

エヴァはクルトから視線を外さず、ひと息置いてきっぱりこたえた。

「わたしはあの人を愛しています。たとえ他人から悪人と思われていたとしても、わたしにとってはかけがえのない人です。どうしても殺すと言うなら、まずわたしを殺しなさい」

クルトの拳銃が動きかけた。

「だめ。ほかの人に危害を加えないでという約束だったはずよ」

千沙の叫びに、拳銃を持つ手は止まった。千沙は一歩前に出てエヴァを真っ直ぐ見据えた。

「わかりました。わたしたちは、このまま帰ります」

「なにを言う。そんなことはできない」

叫ぶクルトを無視して、エヴァは千沙に目を向けてきた。

「チサ、わたしはきっと結婚はできません。でも、あなたには幸せになってもらいたい」

「やめろ。たかが二、三度会っただけで友達ぶるな」

うんざりしたような表情になったエヴァが、クルトに目を向けた。

「あなたにはわからないのね。女は、一度会っただけで友達になれるかわかるの。だから一度会えば友達になれない人もわかる。あなたとは友達になれそうもないわ」

千沙はクルトの前に出て面と向かった。

「帰りましょう。わたしたちは失敗したの」

「しかし」

口を開きかけたが、そこでクルトは黙った。悔しいのはわかるが、こちらの計画がすべて知られているのに、いまさらあがくのは無駄というものだった。千沙はエヴァの方に向き直った。

「すでに飛行場に輸送機が来ています。それでわたしたちは帰ります。今日のことは、感謝とともに一生忘れません」

「いや、だめだ」

それまで沈黙を守っていた父の範義が声をあげた。と同時に、クルトの手から拳銃を奪い取ってエヴァに向けて構えた。

「なにをするの」

一瞬父が取り乱したのかと思い、千沙もまた声を荒らげた。

「おまえはクルトと一緒にここから逃げるんだ。しかし、わたしは残る。ここまで来て、みすみす引き下がるわけにはいかない。さあ、立って案内するんだ」

執務机に近づきながら、エヴァに命じた。

その瞬間だった。書棚の背後から飛び出した影が父に向けて拳銃を突き出したのが見えたときには、銃声が立てつづけに起きていた。

父が痙攣《けいれん》したように立ちすくみ、それでも相手に向かって引き金を三度絞り、ふたりはほとんど同時に床に頽《くずお》れた。

そこから、千沙の記憶は切れている。

とっさに倒れた父のもとに駆け寄って、スーツが血に汚れるのもかまわず抱き起こしたが、すでに息絶えていた。それでも千沙は父に呼びかけた。

繰り広げられた出来事に、エヴァもまた呆然としていた。おそらく、エヴァはなにが起きるかわからないので、事情を承知していた少佐ひとりを護衛として隠れさせていたのだが、範義の剣幕に危険を感じて銃を撃ってしまったのだろう。少佐はフランス語がわからなかったに違いない。

このままでは騒ぎが大きくなってしまうと考えたエヴァは、父を抱えて離そうとしない千沙をクルトに引き剝がさせ、ふたりを連れて地下通路へ入った。そこを抜けて使用人の宿舎へと出た。さらに宿舎にあった車で飛行場に走り、飛行場警備の者に命じて門を開かせ、到着していた輸送機にふたりを乗せた。

千沙が我を取り戻したのは、輸送機に乗り込んだあとのことだった。

けたたましいプロペラの回転音がして、乗降口の前に立ったエヴァの姿が満月に近い月明かりにぼんやりと浮かんでいるのを目にし、いま自分がいる場所を自覚した。

「もう二度とお会いできないでしょうけれど、わたしはあなたを友達と思っています」

ハッチが閉められる直前、エヴァは髪の毛を片手で押さえつつ、そう言った。それは騒音にかき消されがちだったが、千沙の耳にしっかりと届いた。

振動とともに滑走が始まり、やがて機体は離陸した。

脱出できたなどという安堵感はなかった。両手が真《ま》っ赤《か》に染まり、スーツにも血がこびりついているのをあらためて目にし、父が死んでしまったのが現実なのだということが迫ってきた。

「パリへ」

震える声で、千沙は自分を抱きかかえているクルトに言った。

「スイスなんかに行きたくないわ。パリへ戻って」

最初クルトは反対したが、千沙の思いを察したのか、パイロットにパリへ行くように針路変更を頼んだ。

千沙は泣きはしなかった。泣くことができなかった。突然降りかかった現実に、自分自身が押しつぶされないように耐えることしかできなかったのだ。

真夜中の空を、輸送機はパリへ向かって突き進んだ。

＊＊＊

ポツダムの雨は、やみそうにもなかった。

カタリーナの背後にある窓を、相変わらずしずくが涙のように伝わり落ちている。

「つまり、エヴァ・ブラウンが揉み消したのではないでしょうか。証拠もないし、証明はできませんが」

わたしは自分の推測を、そう締めくくった。

マルティナ・エデルは、肩をすくめてみせた。その表情には、想像するのは勝手だという思いがあからさまだった。

「フロイラインなら」

カタリーナが目を閉じたまま深々とうなずく。そして目を開き、わたしの方に向かってさらに大きくうなずいた。

「あのかたなら、そうしたでしょう。政治などより友情に価値を見出すはずです」

「パリへ戻ってから、ふたりはどうしたのかしら。結局離れ離れになってしまったからこそ、いまお祖母さんの遺品をもとに、わたしたちがここに来ているわけだけど」

メラニーが日本語でわたしに訊いてきた。

「手記には追っ手がかかったってあったと思うけど、結局エヴァが揉み消そうとしても無理だったのかもしれないわ」

べつに発言に許可など必要ないのに、右手を胸のあたりで宣誓するように小さく挙げたのは、マルティナだった。メラニーが発言をうながすと、遠慮がちにこたえた。

「いま話題になっているのは、一九四四年の六月ですが、七月に七月二十日事件と呼ばれている暗殺未遂事件が起きています。これがヒトラー暗殺計画の中で最大で最後のものとされているのですが、それが関係しているのではないでしょうか」

「七月二十日事件」とは、ドイツ国防軍の参謀将校クラウス・フォン・シュタウフェンベルク大佐が作戦会議中のヒトラーを狙って時限爆弾を仕掛け国防軍出動計画《ワルキューレ》を発動させ、爆殺しようとした事件である。「狼の巣」と呼ばれたラシュテンベルクの大本営で、会議中に爆弾はヒトラーのすぐそばで爆発した。だが、奇跡的にヒトラーはかすり傷を負っただけで助かっている。

この事件ではその後、陰謀にかかわった者たちが七百名以上も逮捕されている。しかもフランス駐留軍や親衛隊の者にまで同調者がいた大規模なもので、そのとき同時に逮捕されたのがカナリス前提督なのである。マルティナの考えでは、オーバーザルツベルクでの出来事は「絶対に」存在しなかったが、もしクルト・シュピーゲルがカナリスとかかわりを持っていたなら、この事件への関与で追われていた可能性があると言いたいらしい。

八月の二十五日には、連合国軍によってパリは解放されている。それまでの約一ヶ月を逃げおおせて逮捕を免れたのだろう。そしてフランス人になりすまし、生き延びた。

「その可能性は、きわめて高いと思います」

マルティナが自信を持って言い切った。

「でも、それならお祖母さんはどうしたの」

メラニーが日本語でつぶやいた。

そう、祖母はどうなったのか。

窓を伝い落ちるしずくを目にしつつ、ふたたびわたしは過去に引き戻される。

一九四四年八月　追　跡

ゲシュタポの追及の手が迫っていた。

エヴァが一連の出来事を不問に付してくれたにもかかわらず、七月二十日事件で逮捕されたカナリス前提督とその周辺から、オーバーザルツベルクで暗殺計画があったという事実が発覚してしまったのである。むろん首謀者が誰であるかは曖昧なままであったが、実行者に関しては絞り込まれていった。

パリに戻ってからというもの、千沙は日本人會の副会長早川雪洲が用意した部屋にクルトとともに息をひそめていた。スイスに亡命せず、パリに戻りたいと思ったのは、単に父を殺された直後に取り乱していたためではない。パリこそが自分の第二の故郷という思いがあったからである。

だが、その思いが仇《あだ》になった。おそらく嫌疑がかかるのは時間の問題といえた。遅かれ早かれこの部屋に捜索の手が伸びる。いや、たとえそうではなかったとしても、日々怯えて過ごすことは耐えられなかった。ただちにパリを離れる必要があった。

とはいえ、どこに逃れるというあてがあるわけでもない。いまの情勢でヨーロッパからできるだけ離れていて、なおかつクルトと千沙が落ち着ける場所といえばかぎられる。そのあげく考えついたのが、日本だった。日本に戻ればなんとかなるかもしれないという思惑もあった。

結局、ふたりは日本人會に出向いて日本に脱出したいのだと救いを求めたのである。日本大使館には父とのかかわりもあるから行きにくかったし、こういう場合日本人會は大使館より小回りがきく。くわえて現在の日本人會の副会長は早川雪洲で、まったく知らない相手ではない。父の範義が亡くなった事情を早川に打ち明けるとひどく驚かれたが、そういうことなら日本に向かう船を探し出して乗せてあげようと請け合ってくれた。

すぐに船は見つかった。マルセイユからインド、香港《ホンコン》、上海《シャンハイ》を経て神戸《こうべ》に向かう「天《てん》七丸《しちまる》」という商船だった。出航は十五日。ただし、無事日本までたどり着けるかどうかは保証のかぎりではない。いや、それどころかマルセイユにまで行けるかどうかも危うかった。連合国軍の包囲が狭《せば》められてきていて、パリから一歩も脱出できないかもしれないのだ。

それでもとにかくふたりは逃げる準備を始めた。持っていくべき荷物など、さほどない。千沙にとっては、どうしても持ち帰らなくてはならないものは、唯一シャネルのスーツのみだったといえる。それには父の流した血がこびりついている。

かろうじてパリに戻ってきてから、ことあるごとに思い出すのは父の最期の様子だった。

なぜあのような行動を取ったのか、どうしても納得がいかなかったのである。だが、あれは自分が盾《たて》になって千沙とクルトを脱出させるために取った行為なのだと理解していた。エヴァ本人に千沙たちを捕らえる意図はなかった。だが、事情を知っている将校たちが黙って千沙たちを逃がすつもりがない可能性だとてあったのだ。だからあのときエヴァを人質に取って、千沙とクルトを逃がすという交換条件を突きつけるつもりだったのではなかったか。

あらためてそう事情をのみ込むと、父が千沙のことをどれほどに思っていてくれたのか、それが胸を締めつけた。

それに遺体を置き去りにしてきてしまったことも悔やまれた。みずからの手で弔《とむら》うこともできないのだ。だからこそ、父の血に染まったシャネルのスーツだけは持ち帰らなくてはならなかった。

クルトとは二ヶ月ほど一緒に暮らしたことになるが、それが結婚して共に暮らす生活とほど遠かったのは、言うまでもない。なにより、千沙の気持ちが晴れないままだった。クルトもまた暗殺に失敗したことばかりでなく、千沙の父を無駄に死なせてしまった責任をひどく感じているように思えた。

父の死が、皮肉にも二人の絆を強めさせたと言っていいかもしれない。いい意味でも悪い意味でも、もはやふたりは離れられない。千沙はそう感じていた。自分が心の支えにできるのはクルトだけなのだった。

出発は十日の深夜と決まった。一日あればマルセイユには着くが、途中なにがあるかわからない。じゅうぶんな余裕を持ってパリを離れるつもりだった。千沙は男性用のシャツにズボン姿、クルトは途中まで日本人會が用意してくれたドイツ軍装で行くことにした。

クルトはオーバーザルツベルクでの暗殺が成功でも失敗でも、国防軍諜報部の身分は剝奪《はくだつ》されることになっていたから、じっさいはすでに軍人ではない。ただ連合国軍が進撃しているとはいえ、フランスはまだドイツの占領地なので、その方が検問を抜けやすいのだ。

出発の晩は、二日早かったが、千沙の誕生日をふたりでささやかに祝った。早川が持ってきてくれたワインとステーキを分け合い、なごやかな気配がひとときふたりをおおった。

「これを、持っていて」

そのとき、千沙はクルトにダリアのブローチを差し出した。日本人會でフランス語を教えていたとき、誕生日のプレゼントとしてもらったものだ。

「お守りよ」

怪訝そうなクルトに、千沙はそうこたえた。

「それなら、ぼくもなにかあげたいが」

軍服のポケットを探ったがなにもないらしく、仕方なく胸章の鉤十字を引き剝がし、千沙の手に渡した。

「お守りにはならないがね」

自嘲《じちょう》ぎみな苦笑を漏らした。

早川が調達してくれたルノーに乗り込み、十五区にあるアパルトマンの前を出発したのが午後十一時を過ぎた頃合いだった。検問をふたつばかり抜けるまでは用心した。パリ市民が蜂起するという噂が流れており、ドイツ軍も警戒をしていたからだ。もっとも、すでに逃げ腰になった兵士たちは、いかにして安全に退却するかに気を取られ、検問を通過する車などに目もくれなかった。クルトの胸章がないのにも気づきはしなかった。

やがてヴァンヴ近辺まで来ると、灯火もほとんどなくなり、闇の中に道がつづいているだけとなった。あとは真っ直ぐマルセイユを目指せばいい。

そのはずだった。

「くそ、尾行されているのか」

クルトがバックミラーに視線を向けながら、舌打ちした。市街を走っているうちは多少車が走っていたから気づかなかったが、背後にぴたりと一台の車がつけてきていた。灯火は遠のかず近づかず、一定の距離を保っているようだ。

「つかまっていてくれ」

言葉と同時に、クルトがアクセルを踏み込んだ。千沙は身体を座席に押しつけられた。エンジンのうなりがやたら耳につく。背後に目をやると、やはり相手もスピードをあげて追ってきていた。徐々に距離を縮めてくる。車種がワーゲンだとわかった。運転している男の顔も見えた。とたんにこちらの左側に並び、車体をぶつけてきた。ルノーが右に大きくぶれた。またぶつけてくる。クルトは道から飛び出すまいとしきりにハンドルを切る。灯火が照らし出す道が、激しくぶれた。直後に千沙はドアから放り出されるような衝撃を感じ、目の前が暗くなった。

意識が遠のいていたのは、一瞬だった。夏草の噎《む》せる臭いに気づいたときには、つい横にルノーが横転し、それを道路に停車したワーゲンの灯火が照らし出していた。道から転落し、畑に突っ込んだようだ。足を強打したらしく立ち上がれないが、ほかに怪我をしたところはないようだった。

クルトはどうしたのか。

あわてて腹ばいのままあたりを見回し、横転したルノーの前方に三人の人影が立っているのに気づいた。三人とも背広姿だが、一般人のはずがない。ゲシュタポだろう。

クルトはその三人に取り囲まれていた。地面に尻餅《しりもち》をつき、三人を悔しそうに見上げている。なにごとかやりとりしているようだが、ドイツ語だったし、千沙のいるところからはよく聞こえなかった。

ひとりが内ポケットから拳銃を取り出したのが見えた。もともと逮捕する気などないのだ。この場で殺してしまうつもりらしかった。

「だめ《ナイン》」

千沙はドイツ語で叫んだ。だが、誰も振り向こうとしない。クルトのこめかみに銃口があてられるのが見えた。

千沙の背後からクラクションがけたたましく鳴り響いたのは、そのときだった。

「伏せろ」

何者かがフランス語で怒鳴り、つぎに破裂音が連続した。耳が遠くなった千沙の視線の先で、三人の姿がもんどり打って地面に倒れていった。機銃掃射だったのだと理解したときには、すでにあたりは静けさを取り戻していた。停められていたワーゲンの後ろに知らぬ間に二台のフォードが乗りつけられていて、そこから五、六人の人影がこちらに向かって走り寄ってくるのが見えた。灯火を消したまま接近してきていたのだ。

視線を戻して、クルトの姿を捜した。

クルトは地面に倒れ込んでいたが、撃たれた様子もなく上体を起こして大きく息をついている。

突然、千沙は鬚面の男に抱えられ、立ち上がらされた。野太い声が耳元でした。

「大丈夫か」

「ええ、なんとか。ところで」

あなたたちは、と尋ねかけて、レジスタンスなのだと気づいた。千沙を乗りつけたフォードに連れていこうとする。振り返ってみると、クルトもふたりの男に両腕を摑《つか》まれ、千沙とは反対の方向に引きずられていくのが見えた。

「ちょっと待って。あの人もわたしと同じなの。ゲシュタポに追われていたのよ」

「わかっている」

髭面の男は、歩みを止めない。クルトを追いかけようとして振り払おうとしたが、男の力は強かった。

「ドイツ軍の制服を着ているのは、ごまかすためよ。待ってよ。彼をどこへ連れていくの」

千沙の声に気づいたのか、クルトが引きずられながらもこちらを振り返った。

「チサ」

クルトのかきくどくような声が届いた。

「お願いよ。彼は違うの。ひどいことはしないで」

髭面の男は、黙ってフォードの後部座席を開き、もがく千沙を押し込んだ。

「ご無事でしたか」

座席には先客がいた。千沙はその顔を目にし、とっさにすがりついて日本語で叫んだ。

「クルトのことをこの人たちに説明してください。あなたならわかっているはずです」

「むろん、承知しています」

早川雪洲は腕組みをしつつ、こたえた。だが、動こうとはしない。じっと宙を睨みつけているだけだ。その様子に、千沙はきれぎれだったものが一気につながったような気がした。

「まさか、あなたがレジスタンスに」

千沙の非難めいた口調に、早川は背筋を伸ばして、ゆっくりと息をついた。

「お察しの通りです。打ち明けますが、わたしはアメリカに長く住んでいました。映画のためにパリへ来たのは事実ですが、目下の情勢をアメリカに報告する任務も依頼されています。お父上とは、互いのことを承知の上で、アメリカとのパイプ役としてお付き合いさせていただいていました。そういう立場ですから、レジスタンスとも連絡をつけようと思えばつけられた」

早川は映画を作る一方で、アメリカのために情報収集をしていたということらしい。

「この前お話を聞いてから、ゲシュタポの動きを探ってみました。その結果、どうやらゲシュタポはあなたがたが暗殺計画の実行者であると目星をつけたらしいことがわかった。しかし、わたしひとりではゲシュタポからあなたがたを守れない。そこで彼らに事情を打ち明けて協力を要請しました。彼らが見張りについていたからこそ、危ういところを助けられたのです」

そうなのだ。都合よくレジスタンスが夜道を通りかかってくれたわけではないのだ。千沙たちに危険があることを予測した早川がいたからこそ、かろうじて助かったのだ。

「レジスタンス側としては、クルトの持っている情報を取りたい。そこで、協力の交換条件として、彼の身柄を要求してきました」

「そんな。だったらクルトはどうなってしまうのですか」

早川はわずかに座席で身じろぎをした。

「情報を得たあと、クルトをどうするかは、彼らにまかせるしかありません。わたしとしては、あなただけでも救いたかった。亡き父上のためにも。わかっていただけますか」

すとんと千沙の身体から力が抜けた。つまり、自分は父もクルトも、失ってしまったのだ。

さきほどの鬚面男が横倒しになったルノーから荷物を持ってきて千沙に渡すと、運転席に乗り込んだ。エンジンがかかる。

「このままマルセイユまで、わたしがお送りします」

千沙の耳に、早川の言葉はもはや届いていなかった。

＊＊＊

録音機の様子を見ていたオスカー・ベレントが顔を上げ、マルティナになにごとか短く告げた。

「録音用のテープがもうなくなるそうよ」

メラニーがわたしに教えてくれた。引き上げる頃合いだということかもしれなかった。

わたしとメラニーは丁重にカタリーナに礼を述べた。

「あなたがたにお会いできて、生きていた甲斐があったわ」

カタリーナはそう言ってくれたという。満足そうに車椅子で部屋に戻るカタリーナを見送ったあと、マルティナたちとともに施設をあとにした。すでに午後二時を回っていたから、食事も休憩もせずおよそ四時間半近くも話を聞いていたことになる。だが、意味のある四時間半だった。

玄関に出ると、雨は小降りになってきていた。

「おふたりはこれからどうなさるのです」

オスカーが駐車場から車を持ってくるのを玄関で待つ間、マルティナが尋ねてきた。

「明日にはパリに戻ります。病人を置いてきているもので」

マルティナが怪訝な顔になった。昨日メラニーは母の説明を省いていたらしい。あらためてメラニーが説明すると、マルティナは納得した。

「そうでしたか。それで娘であるあなたが代理としてやってきたということなのですね」

眼鏡を右手で押さえてうなずいた。

玄関にオペルが横づけされ、メラニーとともに後部座席に乗り込むと、すぐに走り出した。

「とりあえず、スーツのこともわかったし、これでトモコも納得してくれると思うわ」

「ええ、たぶん」

わたしはなかば上《うわ》の空だった。

スーツに秘められていた途方もない過去に圧倒されていた。

記憶の中の祖母がわたしにあやまったのは、クルトや父を失い、心が打ち砕かれて「冷たい人」になり、娘や孫を、母として祖母として愛《いつく》しめなかったことを詫びたのかもしれなかった。戦後クルトから手紙をもらっても、砕かれた心は戻らなかったのだろう。

だが、とわたしはあらためて思った。

だが、少なくとも、わたしが会った祖母は冷たくはなかった。もし精神まで死んでいたら、わたしのところにやってきてあやまったりしないはずだ。きっと祖母は耐えていたのだ。心を開くことをみずからにかたく禁じ、過去にみずからを封じ込めてしまったのだ。

「ところで、昨日サインしていただいたことは忘れていらっしゃらないと思いますが」

助手席から唐突に、マルティナが振り返りもせず声をかけてきた。

「事実として認定されていない事柄については、希望的観測などによって都合のいい話に転換されたり、さらには研究の支障にもなるので、勝手に発表はしないでいただきたいのです」

「それはもちろんお約束します」

マルティナはうなずいた。

「ただし身内に話すくらいなら、べつにかまわないと思います」

最初、メラニーの通訳を聞いてもなにを言っているのか見当がつかなかったのだが、どうやらマルティナが「譲歩」してくれたのだとわかった。

「ありがとう。感謝します」

「気にしないでください。わたしも三年前に母親を亡くしました。七十五で、肺癌でした」

声の調子が少しだがしんみりしたようにも聞こえた。

一九四四年八月　出　港

千沙の目は、ぼんやりと視界から消えていくマルセイユの港を追っていた。もはや陽も沈み、あたりには湿った霧が湧き上がり始めていた。だが、それでも千沙は船室に入ろうとはしなかった。

商船「天七丸」には乗員のほかに数人、千沙同様にフランスから脱出してきた日本人が乗っていた。それらの日本人もまた憔悴し、脱出できた安堵から、船室に籠って眠りこけているようだ。

じっと目を凝らしていた千沙は、大きく息を吐いた。

船に乗り込む直前、どこから聞きつけたのか、大使館の者だという中年男が現われ、今回の一件について今後一切口を閉ざすようにと千沙に依頼した。それは実質的な命令だった。日本としては同盟国の総統を暗殺しようとした者が日本人だったとなれば、大問題になるのだと、その男は説明した。父の死はおおやけには交通事故として処理するとも告げられた。

「フランスでのことは、忘れていただきます」

そう男は千沙に念を押した。

そんなことができるはずがないではないか。それは自分の七年間を消し去るのと同じであった。そう言い返すと、男は声を高めた。

「お国のためだということが、おわかりにならないのですか」

その言葉を聞いて、この男になにを言っても理解できはしないと感じ、口をつぐんだ。それを了解と取ったのか、男はそのまま立ち去っていった。

これが「国のやっていることを黙認していた責任」なのかもしれない。

千沙は頭を軽くひと振りした。

マルセイユの港は千沙の視界から完全に消え去った。同時に、パリでの生活も消え去ってしまった。七年前、同じマルセイユにやってきたときには胸躍《おど》らせ、新たな人生に飛び移るのだと意気込んでいたのに、いまこうしてぼろぼろになった自分はフランスを去っていくのだ。いや、そればかりではない。父を失った痛手は大きい。そしてクルトも。

ようするに賭けに負けたのだ。

自分の人生のありたけを賭け、すってしまったに等しい。

何十年も歳をとったような、いや、それどころの話ではない。もはや生きているとは言えないのではないか。そう、ここにいるのは、人間の抜け殻《がら》だ。

どんな未来が待っていようと、わたしは死者になってしまった。もはや人を愛する資格も、愛される資格もない。

周囲に立ち込めた霧が、いっそう濃くなっていく。

一九四四年八月　パリ解放

二十五日。

ついにパリは解放された。市民が大挙して連合国軍を出迎えている。歓声と歌声が響き、銃が空に向けて放たれる。まだ戦争は継続されているのに、パリが解放されたことで勝利は決定的になったと信じているのだ。

そんな市民の浮かれ騒ぎをよそに、ココは部屋を出なかった。

「どうする、これから」

スパッツがココの手を取り、何度目かの同じ問いかけをしてきた。今朝からずっと、ふたりしてぼんやりと居間の椅子に座って、そのことを考えているのだ。とにかく、このままでいるわけにはいかない。身の振り方を決めねばならない。スパッツは大使館員という身分だから、軍隊のようにあわてて逃亡する必要はない。むろん尋問され、場合によったら逮捕もされかねないが、ココを見捨てて逃げたりはしなかった。それだけでもこの男の真価があるというものだ。

「そうね、どうしましょうか」

ココはスパッツの手を握り返し、それから煙草に手を伸ばして一本抜き取った。火をつけて一服。

べつにココはドイツに協力をしたわけではなかった。「コラボ」のように占領中のあれこれを追及されるいわれはない。だが、そう考えない狭量なナシオナリストがいるのもたしかだ。スパッツと愛人関係になっていたというだけで、偏見の目で見ようとする。恋愛に国や人種が関係あるはずがないではないか。馬鹿らしい。

煙を思い切り吐き出す。

いや、ひとつだけ。もし愚鈍なナシオナリストがあげつらうなら、ひとつだけ協力に近いことはした。シェレンベルクの依頼でチャーチルに手紙を書き送ったことがあった。とはいえ、あれだとて強制収容所の殺戮をこれ以上させないための手段だった。戦争をやめて講和の道を開こうとする行為が非難されるのではたまったものではない。

ふとそのとき、ココの目の裏側にちらついた光景があった。

そう、手紙を書くためにスパッツとベルリンへ行ったあと、ココひとりだけがオーバーザルツベルクとやらいう山奥に連れて行かれたのだった。ひと月ほども閉じ込められて、服を仕立てたのは、去年の秋だ。

エヴァ・ブラウン、か。

金髪のドイツ女の姿がよみがえってくる。

それに、チサ・クノウ。

一五〇センチ足らずの日本人の娘。

チサがあの場に現われなかったら、服を仕立ててほしいというエヴァの依頼を頑《がん》として撥《は》ねつけていただろう。

いや、そうでもないか。エヴァという女も、べつにヒトラーの言いなりになっているわけではなかったし、政治などというくだらないことより映画やファッションや音楽に関心があったのだから。ろくでもない女なら、自分の愛人が一国を率いる人物だとなれば、大いに勘違いして傲慢になるところだ。エヴァには、それがなかった。

総統は女性のモードがわかっていないんです。

女は肥っていないといけないって考えているみたい。

ようするに総統は古臭いのよね。

とりとめのない会話をするうち、エヴァはそんなことを口にして、その点は気に入っていた。この女はわかっている。そうも思った。ただし、オーバーザルツベルクへ自分を呼び寄せたのは面白くなかった。しかも店を閉めた者に服を仕立ててくれだなんて。

そんなところへあとからチサがやってきた。

チサの父親がヒトラーに会いに来たのがきっかけでふたりは知り合い、友達になったというではないか。

チサにも服を仕立ててほしいんです。

そう言われてしまっては、断るわけにはいかなかった。以前の約束を果たすためにも。

灰が落ちるのを気にせず、ココはさらにひと口吸い込んだ。

エヴァはともかく、チサとは奇妙なつながりだったと思う。店の前で声をかけ、スーツを仕立てる約束をしながら、結局店を閉めてしまったので約束を果たせなかった。それが、とんだ場所で再会し、スーツを仕立ててあげられた。

あのときほど満足を味わったことは、そうないだろう。そこまでチサという娘に惹かれていたということだろうが、それはたぶん自分がああなりたかったという思いがあったためだ。父親に愛され、世の中の汚い部分を見ないで育てられ、そして。

そして、どうなるのか。

さて、あとのことは、わからない。けれど、自分の幼いころを考えれば、チサのような少女時代を送りたかったというのは、本当のところだ。

生地はあまりいいものが揃わなかったけれど、満足のいく出来のスーツを仕立てられたと思う。

短くなった煙草を灰皿に押しつけ、もう一本。

そう、あの日のことはいまでもありありと目に浮かぶ。いままでも繰り返し思い出したものだ。

服が仕上がってふたりが試着したときのことだ。午後の陽が射し込んでくる広間で、いまのように煙草に火をつけた。大きく息を吸い込み、それから吐き出す。

ノックにつづいて、ドアが開かれた。

エヴァの顔がちょこんとのぞき、それからゆっくりとその身体がドアの向こうから現われる。

「どうかしら」

黒のドレス。一六〇センチほどのエヴァはそれをすらりと着こなしていた。肩に切れ目を入れ、少しいかり肩なのを隠すようにしてあった。袖には白の刺繍《ししゅう》をほどこして短めにし、裾をさらに絞ってある。

「似合ってるわ。とてもいい」

それは本音だった。エヴァという女は、じつのところ本質はもっと女らしいと見抜いていた。ヒトラーが相手でなければ、そのコケットリーが存分に発揮できるだろうに。

そのエヴァが、扉の向こうを見て手招きをする。

恥ずかしげに広間に入ってきたのは、ベージュのスーツをまとったチサだ。小柄だったから身ごろを細めにして上着の裾も短めにした。肩にはエヴァと反対にややパッドを入れてある。タイトスカートも膝が見えるぎりぎりのところまで切り上げた。縁取りを白にしたので、総体的に明るくなっていた。

ココはその姿を目にして、息をのんだ。切れ長の目にふくよかな唇。東洋人にしては白い肌のチサは輝いて見えた。最初襟をつけていたが、試しに取ってみたら、そのほうがチサの顔つきをくっきりと見せてくれた。間違いではなかった。その彼女の顔には、ほのかなはにかみと自信が浮かんでいた。コケットではない。エヴァとは対照的なみずみずしさとでもいうものにあふれていた。

「とても素晴らしい。作った甲斐があったわ」

服ばかりでなく、チサという女までも自分が仕立てたのだと錯覚したくなった。

この戦争が終わったら、もう一度、服作りを再開してみたい。

二着とも、ココにそう思わせる出来だった。

「スイスへ行くというのは、どうだろう」

目を宙に投げていたココに、横合いからスパッツが声をかけてきた。

スイスか。それも悪くない。逃げたと思われるかもしれないが、いわれのない非難を避けるために行くだけだ。べつに言い訳などするつもりもない。

「いいわね。そうしましょう」

「よし、それで決まりだ。必要な手続きをしてくる」

それまで我慢していたように、スパッツは部屋を飛び出していった。

スイスね。

ココはもう一度、つぶやいた。もしかすると二度とパリに戻ってこられないかもしれない。戦争中も逃げ出さなかったというのに、戦争が終わったらパリを離れなくてはならないというのは、どうにも納得がいかない。しかし、身の潔白を大声でわめくような無様《ぶざま》な真似はごめんだった。裏切り者、「コラボ」だと言いたいなら、勝手にしろ。人種や国家がどうしたというのだ。自分の生き方を押し通しただけだ。そもそもオートクチュールと無縁の世界に、わたしの居場所はないも同然なのだ。

そういえば、似たようなことをエヴァとチサが服を試着したときにも思ったっけ。そのときは、そう、こんな感じだった。

裏切りと言うなら言え。わたしはただ、女のために服を作ったのだ。国のために作ったのではない。

ココは自分の言葉を思い出して満足し、また一本煙草を手に取った。

15　セーヌは流れる

セーヌ川の遊覧船に乗ってみたいと母が言い出したのは、帰国の前日のことだった。わたしとメラニーがドイツから戻って二日後である。

せっかくパリに来たのだから少しは観光をしたいと思ったのかもしれない。荷物もまとめ終えていたし、体調も安定しているようだったので、大学へ講義に出たメラニーが戻るのを待って、夕方近くにルノーでシテ島まで行き、その先端から出る観光船に乗った。

昼間は晴天だったせいで暖かかったが、夕刻になるにつれて少し肌寒くなってきていた。七十人乗りほどの小型船は乗客があまりいなかった。

室内になっている一階席とオープンデッキの二階席があり、自由に行き来できる作りで、わたしたちは一階席に入った。窓に向かって作られている長椅子に座る。

「じつを言うと、わたしもこれ、初めて乗るのよね」

メラニーが苦笑してみせた。

一階席のガラス張りの窓は水面すれすれに作られていて、川べりに座っているように感じられる。

ほどなく、船は動き出した。船のエンジン特有の振動が足から伝わってくる。船着場を離れ、ゆっくり方向転換をすると、川上に進み出した。フランス語のアナウンスが流れ出す。

「訳そうか」

メラニーが母の向こうから尋ねてきた。

「いや、いい」

わたしがこたえる前に、母が首を振った。椅子に身体をうずめるように座っている母の横顔は、ドイツへ行く前にくらべると治療のせいか血色がよかった。憑《つ》き物《もの》が落ちたといえば言いすぎか。

ドイツから戻って、空港から直接母の入院しているサンジェルマン病院に向かったのはおとといの昼過ぎだった。最初にボーム医師のところへ顔を出すと、病状は安定しているる、ただしあと一ヶ月と覚悟するように言われた。三日後には帰る予定だと告げると、深々とうなずき、太い眉を寄せてこうつけ加えた。

「本人が治療拒否を選んだとしても、やはり入院はさせるべきだと思います」

わたしはわかったとメラニーに伝えてもらった。

六人部屋の病室に入っていくと、ちょうど永野美紀が来てくれていた。上体を起こした姿勢で、それまでふたりで楽しげに話していたらしい。そのときの笑顔。こちらに気づくまでの一瞬だけだが、わたしはいままで見たこともないような母の笑顔を目にし、なにかとんでもない間違いをしてきたような気になった。永野美紀とのあいだに感じられた打ち解けた気配は、もしかすると母の素顔なのかもしれなかった。肉親だからこそ見せたくないものというのが、人にはある。わたしにもあるから、それがわかった。だが、正直なところ、わたしはそのとき永野美紀に嫉妬めいた思いを抱いた。

それまで浮かべていた笑顔を引っ込め、母はわたしたちを迎え入れた。

日本人会のアルバイトがあるにもかかわらず、永野美紀は毎日様子を見に来てくれていたらしい。自分がどうしてフランスに留学したいと思ったかとか、じつは気になる男がいるのだとか、他愛《たわい》もない自分の身の上についてあれこれと話していただけらしいが、わたしと母のあいだには、そういう会話はいまだかつて一度もなかった。

永野美紀には、謝礼としていくばくか渡そうとしたが、かたくなに拒否された。お互いさまですから。そうこたえて、彼女は帰っていった。

「それで、どうだった」

母は永野美紀がいなくなると、厳しい表情になってすぐに尋ねてきた。順を追ってわたしが話し、途中何回かメラニーが補足をしてくれて、一時間ほどかかってすべてを伝えた。

聞き終えて、母は笑った。

それも尋常ではなく、声を立てて、何度もむせながら、それでも長く長く笑った。ほかの患者たちがどうしたのかと視線をあびせてきても、笑いつづけた。

「信じないっていうの」

悔しさに、わたしは怒鳴った。

「そうじゃない」

笑いをかろうじておさめると、母は口を開いた。

「まあ、信じるかと言われれば、信じられる話とは思えないけれど、ヨーロッパでそんな大それたことをやったのかと想像すると、楽しいじゃないの」

やはり信じていない。だが、外務省がわたしたちを牽制していたのは事実だし、少なくとも久能範義の行動については調べた結果に近いものがあったに違いないのだ。もっとも、笑い飛ばすなら、それでもいい。母が落胆や怒りを見せるのではないかと思っていたのだから、かえって気が楽というものだった。

「帰ろう」

ぽつんと、母がつぶやいた。やり残したことはもうないと言いたげに、目を窓から見えるセーヌ川へ向けつつ。

そして、昨日母は退院し、帰国のための荷物をまとめているとき、遊覧船に乗りたいと言い出した。だから、いまこうして船に揺られているのだ。

船はしばらく川上に進んだが、いまはシテ島をぐるりと一周して川下へ向けて進んでいる。母はぼんやりとして、景色を見ているのかいないのか、よくわからない。

「川から見ると、パリもまた別の見え方をするわねえ」

メラニーは無邪気に感心して、そんなことをひとりつぶやいている。

川にも運行ルールがあり、車と同じく右側通行で船は行き来していた。すれ違うたびに波が起こり、船が揺れる。船はつぎつぎと橋をくぐって、川下へと進んでいく。

その橋を見るともなしに見ていると、ふと父が橋梁の設計者だったことを思い出した。じっさいにその仕事ぶりを知っているわけではなかったが、もしかすると母はセーヌにかかっている橋を眺めるために船に乗りたいと言い出したのではないか。

そうして三十分ばかり船は川を下り、エッフェル塔を左手に過ぎたあたりでふたたび川をさかのぼり始めた。

すると、それまで座っていた母が立ち上がろうとする。

「どうかしたの」

「ちょっと外の空気が吸いたい」

そう言うと、荷物を抱えて歩いていく。

わたしはメラニーと目を合わせ、一緒に母のあとを追った。

母は二階のデッキに上がっていく。そこにも長椅子があって、ぐるりと周囲に電飾が連なり、ゆらゆら揺れている。夜の航行時にはきらびやかに点灯するのだろう。風が冷たいせいで、ほかに客はいない。船の後部へと歩いていき、手すりにもたれかかっている母を、しばしわたしとメラニーは後ろで見守った。

やがてゆっくりと振り返った母の目は、とても穏やかだった。

「わたしはもうすぐいなくなる」

そうひとこと口にすると、苦笑を浮かべた。

「そうなるとわかったとき、母の遺品が出てきた。なんとも思わせぶりにね。とっくの昔に、あの人のことは自分の中で整理できていたはずだった。それなのに」

そこで言葉を切ると、母は手にしていたバッグから、あのスーツを取り出して掲げてみせた。

「このスーツのせいで頭からあの人のことが離れなくなった。ただの冷たい女。それで解決していたはずなのに、もっと違うなにかがあったに違いない、それを知らないうちは、死ねない。そう思うようになった」

「それは、トモコがお母さんのことを知りたいってずっと思っていたからよ。知りたいと思っていないなら、そんな気持ちになりはしないもの」

メラニーの言葉に、母は素直にうなずいた。

「いまごろになって、それにやっと気づいたのよ」

「気がつけたなら、よかったじゃないの」

「たしかによかったわ。本当のところがどうだったのか、それはわからないにしても、ただの冷たい女じゃなかったらしいし。やっと吹っ切れたのよ。最初はナチスに協力していたかもしれないとも思った。もしそうなら、それを受け止めなくちゃならないとまで覚悟してた。結果的に挫折したかもしれないけれど、あの人も精一杯やったんだと思う」

そこで母は大きく息をついた。

「いまになって振り返ると、わたしは学生運動をしたくてしたんじゃなかった。人を愛せなくなったあの人が周囲に流されて結婚し、わたしや父は愛されもしない生活を送った。だから、最初はそんなあの人へのあてつけだったんだと思う。ただ、運動をしたことで、社会の矛盾のようなものは見えるようになったし、考えるようにもなった。わたしは革命なんて、これっぽっちも考えていなかった。自分のやっている運動は、主義や思想のためじゃなく、自分の手に自分の生活を取り戻すためにやっているんだ。そう考えていた。真理、それがわかるかしら」

わたしに視線を向けてきた。

「どういうことよ」

「エゴイズムなんかじゃない。一握りの政治家や資本家たちのいいように国や国民が利用されている。そういう犠牲の上に、好き勝手をやっている者がいる。それじゃいけない。自分の生活を動かすのは、自分たちだ。ほかの誰かにまかせておけば、いいようにされてしまう。だから、自分の手に取り戻したい。そういうことよ」

よくわからないながらも、わたしはうなずいてみせた。

「そういうことを口にしたら、連中はわたしを非難したわ。革命を目指さないなら運動をする資格はないって。それから仲間と距離ができてしまった。でも、わたしはわたしの信じる運動をつづけた。それだけなら、どうということはなかった。あるとき、デモで機動隊と揉み合いになって、ちょうどわたしの近くにいた機動隊員が突き飛ばされて倒れた。このまま放っておいたら、デモ隊と機動隊とに踏みつぶされて死ぬかもしれない。とっさにわたしはその隊員を抱え起こした。人として当然のことをしたまでだった」

そこで母はあきれたように大きく息をつきながら苦笑した。

「それを見ていた仲間が、どう言ったと思う。敵を助けたわたしはスパイに違いないって言ったのよ。尾鰭《おひれ》がついて、あっという間にわたしは裏切り者にされたわ。でも、抗弁しなかった。わたしに非があるなら、反省してあらためるわよ。でも、これぱかりは違う。ばかばかしくて。当たり前のことをしたわたしに、スパイだの裏切り者だのと考える連中の愚かさにうんざりしたの。こんな考えしかできない連中と一緒に運動などできはしない。憑き物が落ちたように、わたしは運動から離れた」

そんなことがあったのかと理解する以前に、たとえ敵対する相手でも、倒れた人を抱え起こしただけで難詰《なんきつ》するような学生運動に参加した者たちの狭量さに、わたしは無闇に怒りがわいた。

「わたしを裏切り者と非難した連中は、学生運動が鎮《しず》まったらさっさと企業に就職して、同じように他人の足を引っ張ったに違いないわ。そして、いまや国からおこぼれの年金をもらってのうのうと暮らしている。まあ、政府とやらもうまくやったのよ。学生運動が革命を目指している暴力集団だと決めつけたわ。ちょっとでも政府のやり口に反対すれば、それは危険思想だとレッテルを貼る。戦前と変わりないのよ。いまでもデモに参加した者の顔をきちんとビデオに撮影しておいて、身元まで調べ上げるしね。なにかあったらすぐパクれるようによ。おまけに職場や家の周辺に聞き込みまでしたりして、わざと過激派とつながりがあるように思わせる。そんなことされれば周囲からも浮いて生活しにくくなるのをわかっていてやるの。そうして政府や財界が好き勝手をできるように、多くの反対意見を押しつぶす」

箍《たが》が外れたとでも言えばいいのか。母は自分の内に秘めていたものをぶちまけていた。

「周囲が変質したり、押しつぶそうとしてきても、わたしは自分の生き方を曲げなかった。挫折はしたかもしれないけれど、自分を通したわ。その自信はある。そしていま、時代は違っても、押しつぶされてしまったにしても、あの人も同じように生きたように感じるの。それがわかっただけでも、よかったと思う。ただ」

そこで母は言いよどんだ。

「ただ、だからといってあの人を許せるかといえば、やっぱり許せない。ひとことでいいからあやまってほしかった。その言葉がないまま許すのには、時間がかかる」

しかし、母にそんな時間は残されていない。

それまで黙ってメラニーと母のやりとりを聞いていたわたしは、声をあげた。

「わたしはお母さんのこと、許さない」

母はちょっと目を見張った。わたしはかまわずつづけた。

「死ぬまでずっと許さないと思うわ。許さないけど、でも、前より、わかるようになった。それでいいと思ってる。許すとか許さないの話じゃないのよ。相手をわかろうとするかどうか。お母さんは自分の生き方を通したんでしょ。そういう母親として、人として、わたしは認めるわ」

息を整え、さらに声を振り絞った。

「それに、お祖母さんはずっと前に、お母さんにあやまってるじゃないの。わたしを通して」

祖母がわたしに会いに来たのはそのためだったと、やっと気づいた。祖母も母も、そしてわたしも、素直になれないところは同じなのかもしれない。

いったん目を伏せてから、母は薄く笑みを浮かべた。祖母が幼いわたしのところにやってきて、あやまったという話を思い出したようだ。

やがて、ゆっくりとうなずいた。

「そうね。そうかもしれない。とにかく、やるべきことは、やったわ」

そのとたん、母は身体をひるがえして手すりから乗り出すようにして、持っていたスーツを川に投げ込んだ。声をかける間もなかった。スーツは上下ともいったん風にあおられ、それからてんでに川面《かわも》に落ちた。船の立てた波に揺られながら、その姿が遠のいていく。

「スーツの役目は終わったのよ。これも」

さらにクルトの残したノートが川面に音を立てる。

「待って」

わたしはそのときになってやっと走り寄った。そして母の手にしていた写真をひったくった。

「これだけは駄目」

必死の形相だったのかもしれない。母はなにも言わず、写真をわたしから取り上げることはなかった。

川面の上に広がり出した薄闇の中に、スーツがほの白く漂っている。わたしたち三人は、船の描く航跡にそれが見えなくなるまで追っていた。

「帰ろう」

母がしっかりとした口調で言ったとき、船のデッキを取り囲んでいた電飾が、いっせいに色とりどりの光を放ち始めた。

報告

ドイツにおける結城真理とメラニー・ロアの動向は不明だが、確実な証言および証拠を得ることはできなかったと考えられる。つまり、機密事項に抵触はしなかった。当人たちが推測によってそれに想到《そうとう》したとしても、公表できるとは思われない。

ただし、結城母子については帰国後もしばらく監視をつけるべきであろう。

担当者大津真一には、母子が口外しないことを誓約させるよう指示した。

16　裸のトルソ

トルソが一体、ガラスごしに置かれている。

それはなにも身につけていない。そして、それが正式な展示の形となっていた。四ヶ月ほど前に見たときと違うのは、トルソの下に、ひとつのプレートが立てかけられていることだった。

「本館最後の展示品は、このトルソです。

人は衣服を身につけて生きています。人間の歴史と同じだけの歴史が服飾にはあるのです。

この博物館では、ここまでその歴史を展示してきました。服がその時代を表わし、さらにはそれを着る人の生き方すら表わしていることを少しでもわかっていただけたでしょうか。

そして、これが未来の服飾です。未来の人の生き方です。

あなたには、それが見えますか」

七月末で夏休みに入ったせいか、見学者はかなりいた。しかし、大半の者は立ち止まることなくトルソの前を行き過ぎていく。展示が間に合わなかったとでも思うのだろう。あるいはわたしがそこにずっと立ったままだったから、邪魔をしては悪いと思ったのかもしれない。

「髪の毛、切ったのね」

つい後ろから声がかかった。わたしは振り返って、松村弘子に軽く会釈をした。きょうはグレイの麻のスーツを身につけている。

「ちょっとした心境の変化ってやつです」

「なるほどね」

すっと一歩下がって、わたしの全身を見渡す。

「雰囲気も変わったわ」

「そうですかね」

とぼけた返事をしつつも、そう言ってもらえると嬉しかった。ピンクのゆったりしたブラウスに黒のタイトスカート。五センチハイヒールに黒ストッキング。まあ、ほんのちょっとした変化にすぎないのだが。

「ごめんなさいね、四十九日《しじゅうくにち》には行けなくて」

松村が口調を変えた。

「いえ。こちらこそいろいろとお世話になったのに、ご挨拶が遅れて」

「いいのよ、気にしないで」

最初は病気を知りながらパリへ母を行かせた松村を恨んだものだが、いまとなっては感謝していた。

大型連休が始まる前にわたしと母は帰国し、母はそのまま御茶ノ水《おちゃのみず》にある病院に入院した。毎日とはいかなかったが、わたしはできるだけ見舞った。松村も時間を取って何度か来てくれたが、それ以外に見舞い客はなかった。母はやはり治療を拒否した。ただ痛み止めを打ってもらうことは承諾し、ほとんど眠りつづけていた。たまに起きているときには、以前と変わりなくわたしをけなした。そういうものだと思っていれば気にはならなかったし、ごくたまにだが、永野美紀に見せたような笑みを浮かべることもあった。

危篤《きとく》の連絡が入ったのは、五月二十三日の夜だった。

駆けつけたが結局間に合わず、一晩霊安室ですごした。よく見ると、その顔は満足げで穏やかだった。知らせなくてはならないところに連絡を入れるとき、どうしようかと思ったが、メラニーにも一応電話をした。すると日本に来ると言うので、一日だけ葬儀の日程をずらした。

遺影には、帰国する直前にシャルル・ド・ゴール空港で撮った写真を使った。

メラニーが、そういえば写真を撮らなかったと言い出し、ふたりずつのものと三人で並んでいるものと、合計四枚撮ったのだ。いまその写真は、父の写真や祖母とクルトが写っているものと一緒に、常にシステム手帳に挟み込んである。

空港でのメラニーと母の別れは、淡々としていた。わたしが思ったような愁嘆場《しゅうたんば》にはならなかった。ちなみにメトロのストが解決したのはわたしたちが空港に到着し、まさに飛行機に乗り込もうとするときだった。アナウンスが入り、メラニーが教えてくれた。

「メトロに乗れなかったのは、残念ね」

冗談か本気か、母がそんなことをつぶやいたのを覚えている。

葬儀は北鎌倉の自宅で執《と》りおこなった。ごく身内だけのものだったが、近所の知り合いが来てくれて、その交際範囲がかなり広かったのには驚かされた。口々に「しっかりしたいい人だった」というような言葉を聞かされ、わたしはうなずくことしかできなかった。

メラニーは通夜には間に合わなかったが、告別式にはなんとか出席できた。とはいえとんぼ返りで、あらためて今度ゆっくり日本に来ると約束して帰っていった。

とにかくあれこれと目まぐるしく、松村にも手伝ってもらってやっと葬儀を終えたのであった。

それから一週間して、北鎌倉の家を整理している最中、黒っぽいスーツに身をかためた大津真一がわたしの目の前にふたたび現われた。母が亡くなったのを知って、やってきたのだ。

「ご病気だったとは知りませんでした」

しれっとした顔で霊前に線香をあげてから、深々と頭を下げて、そう言った。かといって、横柄《おうへい》な態度が消え去ったわけではない。大津はわたしの前に一枚の書類をすべらせた。それは、今回知りえた情報を、他言あるいは文章として発表しないことを誓約させるものだった。

「フランスとドイツの関係部署に問い合わせ、あらかたのことはお聞きしました。久能範義氏は、書類上は外務省と無関係になっていましたが、一応」

その口ぶりは、わたしたちが探り当てたことなど、いとも簡単にやってのけられるのだと言いたげだった。癇《かん》に障ったが、誓約書を書くように要求することじたい、わたしたちの調べ上げたことが事実だったと告げていた。

「祖母にも、あなたと同じような人が口止めをしたんでしょうか」

「さあ。それは知りません。ただ、省庁としては、そういったお願いをせざるをえない場合もある、ということです」

「でも、いまとなっては、非難されるようなことではないと思います。なぜそこまでして隠そうとなさるんです」

その問いに、大津は物分かりの悪さにあきれたというような苦笑を漏らした。

「ご近所の国とのごたごたでもそうですが、情勢によっては問題になるような事案については、穏便に処理をしたいということです。まさかいまのような時代が永遠につづくとは、思っていらっしゃらないでしょう」

ひどく思わせぶりな言い方だった。ああいった時代がまたやってくるとでもいうように。

「省庁というところは、そういうものです」

当然といった調子で、大津は言葉を切った。それは千沙や範義の思いなど知ったことではないとも聞こえた。

ふとあのスーツがわたしの頭をよぎった。そう、外務省はスーツの存在に気づいていないのだ。わたしは大津の顔を見据え、含み笑いをしてみせた。関係部署に問い合わせたというのも、はったりに違いない。

「あの一件には、決定的な証拠があったんです。なかったことには、できないわ」

大津がからかうように目を向けた。

「ほう、証拠ね。それをあなたがたは見つけ出したのですか」

「祖母は口止めをされて、死ぬまで誰にもあのことを話せなかったのだと思います。その代わり、わたしと母に証拠を残したのです。国の都合でいいようにされても、証拠を残すくらいのことはしたのです」

「どんな証拠ですか」

大津の声が険しくなった。

わたしは目の前にすべらされた書類を手にした。

「おわかりにならないと思います、男性には」

きっぱりとこたえ、書類をふたつに破いてみせた。大津は不思議そうな顔をして、それを見ていた。

しばし沈黙ののち、大津が重々しくうなずいた。

「結構でしょう。わたしの一存で、あなたが他言しないと信じることにします。証拠があろうとなかろうと、この件は歴史的にはなかったのです。今回の旅で見聞きしたことは、早くお忘れになるべきですな」

その言葉に、わたしは目を剝いていた。

「忘れろですって」

わたしの声に、大津が身体をわずかに引いた。

「母にとっては、きっと忘れられない旅だったはずです。わたしにとっても、大きな意味のある旅でした。それを忘れろですって」

その剣幕に圧倒されたのか、大津は黙って一礼すると、そのまま帰っていった。

それ以降、なんの接触もない。わたしが沈黙していれば、二度と現われないだろう。だが、いつかふたたび過去を掘り返そうとしたときには、どこからかそのことを嗅ぎつけてやってくるに違いない。いい悪いではなく、わたしはそういうものを背負ってしまったのだと自覚した。

ほかに特段の出来事もなく、やがて四十九日がやってきて、父親の眠る都内にある霊園に、母を納骨した。

そうやって母に関するもろもろの手続きを終えたとき、わたしはふと以前かかってきていた非通知の無言電話がなくなっていることに気づいた。

と同時に、あれはもしかすると母からの電話だったのではないかと思うようになっていた。母に素直にあやまれなかった祖母同様、癌におかされた母が、それをわたしに知らせたいと思いながら、でも弱みを見せたくないという迷いから、何度も無言の電話をかけさせたのではないのか。

電話をかけている母の姿がひとりでに目の前に浮かんできて、そのときわたしは初めて涙を流した。

気づくのが遅すぎた。本当のところはどうだったのか、もはや母に訊くことはできない。結城智子という人間がわたしに見せなかった多くの面を、おそらくわたしは今後ことあるごとに追い求めなくてはならないだろう。その点でも、わたしは重い荷物を背負い込んでしまったようだった。

しかし、それでかまわなかった。遊覧船の上で口にしたように、わたしは母を許さない。と同時に、わたしは死ぬ日まで母を理解しようとしつづけるのだと気づいたからだ。

そして、わたしに日常が戻った。以前とは少しばかり違った日常が。あとは亡くなる前に母に頼まれた、金沢にある千沙の墓に詣《もう》でることが残っているが、お盆には行くことに決めていた。それもわたしが引き受けた責務のひとつだ。母本人が行きたかったに違いないが、それは叶わなかった。

「どう、なかなか気が利いた文章でしょ」

わたしの視線がプレートに向けられているのに気づいた松村弘子が、にんまりと笑う。

「これ、弘子さんが考えたんですよね」

「もちろんよ」

「未来の服飾、か」

「それが見える人が、いてほしいって思いもあるわ」

「本当は、ここにあのスーツが入るはずだった」

わたしの残念そうな言い方に、松村がちょっと考えるような目をトルソに向けた。

「そうならなくて、よかったと思う。あなたから事情を聞いて、そう感じたの。あれは智子だけのものだわ。たとえシャネルがじっさいに仕立てたものだとしてもね。それにいまさらセーヌを浚《さら》うわけにもいかないし」

それはまあ、そうだった。

そのとき、前々から気になっていた疑問が、口をついて出た。

「シャネルは、なぜカムバックしたんでしょうか」

松村は小首をかしげた。

「そうね。ディオールに対抗したからって言われているけれど、わたしはそんな上っ面のことじゃないと思う。彼女は服を作らずにはいられなかったのよ。自分の作り上げたスタイルに自信があったんだろうけれどね」

「最初、カムバックコレクションは以前のものとあまり変わり映えしなかったから、さんざんに叩かれたんですよね」

「そうらしいわ。でも、まったく別のものを発表していたら、たぶんシャネルは残らなかった。ブランドというのは信用であり、作った人とその商品が持つ信条のことでもあるの。信条がないただのモノは、ブランドとは言わないわ」

「つまり、自分の信条を通したってことか」

わたしのつぶやきに、松村弘子が楽しげにこたえた。

「なんだか、シャネルと智子って似てるわね」

「そんな、褒めすぎです」

「口の悪いところがよ」

「ああ、なるほど」

しばし互いに緩く笑った。

「ところで、きょうはもう仕事をあがれるんだけれど、夕食に行きましょうよ。いい店見つけたから」

そしてさりげなくつけ加える。

「じっくり智子の話をしたいし」

「はい」

わたしは素直に応じ、それからもう一度、なにも身につけていないトルソに目を注いだ。

ガラスに映った自分の姿が、そこにぴたりと重なっていく。

＊＊＊

二〇一四年九月、パリのグラン・パレで、二〇一五年春夏コレクションが開催された。ラガーフェルド率いるシャネルのコレクション発表のラスト、モデルたちは、デモをモチーフにランウェイを闊歩《かっぽ》し、その手には女性差別撤廃や女性の権利を訴えるプラカードがあった。

その一枚には、こう記されていた。

「MAKE《メイク》 FASHION《ファッション》 NOT《ノット》 WAR《ウォー》」

解説――「小説以前」の「仕込み」に注力した上質な歴史ミステリー

フランス文学者　鹿島《かしま》茂《しげる》

ココ・シャネルは謎の多い人物である。まるで、後世の歴史家や小説家が好奇心を刺激されて伝記や小説に取りあげることをあらかじめ予期したかのように、人生のいたるところに謎を残している。

いや、それどころではない。『夜ひらく』で知られる小説家ポール・モランを相手にした自伝的語りでは、あえてフェイクな自伝を伝えようとしているかのように、ウソをつく必要もないところでウソをついている。

また、多くの有名人との恋愛もスキャンダル好きの世間の注目をひかざるをえなかった。

さらにことを複雑にしているのが、第二次世界大戦から戦後にかけてのシャネルの言動である。

ドイツ占領下ではハンス・ギュンター・フォン・ディンクラージという十三歳年下のドイツ人（通称スパッツ）を愛人とし、パリ解放後はスイスに事実上、亡命し、一九五四年に七十歳で劇的にモードの世界にカムバックするまでそこに留《とど》まった。コラボ（対独協力者）狩りが続く戦後の雰囲気の中では、こうしたシャネルの姿勢はさまざまな憶測を呼ばざるをえず、謎はさらに深まった。

さらに、近年、アメリカのワシントンにある国立公文書館のシェレンベルク文書の解禁により、大戦末期、シャネルがベルリンに飛んだのはスパイ活動の一環だったのではないかという疑惑が浮上し、これがシャネル伝説をいっそう複雑なものにしている。

したがって、伝記作者や小説家がシャネルを取りあげようとすれば、必然的にこれらの謎も解き明かさなければ一歩も進めなくなる。しかし、謎が多ければ多いだけ挑戦する意欲が湧《わ》いてくるのが物書きの悲しき性《さが》なのである。

本書の作者たる佐野広実《さのひろみ》氏もまさにそうした一人だったにちがいない。

だから、本当のところは、シャネルその人を主人公とした伝記小説に挑戦したかったのだろうが、しかし、それには原語の資料の入手を始めとして難関が多すぎる。それに、小説の読者は日本人なのだから、日本人がほとんど出てこない小説というのは出版社にとっては受け入れがたいだろう。

そこで、佐野氏は工夫を凝《こ》らすことにした。以下、それを私の想像によって再現し、時系列で列挙してみよう。

①謎を解くには探偵が不可欠だが、これは日本人として設定する。ただし、シャネルの謎を解く探偵は現代の日本人にすべきである。こうすることによって日本の読者は物語に容易に入っていくことができるからである。

②だが、ここで問題が起きる。探偵が現代の日本人だとすると、謎を探《さぐ》る動機をどう設定したらいいかということだ。現代の日本人が五十年以上も前に亡くなっているフランスのデザイナーの残した謎を解こうと、どうして思い立ったりするのだろうか？

③最も安易な方法は、探偵を作家にすることだ。つまり、シャネルの伝記を書こうと思い立った日本人の作家がシャネルの謎を追うのを、三人称の語り手が追跡してゆくという形式である。

じつは、この形式はそれほど珍しいものではない。むしろ、サルトルの実存主義小説『嘔吐《おうと》』を始めとしてたくさんある。ただし、その場合には、伝記そのものよりも探偵となったその作家の行動の方へと物語の興味は注がれることになる。たとえば、『嘔吐』においては伝記の対象たるロルボン侯爵ではなく、その伝記作者たるアントワーヌ・ロカンタンが主人公になり、ロルボン侯爵は物語の中心ではなくなってしまう。つまり、研究者ないしは作家が探偵というこの小説形式において、伝記の対象となる人物は物語の「口実」にすぎず、じつは、謎を解こうとするその探偵こそが物語の真の主人公となるのである。もし、物語の中心が伝記の対象人物であるなら、探偵たる伝記作者というクッションなど置かずに、書き手が直接的な語り手となればいいからだ。

よって、これは避けるべき道である。なぜなら、佐野氏の関心はやはりシャネルの謎にあるのだから。

では、どうするか？

④いっそ、探偵はシャネルにはまったく興味がなかった普通の人にすべきではないのか？　その普通の人が偶然が重なることによって、まるで運命の糸に導かれたようにシャネルの謎の解明に乗り出すというようにする方がいい。なぜなら、このようにしておけば、この「運命の糸」の語りにおいて一つのサイド・ストーリーを作れるからである。

⑤しかし、そのサイド・ストーリーの探偵役は、たとえシャネルには興味はなかったにしろ、別の意味でシャネルと関係づけられなくてはならない。というのも、その探偵が苦心の末に解き明かした謎によって、探偵が「生き方」を再発見するというかたちにしておけば、メイン・ストーリーたるシャネルの謎とサイド・ストーリーが最後には一致することになるからだ。

⑥では、サイド・ストーリーの探偵の物語をどう作っていけばいいのか？

シャネルは「女の生き方を変えた女」なのだから、探偵はやはり女性でなければならない。しかも、「自らの意志で、主婦となることよりも、働く女となることを選んだ女」である必要がある。そうしておかないと、メイン・ストーリーとサイド・ストーリーが最後に合一しないからである。

⑦だが、「自らの意志で、主婦となることよりも、働く女となることを選んだ女」というのは、現代においてはあまりにも当たり前ではないか？　むしろ、「自らの意志で、働

く女となるよりも、主婦となることを選んだ女」のほうが例外ではないか？　ここはもう一ひねりする必要がある。

⑧では、時代を一つ昔に移して、「自らの意志で、主婦となることよりも、働く女となることを選んだ女」が大挙して出始めた団塊《だんかい》の世代の女性を探偵にするというのはどうだろう？　これだと、メイン・ストーリーとサイド・ストーリーは最終的に合一するが、しかし、いっぽう、団塊世代の女性が探偵役というのは無理があるし、現代にもつながりにくい。

⑨ならば、「自らの意志で、主婦となることよりも、働く女となることを選んだ女」の娘、それも「シングル・マザーの娘」というのはどうだろう？　つまり、「自らの意志で、主婦となることよりも、働く女となることを選んだ」団塊世代の母からうまれたがために、シングル・マザーの娘となる必要もないのにそうなってしまった、事実上のシングル・マザーの娘を視点人物にするのである。こうしておけば、同じく事実上のシングル・マザーの娘であったシャネルとの最終的合一に向かって伏線を張りやすい。

⑩利点はそればかりではない。「事実上のシングル・マザーの娘」というのは、現在の日本における、ある意味、最大の問題なのである。そのことは、いわゆる文芸雑誌を繙《ひもと》いてみればすぐにわかることだ。すなわち、文芸雑誌は、母親との関係のむずかしさを主題にした小説に溢《あふ》れているのだが、文芸雑誌というのは、私の見るところ、炭鉱のカナリ

アであり、社会の深部で起こっている微妙な、だがいずれは巨大な問題となるようなテーマが見つかる、脆弱《ぜいじゃく》性と敏感性を最も多く含むデータ提供者なのである。

⑪しかし、それでも、探偵の人物設定としてはさらなる工夫が必要だ。というのも、たとえ団塊世代の母親という補助線が引けても、それだけではシャネルにつながりにくいからだ。では、その団塊世代の母親の母親というのはどうだろう？　これなら、その母親がシャネルの生きたのと同時代のパリにいたということにすることができるし、シャネルとのフィクティブな接点というのも作りだしやすい。ならば、いっそ、その祖母もまた「事実上のシングル・マザー」にしたほうがいい。こうすると、祖母・母・娘という「シングル・マザーの娘」三代の系譜による物語も紡《つむ》ぎだしやすくなる。

⑫では、この「シングル・マザーの娘」三代の系譜とシャネルの謎を結び付けるコネクターは何にすればいいのか？　それは、「自らの意志で、主婦となることよりも、働く女となることを選んだ女」の象徴であるシャネルスーツをおいてほかにない。シャネルスーツこそが謎が謎を呼び込む小道具でなければならないのだ。ただし、謎が謎を呼ぶには、たんなるシャネルスーツでは駄目である。シャネルスーツそのものに謎がなければならない。

⑬かくて、謎として血の染《し》みが残るシャネルスーツ、しかも、シャネルの手によるものか否《いな》か、はっきりとした証拠のないシャネルスーツという小道具が考え出される。

⑭ここまでくれば、あとは血の染みが残るシャネルスーツをシャネルの生涯の最大の謎である大戦末期のベルリン行きと連結させるためのプロットを考えるだけである。おそらく、ここからの作業は比較的にスムーズに運んだのではないか？　なぜなら、推理小説の骨法に従えばいいのだから。

というわけで、作者にはまったく関係のないところで、「小説以前」を想像してみたが、いかがだろう？

優れた小説というのは、「小説以前」の「仕込み」が大切であり、これがしっかりと出来ていれば、「上物《うわもの》」である小説は比較的容易に出来てくるものなのである。本書はまさにこの「小説以前」の「仕込み」に力を注いだ上質な歴史ミステリーなのである。

参考・引用文献（シャネル関係およびサイトなどの参照は主要なものに限った）

『ココ・シャネル　伝説の軌跡』ジャスティン・ピカディ　マーブルブックス
『ココ・シャネルの秘密』マルセル・ヘードリッヒ　ハヤカワ文庫
『シャネルの真実』山口昌子　人文書院
『シャネル――人生を語る』ポール・モラン　中公文庫
『シャネルの戦略』長沢伸也　杉本香七　東洋経済新報社
『言語都市・パリ　1862-1945』和田博文ほか　藤原書店
『ナチ占領下のパリ』長谷川公昭　草思社
『図解　第三帝国』森瀬繚　司史生　新紀元社
『ロラン・バルト　モード論集』ロラン・バルト　ちくま学芸文庫
『ジャン・ルノワール　越境する映画』野崎歓　青土社
『シネマと銃口と怪人』内藤誠　平凡社ライブラリー
『読んで旅する世界の歴史と文化　フランス』清水徹・根本長兵衛監修　新潮社
『アート×ジェンダー×世界――祈りはどこにあるのか』川田忠明　新日本出版社
その他、ハイケ・B・ゲルテマーカー、トラウデル・ユンゲ、エーリヒ・シャーケなどの文献を参考にした。

（本書は、島村匠名義で『マドモアゼル』と題し、平成二十五年三月、小社から四六判で刊行されたものに、著者が加筆修正したものです。なお、この物語はフィクションであり、実在の人物や団体等には一切関係ありません）

戦火のオートクチュール

一〇〇字書評

切り取り線

購買動機（新聞、雑誌名を記入するか、あるいは○をつけてください）

- □（　　　　　　　　　　　）の広告を見て
- □（　　　　　　　　　　　）の書評を見て
- □ 知人のすすめで
- □ タイトルに惹かれて
- □ カバーが良かったから
- □ 内容が面白そうだから
- □ 好きな作家だから
- □ 好きな分野の本だから

・最近、最も感銘を受けた作品名をお書き下さい

・あなたのお好きな作家名をお書き下さい

・その他、ご要望がありましたらお書き下さい

住所	〒				
氏名		職業		年齢	
Eメール	※携帯には配信できません		新刊情報等のメール配信を 希望する・しない		

この本の感想を、編集部までお寄せいただけたらありがたく存じます。今後の企画の参考にさせていただきます。Eメールでも結構です。

いただいた「一〇〇字書評」は、新聞・雑誌等に紹介させていただくことがあります。その場合はお礼として特製図書カードを差し上げます。

前ページの原稿用紙に書評をお書きの上、切り取り、左記までお送り下さい。宛先の住所は不要です。

なお、ご記入いただいたお名前、ご住所等は、書評紹介の事前了解、謝礼のお届けのためだけに利用し、そのほかの目的のために利用することはありません。

〒一〇一－八七〇一
祥伝社文庫編集長　清水寿明
電話　〇三（三二六五）二〇八〇

祥伝社ホームページの「ブックレビュー」からも、書き込めます。

www.shodensha.co.jp/bookreview

祥伝社文庫

戦火《せんか》のオートクチュール

令和 5 年 3 月 20 日　初版第 1 刷発行

著　者　佐野広実《さのひろみ》
発行者　辻　浩明
発行所　祥伝社《しょうでんしゃ》
東京都千代田区神田神保町 3-3
〒 101-8701
電話　03（3265）2081（販売部）
電話　03（3265）2080（編集部）
電話　03（3265）3622（業務部）
www.shodensha.co.jp
印刷所　萩原印刷
製本所　ナショナル製本
カバーフォーマットデザイン　芥　陽子

 ISBN978-4-396-34874-8 C0193

〈祥伝社文庫　今月の新刊〉

樋口有介
礼儀正しい空き巣の死
警部補卯月枝衣子《うづきえいこ》の策略
民家で空き巣が死んだ。事件性なし。だが隣家では三十年前に殺人事件が起きており……。

岩井圭也
文身
破滅的な生き様を私小説として発表し続けた男の死。遺稿に綴られていた驚愕の秘密とは。

佐野広実
戦火のオートクチュール
祖母の形見は血塗られたスーツ。遺品の謎から歴史上のある人物を巡る謀略が浮かび上がる！

南　英男
毒蜜　牙の領分
多門剛が帰って来た！　暴力団＋刑務所、10万人を皆殺しにするのは誰？　裏社会全面戦争！

西村京太郎
無人駅と殺人と戦争
殺された老人の戦後に何があった？　ミステリの巨人が遺す平和への祈り。十津川警部出動！

宇江佐真理
高砂《たかさご》　なくて七癖あって四十八癖　新装版
こんな夫婦になれたらいいな。懸命に生きる男女の縁を描く、心に沁み入る恵みの時代小説。